JUICE

Heleen van Royen

Juice

Roman

the house of books

Deze roman is fictie. Alle namen, personages, plaatsen en gebeurtenissen zijn ontsproten aan de verbeelding van de auteur of fictief gebruikt. Elke overeenkomst met ware gebeurtenissen of bestaande personen berust op toeval.

Omslagontwerp en beeldbewerking: © Riesenkind, 's-Hertogenbosch
Omslagbeeld: © Viz | Adobe Stock
Auteursfoto: © Yvette Kulkens
Visagie: Elles Nijkamp
Typografie: Crius Group, Hulshout

ISBN 978 90 443 6449 1
ISBN 978 90 443 6450 7 (e-book)
NUR 301

www.heleenvanroyen.nl
www.thehouseofbooks.com
www.overamstel.com

OVERAMSTEL
uitgevers

The House of Books is een imprint van Overamstel uitgevers bv

Voor
Bart
Olivia Sam
Pieter Suzanne
Dominic Logan
Spencer West Alexa
Nathalie Noah
Mika
Ton
#familie

'Perception is real, the truth is not.'
– Imelda Marcos in *The Kingmaker* (2019)

'I'll be honest, we all liars.'
– 'Jail' van Kanye West

‘Gesprongen of geduwd? Wat denk je?’

Het is tien over drie ’s nachts. Twee politieagenten knielen bij een lichaam dat plat op de stoep onder aan een woontoren ligt, in een verwrongen, onnatuurlijke houding. De billen omhoog, de rechterarm steekt schuin opzij, het rechterbeen is in een vreemde hoek gebogen, waardoor hand en voet elkaar raken. De jongste agent stelt de vraag na een snelle blik op de bovenste verdieping.

‘Niet speculeren, Kevin.’ De hoofdagent legt het been voorzichtig recht en draait het lichaam op de rug. Hij kantelt het hoofd naar achteren, tilt de kin op en brengt zijn gezicht bij dat van het slachtoffer.

‘Geen ademhaling,’ constateert hij na enkele seconden. ‘Pak de AED. Ik ga reanimeren.’ Hij plaatst zijn handen op de borst van het slachtoffer en begint met compressies.

‘Reanimatie gestart,’ laat Kevin via de porto aan de meldkamer weten terwijl hij haastig naar de auto loopt.

‘Ambulance, brandweer en traumateam over max tien minuten ter plaatse,’ antwoordt de centralist.

Op enige afstand kijkt een handjevol buurtbewoners zwijgend toe. De zwaailichten van de politiewagen fungeren als schijnwerpers.

‘Geen filmpjes, geen foto’s. Denk aan de naasten alstublieft,’ drukt de agent hen op het hart terwijl hij terug naar het lichaam loopt met het apparaat.

Kevin plaatst de AED naast het hoofd van het slachtoffer en zet hem aan.

'Verwijder elektroden uit verpakking aan achterkant van apparaat,' klinkt een vrouwenstem. *'Bevestig elektroden op ontblote borst zoals afgebeeld,'* luidt de volgende instructie.

Zijn collega blijft reanimeren terwijl Kevin de elektroden plaatst.

'Schok wordt geadviseerd,' laat het apparaat na enkele seconden weten. *'De AED wordt opgeladen. Raak de patiënt niet aan.'*

De hoofdagent steekt zijn handen omhoog.

'Druk op knipperende knop om schok toe te dienen.'

Kevin voert de opdracht uit.

'Schok 1 toegediend. Het is veilig de patiënt aan te raken. Start nu reanimatie.'

Zijn collega hervat de borstcompressies.

'Denk je dat hen het overleeft?' vraagt Kevin.

'Hén?'

'Heb je het nog niet gehoord? Dat is het nieuwe beleid. Geldt voor alle noodhulpeenheden. Ook voor ambulancepersoneel en het traumateam. Zolang de identiteit van een slachtoffer nog niet is vastgesteld, spreken we voortaan over hen.'

'*What the fuck*,' zegt de hoofdagent. 'Dit is toch duidelijk een...'

'Sst!' onderbreekt Kevin hem. 'Hen kan je misschien horen. Het kan heel belastend zijn als hen zich niet voelt zoals jij hen ziet.'

'Het wordt met de dag gekker in dit land,' mompelt zijn collega.

'Ga door,' adviseert het apparaat.

De hoofdagent ademt diep in en drukt zijn mond op die van hen.

In de verte klinkt het geluid van aanzwellende sirenes.

1

'Bel me!'

'Het is dringend!'

'Waarom neem je niet op?!?'

Het is halfacht 's ochtends, ik stap net van de loopband als ik vijf gemiste oproepen en drie appjes van Laila zie. Bel me? Laila staat pas twee jaar onder contract. Bepaalde privileges moet je verdienen. Mij storen vóór halfnegen, dat mogen alleen de hele grote. Ik doe alles voor mijn artiesten, ben 24/7 voor ze beschikbaar, maar mijn ochtendritueel is heilig. De routine bestaat uit twintig minuten op de loopband, vijf minuten onder de douche, zeven minuten in de keuken voor een latte macchiato en mijn overnight oats. Daarna in acht seconden door naar kantoor, ofwel naar de serre, waar mijn bureau staat met uitzicht op de tuin. Gordijnen open, geurkaars aan, mijn vaste playlist starten: Claire is klaar voor de dag.

Wanneer ik net met één voet in de douchecabine sta, belt Laila weer. Blijkbaar is de nood hoog.

'Hai Lai, alles goed?'

'Ik probeer je al een uur te bereiken,' klinkt het geërgerd.

'Sorry schat, ik wilde je zo terugbellen. Ik ben naakt.'

'Naakt?'

'Ik stap net onder de douche. Kan het wachten?'

'Heb je het niet gezien, Claire?'

Ik heb geen idee waarover ze het heeft.

‘Ik lig onder vuur. Ik ben het volgende slachtoffer,’ zegt ze met een dramatische ondertoon.

‘Van wie?’

‘Van Angel. Ze heeft iets over me gepost.’

‘Serieus?’

‘Ja echt,’ zegt ze giechelend. ‘Best vleiend toch? Nu hoor ik er helemaal bij.’

Angel de Vos bestiert het grootste juicekanaal van ons land. Haar voornaamste activiteit is ‘juice’ ofwel roddels verzamelen en online verspreiden. Haar tipgevers noemt ze haar speurneuzen. Angel beschouwt het als haar missie om publieke personen te ‘ontmaskeren’. Ontmaskeren is in dit geval een verzachtende term voor eindeloos sarren en zwartmaken. Angel wordt gehaat en gevreesd door artiesten en op handen gedragen door haar volgers. Het is de eerste keer dat de roddelkoningin haar pijlen richt op een van mijn talenten. Je kon erop wachten, maar dat het Laila is, verbaast me hogelijk. Ik had mijn geld op Charly gezet.

‘Wat is de juice?’ vraag ik.

‘Een van haar speurneuzen heeft me zogenaamd betrapt met hamburgers. Allemaal onzin natuurlijk.’

‘Ik bel je zo terug.’

2

Ik schiet mijn badjas aan, loop de trap af naar de keuken en laat mijn volautomatische espressomachine een latte macchiato voor me maken. Het apparaat heeft me een vermogen gekost, maar dan heb je ook wat. Terwijl de koffie wordt bereid, bekijk ik op Instagram de stories van Angel.

LAILA DE VEGAVLOGGER BETRAPT! staat er in kapitalen.

Ik zie Laila door een supermarkt lopen met een pak hamburgers in haar winkelmandje. Blijkbaar heeft een van de speurneuzen van Angel het winkelbezoek stiekem gefilmd. Bij de volgende story – VEGAVLOGGER = FAKE – wordt ingezoomd op het mandje. Het zijn duidelijk echte burgers en niet de vega-variant.

Daarna verschijnt Angel in beeld. Ze zit voor een oudroze muur en praat recht in de camera. Het Insta-filter dat ze heeft gebruikt is zó heftig dat ze meer op een kerstengel lijkt dan op een mens van vlees en bloed. Glinsteringen dansen over haar gezicht, dat wordt omlijst door rode pijpenkrullen. Zelfs als ze lacht, springen de *sparkles* van haar tanden. Haar huid is bleek en bijna doorschijnend, ze heeft grote groene ogen, sproeten op haar wangen en glanzende lippen. Ze houdt een knaloranje lolly in haar hand die haar iets kinderlijks geeft.

'*O my god!*' roept ze lachend tegen haar volgers. 'Kennen jullie Laila Yildiz? Ik had nog nooit van haar gehoord, maar ze schijnt de vaste scharrel te zijn van Floris Vermeer, je weet wel, die lekkere bioloog. En daarnaast is ze vegavlogger. Sinds kort heeft ze een eigen rubriekje op 24Kitchen. Dat zal Floris wel voor haar hebben geregeld...'

Geïrriteerd schud ik mijn hoofd. Nee Angel, daar heeft Floris niets mee te maken. Die deal heb ik, haar manager, gesloten. Zijn veel knaken mee gemoeid.

'... Laila staat dan in haar keuken in een pan met kikkererwten en quinoa te roeren. Er zit altijd een kat op het aanrecht, wat ik nogal smerig vind. Ze serveert dat eten aan haar vrienden die aan de keukentafel zitten. Ik weet niet of dat echte vrienden zijn of dat ze die inhuurt, want het is allemaal super *awkward.* Die vrienden zijn elke keer zogenaamd totaal verrast dat ze een vleesvervanger hebben gegeten en geen echt vlees.'

Angel laat haar stem een octaaf dalen: 'Je snapt natuurlijk wel dat De Groene Slager deze meid dik betaalt om met hun producten te koken. Alles is gesponsord, alles.'

Haar stem schiet weer omhoog: 'En intussen vreet de vegavlogger dus gewoon hamburgers.'

Verdomme. Dit verhaal kan gevolgen hebben voor onze deal met De Groene Slager. Angel laat nogmaals de foto van het met vlees gevulde winkelmandje van Laila zien en richt zich rechtstreeks tot mijn artiest: 'Hallo Laila! Dit zijn goedkope kiloknallers uit het slachthuis. Weet je wat? Ik noem jou voortaan Blabla. Jij praat poep. Vega blabla praat jij. Jij bent helemaal niet diervriendelijk, vriendin. Ik vraag me trouwens af of Floris weet dat zijn scharrelkipje een fake-vegetariër is.'

Angel pauzeert even en begint aan haar lolly te zuigen. Ze neemt er de tijd voor.

'En dit is niet alles, hoor. Het wordt nog veel erger. Weet je wat er is gebeurd sinds ik deze juice gisteravond heb gepost? Mijn inbox stroomt vol. Ik krijg tips van speurneuzen die Blabla ook vlees hebben zien eten. Dit linksdraaiende hippiemeisje is zó nep. Je kunt het met eigen ogen zien op mijn Secret Juice Channel. Alleen daar, nergens anders. Een speurneus stuurde een foto van Blabla die zich tegoed doet aan broodje shoarma. Het lamsvet druipt van haar kin.'

Weer barst Angel in lachen uit.

'Deze speurneus is uitgeroepen tot Geheim Agent van de Week. Zij krijgt drie maanden gratis toegang tot mijn Secret Juice Channel. Wil jij ook toegang? Klik hier.' Angel wijst naar een link die onder in haar story staat.

Zwaar geïrriteerd klik ik op de link. Voordat ik actie kan ondernemen, moet ik weten waarmee we te maken hebben. Ik moet alles zien. De berichten, de foto, alles.

Op de welkomstpagina lees ik enthousiaste berichten van nieuwe abonnees. Het blijken vooral mensen met een baarmoeder te zijn.

'Hoi, ik ben benieuwd, ik vind je fantastisch en geweldig om al die juice te lezen,' schrijft Dominique. '*You go girl!*'

'Meid, jij bent mijn favo juicekanaal. Ik zeg mijn Spotify op voor jou,' laat Lisa weten.

'Ik wil die extra juice niet missen,' zegt Fleur.

'Hoppa, cadeautje voor me vrouwtje, die is gek op jouw juice,' aldus Mitchell.

Me vrouwtje. *Really*, Mitchell? Ik slaak een zucht.

Een abonnement op het kanaal met *inside scoops* die te juicy zijn voor Instagram kost tien euro per maand. Het laatste wat ik wil is geld overmaken naar Angel, maar ik heb geen keus. Schrale troost: ik kan het bedrag als aftrekpost opvoeren bij mijn belastingaangifte.

Een paar klikken later heb ik toegang tot het exclusieve betaalkanaal vol extra roddels, die door haar speurneuzen zijn aangeleverd. Het aantal abonnees staat bovenin vermeld. Mijn mond zakt open. Inclusief mijzelf, telt Angels Secret Juice Channel 5.857 betalende leden. Ofwel: Angel toucheert bijna zestigduizend euro per maand met het delen van vuiligheid. Briljant verdienmodel.

Ik tel twee tips over Laila. 'Mijn inbox stroomt vol,' riep ze toch? Overdrijven is ook een vak.

'Die vegavlogger houdt zeker weten van hamburgers. Ze koopt ze elke week!'

'O ja, ik ken haar. Zij is nep. Zij eet vlees. Ik heb het bewijs.'

En daar is de foto van Laila die voor een felverlichte Turkse shoarmatent in een broodje döner hapt. Een vrij onduidelijke foto, waarschijnlijk na het uitgaan genomen. Ze loenst een beetje, misschien heeft ze te veel gedronken of andere middelen gebruikt.

Ik maak er een screenshot van en bel Laila via FaceTime.

3

'Zo Blabla,' zeg ik cynisch. 'Lekker bezig.'

Laila draagt alleen een wit spaghettitopje, haar haren zitten in een slordige knot. Geen spoortje make-up, een bril op – want haar lenzen nog niet in – en toch razend knap. Hoe dan? Laila is een van de weinige vrouwen die moeiteloos wegkomen met zo'n strak shirtje zonder beha. Bij haar staat het oprecht schattig, niet hoerig. Het leven is oneerlijk.

'Alsjeblieft, noem me geen Blabla. Dit gaat toch helemaal nergens over?'

'Ik heb net tien euro uitgegeven om te kunnen zien hoe jij een broodje shoarma staat weg te harken. Ik zou dit niet te licht opvatten.'

'Heeft ze daar echt een foto van?' vraagt ze geschrokken.

'Natuurlijk. Daarmee lokt ze nieuwe abonnees voor haar betaalkanaal. Kijk zelf maar.'

Ik stuur Laila het screenshot via Whatsapp.

Twee seconden later begint ze te vloeken.

'Hoe de fuck komt zij aan deze foto? Nina heeft hem gemaakt. Ik was uit met de meiden. Hij heeft alleen in onze groepsapp gestaan.'

'Verkoopt deze Turk ook vega shoarma?' probeer ik tegen beter weten in.

Ze schudt haar hoofd.

'Wanneer was het?'

'Paar maanden geleden.'

'Ga dat even na voor me. Ik moet de datum precies weten. Misschien was het nog net voor we het contract sloten met 24Kitchen. Dat zou een stuk schelen.'

'Zou een van die meiden me hebben verraden?' vraagt Laila zich hardop af.

'Ik weet het niet, Lai. En voor wie had je die hamburgers eigenlijk gekocht? Ook voor jezelf?'

'Echt niet! Voor mijn broer Badr. Hij zou langskomen en hij lust geen vleesvervangers.'

'Jezus, Laila. Laat ze hem dan zelf meenemen. Hoe kan ik jouw imago in godsnaam bewaken als jij er zo slordig mee omspringt?'

Laila schokschoudert.

Ik check nog even mijn stappenteller. Al 4.140 stappen binnen, dankzij de loopband. Nog bijna zesduizend te gaan vandaag. Mijn koffie is lauw geworden. Ik drink hem in grote slokken op. Daarna begin ik door de woonkamer te ijsberen. Van de voorkant naar de achterkant is precies negentien stappen. Ik hou van multitasken. Facetimen en stappen maken is een win-winsituatie. Terwijl ik heen en weer loop, geef ik Laila de preek.

'Wat wij met De Groene Slager aan het opbouwen zijn, is meer dan alleen een vlog met recepten en gezellige etentjes. Het is een online community voor vegetariërs. Jij bent het gezicht van dat platform. Alles wordt om jou heen gebouwd. Daar moet je je dan wel naar gedragen. Je bent een rolmodel.'

'Ik weet het,' klinkt het kleintjes.

'Ik zeg dit niet om je te fucken, hè? Ik ben je manager. En die van Floris. Hoe denk je dat dit op hem afstraalt?'

'Ja, dat mens haalde Floris erbij. Dat slaat toch helemaal nergens op? Wat heeft hij ermee te maken?'

'Niets. Maar ook alles. Je bent "de vriendin van". Een potentieel powerkoppel. Dus alles wat jij doet, kleeft aan hem en omgekeerd.'

'Verschrikkelijk,' zegt Laila. 'Floris weet nog van niks. Ik durf het hem niet te zeggen. Hij wordt gek. Hoe moet ik dat doen?'

'Ik zou het hem in elk geval zelf vertellen, voordat hij het op een andere manier te horen krijgt.'

'Is deze toestand heel nadelig voor me?' De ernst van de situatie lijkt steeds meer tot haar door te dringen.

'Je zult altijd met mensen te maken krijgen die erop uit zijn je onderuit te halen. Hoe hoger je ster rijst, des te gretiger die mensen worden. Angel doet alsof ze nog nooit van jou heeft gehoord, maar dat is bullshit. Natuurlijk weet ze wie je bent. Blijkbaar ben je een factor van betekenis aan het worden. Dat is positief. Maar de bagger die ze over je verspreidt is schadelijk. Andere juicekanalen zullen het bericht overnemen. De online showrubrieken en kranten misschien ook. Angel is uit op een rel. Dat moeten we zien te voorkomen.'

Ik check opnieuw mijn stappenteller. Bijna 4.300. Voordat ik zo echt aan het werk ga, wil ik de 5.000 aantikken. En dan loop ik meteen even tien keer de trap op en neer. Dat quotum moet ik ook halen: veertig verdiepingen per dag.

'Vanmorgen kreeg ik allemaal boze reacties op mijn Insta-account,' biecht Laila op. 'De ergste heb ik verwijderd, en ik heb de mogelijkheid om te reageren uitgezet. Kan ik verder nog iets doen?'

'Nee, jij doet helemaal niets. Jij hebt al genoeg gedaan. Ik ga dit proberen recht te breien.'

Laila slaakt een kreet van ontzetting.

'Het loopt uit de hand,' zegt ze. '*AD* meldt het ook.'

Twee klikken later vind ik het bericht.

VEGAVLOGGER EN VRIENDIN VAN FLORIS VERMEER FRAUDEERT kopt het *AD* op haar site. Ooit was die krant een deftige meneer, tegenwoordig is ze een roddeltante. *AD* noemt *Boulevard* als bron, dat het nieuws op zijn beurt heeft overgenomen van Angel. Het is de bekende route.

'Er gebeurt precies wat ik je net voorspelde. *Boulevard* trapt af, dan volgt het *AD*. Straks *De Telegraaf*, NU.nl en *Shownieuws*.'

'Waarom gaat mijn winkelmand viral?!' roept Laila.

'Je zult vandaag worden gebeld door journalisten,' voorspel ik. 'Je gaat niet opnemen en niemand te woord staan. Altijd stilzitten als je wordt geschoren. Laat mij dit oplossen, daar ben ik voor. Even voor alle duidelijkheid: het interesseert mij geen drol of je een vegetariër bent of niet, Laila. Al vreet je elke dag een halve koe op, je doet je best maar. Alleen, zorg er vanaf nu voor dat niemand je meer kan betrappen. Helemaal niemand. Begrepen?'

4

Na het gesprek met Laila staat mijn stappenteller op 5.135. Net over de helft. Ik doe mijn badjas uit en ren tien keer de trap op en neer. Daarna neem ik een douche, trek een van mijn huispakken aan en ga achter mijn bureau zitten. Sinds corona draag ik meer casual kleding dan ooit tevoren. Voor videovergaderingen trek ik snel even een nette blouse aan boven mijn joggingbroek. De kokerrok mogen ze erbij denken.

'Goedemorgen, met Claire Jansen, ik ben op zoek naar Cesar Sanders.'

Cesar is de CEO van De Groene Slager met wie ik de sponsordeal voor Laila en 24Kitchen heb gesloten.

'Het spijt me, mevrouw Jansen. De heer Sanders is niet bereikbaar,' laat de receptioniste weten.

'Komt hij nog op kantoor vandaag?'

'De heer Sanders bevindt zich op Bali voor een yogaretreat. Hij houdt ook een digital detox. Zijn telefoon heeft hij moeten inleveren. Alleen als er echt een noodgeval is, mogen we contact opnemen met het resort. Is dit een noodgeval?'

'Absoluut niet,' verzeker ik haar. Ik verbreek de verbinding en slaak een zucht van verlichting. Uitstel van executie. Het kon niet beter.

Nadat ik een verse latte heb gemaakt, scrol ik op mijn gemak door het betaalkanaal van Angel. Ik ben benieuwd wat je krijgt voor tien euro per maand. Angel deelt vooral screenschots van berichten die ze van haar speurneuzen binnenkrijgt.

Hai Angel, ik heb juice over weerman Hein de Koning. Hij baalt enorm dat hij kaal aan het worden is en gebruikt finasteride. Dat is een haargroeimiddel. Een van de bijwerkingen is erectieproblemen, dus zijn vrouw is er niet blij mee. Zij doet het met een vader van het schoolplein.

'Hoe hilaar! Hein is van de regen in de drup geraakt,' luidt het antwoord van Angel. Ze heeft er een foto bij gezet van de weerman, met vrouw en kinderen, op de rode loper van de première van een familiemusical. Ze ogen gelukkig.

Een andere speurneus levert informatie over Brenda van Hintum. Brenda presenteert een latenighttalkshow en is de rijzende ster van RTL4.

Brenda van Hintum is in het echt heel arrogant. Mijn moeder werkt in een kledingwinkel en daar sprong ze helemaal uit haar panty omdat haar bestelling niet klaarlag. Mijn moeder wilde nog een selfie met haar nemen, maar ze zei dat ze haast had.

'Verbaast me niks,' reageert Angel. 'Brenda is vreselijk. De roem is haar naar het hoofd gestegen. Ik heb al vaker dit soort berichten over haar binnengekregen. Op tv poeslief, en achter de schermen een tiran. Iedereen die met haar heeft gewerkt, heeft een hekel aan haar.'

Angel heeft een zo ongelukkig mogelijke foto van Brenda bij het bericht geplaatst, waarop het lijkt of ze een enorme onderkin heeft.

Tussen alle roddels door zie ik video's van Angel waarin ze likkend aan een lolly haar licht op het privéleven van anderen laat schijnen. Ze zit altijd voor dezelfde oudroze muur en kwebbelt er lustig op los, soms lacherig, soms schreeuwerig, dan weer op een zogenaamd verontwaardigde toon die bij haar volgers blijkbaar in de smaak valt. Ik klik een van de video's aan.

'Hallo daar, leuk dat je kijkt,' roept Angel.

Leuk is het woord niet, Angel. Het is werk.

'Ik heb zojuist het ultieme bewijs gekregen dat rapper Guido een onbetrouwbare narcist is. Dat vermoedde ik al lang, maar ik weet het nu zeker dankzij een van mijn speurneuzen. Zij wil graag anoniem blijven, dus laat ik haar Blondie noemen. Blondie is een lekkere meid die van een grapje houdt. Blondie heeft via DM een sexy selfie naar rapper Guido gestuurd. Ze vroeg of hij met haar wilde afspreken in een hotel en dat vond meneer de narcist een prima idee. Dat hij thuis een vrouw op de bank heeft zitten, interesseert hem blijkbaar niks. Wat een walgelijke kerel is dit.'

Angel zwaait woest heen en weer met haar oranje lolly.

'Blondie heeft met hem afgesproken, maar ze is niet komen opdagen, dus ik hoop dat hij heel lang voor niks in die hotelkamer heeft zitten wachten. Guido, als je kijkt: we hebben je door! Je kunt je vrouw in de maling nemen, maar ons niet. En Blondie: lekker bezig! Blijf vooral die selfies sturen. Zo vallen ze bij bosjes, al die viespeuken.'

Verbijsterd klik ik de video weg. Wat een zieke spelletjes spelen Angels speurneuzen. De politie zou het uitlokking noemen.

Ik ben een goede manager omdat ik mijn artiesten uit elke situatie kan lullen. Wat en wie er ook op ze afkomt, ik weet er raad mee. Sinds de opkomst van internet en social media is mijn werk een stuk uitdagender geworden. Publieke personen zijn wandelende schietschijven geworden waarop iedere gek vanaf zijn scherm kan vuren. Juicekanalen, zoals die van Angel, vrezen god noch gebod. Door hun manier van opereren wordt het bijkans onmogelijk om mijn mensen schadevrij door het digitale mijnenveld te loodsen.

Regeren is vooruitzien. Het is tijd voor preventieve actie.

5

Charly is te laat. Ik had niet anders verwacht. De rest van mijn artiesten meldt zich keurig op tijd voor de videovergadering. Laila zittend op bed in haar slaapkamer in een gebloemde kimono, met de kat op schoot. Floris in een hangmat op de veranda van een houten hut in Extremadura in Spanje, met op de achtergrond een kale rotswand. Hij is op reportage en heeft me de afgelopen dagen ongevraagd bestookt met foto's en filmpjes van vale gieren. Jesse bevindt zich zo te zien in de gym. Hij draagt een loszittend, crèmekleurig hemd zonder mouwen.

Jesse van Leeuwen is stiekem mijn lievelingscliënt, al zal ik dat nooit toegeven. Hij is een van oorsprong klassiek geschoolde balletdanser met een lichaam dat Michelangelo uit een stuk marmer lijkt te hebben gehouwen. Door een lelijke blessure die hij op zijn eenentwintigste verjaardag opliep – iets met een steile trap en te veel gin-tonics – kwam zijn balletcarrière voortijdig ten einde. Blut en verslaafd aan pijnstillers maakte Jesse een account aan op OnlyFans, waar hij de homo-erotiek tot een hoger niveau bracht met zijn stripacts op spitzen. Als Mr. Gay Ballet Pornstar verdiende hij bakken met geld. Een van zijn trouwste en best betalende fans was een Schotse filmregisseur die zo verliefd op hem werd dat hij Jesse castte voor een rol in een arthousefilm. Op dat moment kwam ik in beeld. Laila kende Jesse van een yogaklasje en stuurde me een spraakbericht met de vraag of ik de manager wilde worden van een balletdanser/pornoster die op het punt stond om door te breken als acteur.

'Deze gast gaat knallen, Claire, ik zweer het je, ik heb een neus voor die dingen. Neem Jesse als klant. *Thank me later.*'

Ik waagde de gok en gaf Jesse een plek in mijn stal. Tot ieders verbazing, ook zijn eigen, bleek hij fantastisch te kunnen acteren. Na zijn debuut kreeg hij de ene na de andere rol aangeboden. Tussen hem en de filmregisseur, Brian Evans, werd het serieus. Ze hebben samen een huis gekocht in het centrum van Amsterdam en zijn gelukkiger dan ooit.

Het valt me op dat Laila en Floris elkaar negeren. Laila heeft hem twee dagen geleden op de hoogte gebracht van de vega-rel, die zoals voorspeld ook *De Telegraaf* en *Shownieuws* heeft gehaald. Hij trok het slecht, zei ze. Zo te zien is hij nog steeds boos.

Mijn mobiel gaat. Het is Charly.

'Hebben wij een afspraak?'

'Ja, een videovergadering met de hele stal. En jij bent te laat. Zit je achter je laptop?'

'Nee.'

Ik zucht. Charly is 64 jaar. Hij haat computers. 'Is Yaprak thuis?' vraag ik. 'Roep haar anders even. Zij kan je vast helpen.'

Yaprak is de huidige geliefde van Charly. Hij noemt haar het beste dat hem ooit is overkomen, ik noem haar zijn duizenddingendoekje. Ze brengt hem overal naartoe, maakt zijn huis schoon, doet de administratie, de boodschappen, en ze kookt.

Nadat Yaprak Charly heeft aangemeld en een kop koffie naast hem heeft neergezet, zijn we compleet. Charly zit op zijn werkkamer. Achter zijn bureau hangen zijn gouden platen.

'Waar gaat dit over?' Charly neemt meteen het woord.

'Over Angel,' roept Laila. 'Die heks!'

'O ja, ze heeft jou goed te pakken genomen, hè schat?' zegt Jesse. 'Verschrikkelijk. Ik wilde je nog appen. Hoe is het nou?'

'Kut,' antwoordt Laila. 'Iedereen haat me.'

'Dat zal wel meevallen,' probeert hij haar op te beuren. 'Het lijkt altijd erger dan het is.'

Floris zwijgt.

'Goed, even centraal,' begin ik. 'Fijn dat jullie allemaal tijd konden vrijmaken. Ik heb deze vergadering belegd om jullie te waarschuwen voor de praktijken van Angel. Zoals jullie weten, is Laila onlangs negatief in het nieuws gekomen door haar juice.'

'Ik weet van niets,' bromt Charly. 'Wie is Angel? En wat is juice?'

'Onder welke steen leef jij?' zegt Laila.

'Angel is een roddeltante, Charly,' zeg ik. 'Zij deelt geruchten over BN'ers, oftewel "juice", op Instagram. Ze heeft een miljoen volgers en is een factor van betekenis geworden in de entertainmentindustrie.'

'Hoe komt ze aan die roddels?' vraagt Charly.

'Blijkbaar houden Nederlanders ervan om elkaar te verklikken. Mensen sturen haar tips. Dat kunnen foto's zijn, maar ook filmpjes, e-mails, screenshots van app-conversaties, noem maar op. Angel noemt deze tipgevers haar speurneuzen...'

'Sneuneuzen, bedoel je,' sneert Laila.

'Angel deelt zo'n beetje alle roddels die ze binnenkrijgt. Andere media pikken haar berichten op en zo wordt het "nieuws".'

Ik maak aanhalingstekens met mijn vingers.

'Wat heb je dan gedaan, meissie?' vraagt Charly aan Laila. 'Ben je vreemdgegaan? Is dat het? Is Floris daarom zo stil?'

Floris sluit zijn ogen en schudt zijn hoofd.

'Wil je het zelf vertellen of zal ik het doen?'

'Doe jij het maar, Claire.'

'Laila heeft hamburgers gekocht.' Nu ik het zo hardop zeg, klinkt het best belachelijk. 'En shoarma gegeten.'

'Maar dat kan zij toch makkelijk hebben,' vindt Charly. 'Of vind je jezelf nu te dik?'

'Daar gaat het niet om, Charly. Laila is sinds kort het gezicht van De Groene Slager. En dan is het dus niet de bedoeling dat ze als carnivoor in de media komt.'

'Ach, elke vegetariër heeft op z'n tijd een stukje vlees nodig. Ja, toch?'

Floris kan zich niet langer meer inhouden. 'Geen enkel mens heeft vlees nodig. We kunnen prima zonder. En dat weet Laila ook.'

'Voor jou is het makkelijk,' zegt Laila scherp. 'Jij hebt nog nooit van je leven vlees gegeten. Jij weet niet wat je mist.'

'We dwalen af.' Ik probeer de kemphanen bij de les te houden.

'Met alle respect, Claire,' zegt Floris met ingehouden woede. 'Voor mij is dit geen kleinigheidje. Ik beschouw mens en dier als gelijken, ze zouden gelijke rechten moeten hebben. Mensen die vlees eten zijn in feite dierenmishandelaars.'

Laila begint te snikken. De kat springt van haar schoot af.

'Wat?' mengt Charly zich nu in de discussie. 'Mag dat meissie van jou geen vlees eten? Wat is dat voor flauwekul?'

'Ja Floris, ik vind je een schat. En een knapperd, dat weet je. Maar je slaat wel een beetje door,' valt Jesse hem bij. 'Die kat van jullie eet toch ook vlees? En al die roofvogels waarmee je je volgers doodgooit op Insta ook.'

'Jongens, laten we bij de kern blijven.' De meeting verloopt niet helemaal zoals ik voor ogen had.

'Mijn voornaamste taak is jullie te beschermen tegen de buitenwereld, maar dat kan alleen als jullie je bewust zijn van dit gevaar. Angel deinst nergens voor terug. Ze maakt iedereen kapot, dat is haar corebusiness, haar bijnaam is niet voor niets de VIP-vergruizer. Ze doet dat zonder enige scrupules, verdient er veel geld mee en ze geniet ervan.' Ik haal diep adem en breng mijn gezicht dichter bij de camera.

'Alles wat je zegt, maar ook alles wat je ooit eerder hebt gezegd, kan en zal tegen je worden gebruikt. Elk appje of mailtje dat je hebt verstuurd, elke DM op Facebook of Instagram kan openbaar worden. Elke foto of video die ooit van je is gemaakt, kan uitlekken. Als je een Twitter-account hebt, loop die na. Misschien heb je in het verleden weleens getweet dat je negerzoenen lekker vindt of een grap gemaakt die nu als fout wordt bestempeld. Dat kan je je carrière kosten. Verwijder die tweet, maar koester niet de ijdele hoop dat het probleem daarmee is opgelost. Er is misschien wel iemand die er een screenshot van heeft gemaakt om je erbij te kunnen naaien. Heb je een affaire gehad of online geflirt? Ik raad je aan om het vast op te biechten aan je partner voordat het naar buiten komt. Het maakt niet uit hoelang het geleden is. Er bestaat voor jullie geen verjaringstermijn.'

Er valt een geladen stilte. Jesse pakt met zijn vrije hand een zware dumbbell op en begint de biceps van zijn rechterarm te trainen.

'Wat is een DM?' vraagt Charly.

'Een Direct Message,' antwoordt Jesse met een lichte kreun. 'Maar die krijg jij niet, want je hebt geen social media-accounts.'

'Mij kan dus niets gebeuren,' concludeert hij tevreden, waarna hij een slok koffie neemt.

Ik schraap mijn keel. 'Integendeel, Charly. Gezien jouw roerige verleden is de kans groot dat je binnenkort aan de beurt bent.'

'Hoezo? Ik heb niks misdaan.' Hij zet zijn koffiekopje met een klap terug op het schoteltje.

'Dat zeggen alle mannen,' fluistert Laila.

Jesse hevelt de dumbbell over naar zijn linkerhand.

'We hoeven niet in details te treden, maar je stond gedurende je huwelijken niet bepaald bekend als een hondstrouwe echtgenoot.'

'Ja, luister eens even: ik moest ze van me afslaan. Nog steeds. Die wijffies zijn heel gewiekst. Sommigen zijn net als vliegen op de stroop. Die blijven plakken. Dat weet jij ook, Claire. En je leeft maar één keer, hè?'

'Wat ik bedoel te zeggen, is dat de kans zeer aanwezig is dat Angel binnenkort met het bericht komt dat jij seksueel grensoverschrijdend gedrag hebt vertoond jegens vrouwen.'

'Moet ik nou bang worden voor ene Angel? Ik heb nog nooit een vrouw tegen haar zin aangeraakt.'

Laila slaakt een diepe zucht. 'Dat denken alle mannen. Maar soms ervaart een vrouw zoiets heel anders. Zit ze helemaal niet op jouw aanrakingen te wachten.'

'Ja, dat zou even lekker worden,' roept Charly gepikeerd. 'Wat kan ik daaraan doen? Ik kan niet in die koppies kijken, hè? Ik heb nog nooit klachten gehad. Ze kwamen altijd terug voor meer.'

'Laten we het erop houden dat er ongetwijfeld vrouwen zijn geweest die je hebt teleurgesteld,' zeg ik. 'Die vrouwen – of hun vriendinnen – kunnen Angel een bericht sturen en zij zal dan roepen dat jij een overspelige lapzwans bent en een seksueel roofdier. Zo gaat dat tegenwoordig.'

'Ze kunnen ook aangifte van aanranding of verkrachting doen,' vult Jesse gedienstig aan. 'Hangt er ook nog eens proces aan je broek. Ik ben zo blij dat ik homo ben. En dat Brian en ik alles van elkaar weten. Wij kennen nul jaloezie.' Hij legt de dumbbell weg en kijkt tevreden naar zijn bovenlijf.

'Dat wil niet zeggen dat Angel je nergens op kan pakken,' help ik hem uit de droom. 'Laila is daar een goed voorbeeld van. Deze waarschuwing geldt voor jullie allemaal. Ook voor jou, Floris.'

'Ach, Floris is zo'n heerlijke man,' zwijmelt Jesse. 'Daar wordt toch niemand boos op?'

'Jawel,' zegt Floris, terwijl hij naar de wolkeloze, blauwe lucht gebaart. 'Ik krijg geregeld het verwijt dat ik met mijn vliegreizen de planeet kapotmaak. Dat doet pijn. Ik wil juist laten zien hoe mooi onze aarde is.'

'En weet je nog die keer met die stewardess, Floris?' vult Laila aan, duidelijk blij dat ze een pijl op haar volmaakte vriend kan richten. 'Toen je uit je stekker ging omdat ze hete koffie over je schoot liet vallen? Ik dacht nog: als deze dame kwaad wil, stuurt ze een berichtje naar Angel.'

'Ik had een jetlag,' verdedigt Floris zich.

'Dat is geen excuus,' zeggen Laila en Jesse in koor.

'Iedereen maakt fouten,' zeg ik. 'Deze vergadering is bedoeld om je ervan bewust te maken dat jullie extra kwetsbaar zijn als het gaat om misstappen. Een gewaarschuwd mens telt voor twee. Probeer je als een modelburger te gedragen.'

'Hoor nou wat je zegt, Klaartje,' zegt Charly woest. 'Denk jij dat ik had bereikt wat ik heb bereikt als ik me mijn hele leven als een modelburger had gedragen? Als ik mijn school netjes had afgemaakt en een baantje op kantoor had genomen zoals mijn vader wilde? Dan was ik geen artiest geworden, had ik die hits nooit geschreven. Hadden hier,' hij wijst naar de muur achter hem, 'geen gouden platen gehangen, maar ordinaire IKEA-posters. Ik ben godverdomme blij dat ik geen grijze muis ben. Wil jij werken met modelburgers? Ga dan lekker wat anders doen alsjeblieft.'

'Staat genoteerd, Charly.' Ik heb geen zin om met hem in discussie te gaan. Vandaag niet. 'Iemand iets voor de rondvraag?'

'Ik heb het nog nooit gedaan, dus ik denk dat ik het wel kan.' Laila praat zo zacht dat ik haar amper versta.

'Wat zeg je, Laila?'

'Ik heb het nog nooit gedaan, dus ik denk dat ik het wel kan,' zegt ze, nu luider. 'Dat zei Pippi Langkous altijd. Ik heb het vanmorgen met lipstick op de badkamerspiegel geschreven. Het spijt me Floris, ik ben nooit echt vegetariër geworden, ik ben nooit helemáál gestopt met vlees eten, maar ik zal het doen, nu echt. Ik ga écht nooit meer vlees eten, ik –'

'Sorry dat ik even inbreek,' Yaprak leunt over de schouders van Charly. 'Maar deze meneer moet naar de fysio. En Laila: die quote is niet van Pippi Langkous, al wordt hij door de halve wereld aan haar toegeschreven. Hij staat op tegels en stickers met haar naam eronder. Alleen heeft ze het nooit gezegd.'

'Dat meen je niet!' roept Jesse verontwaardigd. 'Ik heb hem op een T-shirt.'

Het irriteert me dat Yaprak stiekem heeft meegeluisterd en zich ongevraagd in de vergadering mengt.

'Een wijze les om mee af te sluiten,' zeg ik. 'Fake news wordt vanzelf waarheid als je het maar vaak genoeg verkondigt. Dat is waarmee we moeten dealen.'

6

'Kan ik je vertrouwen?'

Ik kijk achterom. Tyrone heeft net zijn zaad over mijn billen geloosd. Vooraf vroeg hij keurig: 'Waar wil je dat ik spuit? Zeg het snel. Zeg het snel, want ik kom bijna.' Ik draaide me om en stak mijn kont bevallig in de lucht. Hij kreunde en ik voelde een warm regenbuitje op mijn billen en onderrug neerdalen.

'Hoe bedoel je?' Met zijn boxer veegt hij het bespetterde gebied zorgvuldig schoon. Daarna vlijt hij zich naast me.

Ik ga op mijn zij liggen en kijk hem aan. 'Wat wij hebben, is dat nog steeds alleen tussen ons?'

'Natuurlijk.'

'Je hebt het aan niemand verteld?'

Tyrone schudt van nee.

'Helemaal niemand?'

'Waarom zou ik?' Tyrone gaat rechtop zitten, pakt zijn Rolex van mijn nachtkastje en doet hem om zijn pols.

Ergens ben ik opgelucht, maar ik voel ook een kleine steek in mijn buik. Blijkbaar beteken ik zo weinig dat hij niet de behoefte voelt om met anderen over mij te praten.

'Ik weet dat je soms stiekem een foto van me maakt, van achteren. Wat doe je daarmee?'

'Zeg, wat is dit voor een kruisverhoor?' Hij gaat naast het bed staan. 'Heb je mijn boxers gewassen?'

'In de la,' wijs ik.

Tyrone pakt een schone boxer en gooit de vuile in de wasmand.

'Sorry, ik ben een beetje paranoia geworden. Ik heb geen zin om op een juicechannel te belanden als het liefje van de reservekeeper van Ajax.'

'Maar dat ben je wel.' Hij zegt het met een tevreden grijns.

'Heb je enig idee hoe het zou overkomen?'

Hij haalt zijn schouders op en trekt een broek aan.

'Het zou alleen maar gaan over het leeftijdsverschil. Jij wordt omgedoopt tot toyboy. Ik tot cougar.'

'Claire, je bent een lekker wijf. Iedere man zal het begrijpen.'

Een lekker wijf dat binnenkort oma wordt, maar dat weet Tyrone niet.

Zijn shirt gaat weer aan. Jammer. Ik zie hem liever zonder.

Ik zucht. 'Er zullen alleen maar flauwe grappen worden gemaakt. Ik zie de memes al voor me. Jij met een luier, ik met een rollator. En dan de woordgrappen: raakschieten, schot voor open doel...'

Ik probeer hem af te schrikken, maar het doembeeld lijkt weinig indruk op hem te maken. Zijn voeten glijden in zijn Balenciaga-sneakers. Mijnheer heeft een dure smaak.

'Chill hem babe,' zegt hij terwijl hij zijn dip dye dreadlocks in model duwt. 'Het komt niet naar buiten.'

7

'Hoeveel gok jij, mam?' vraagt Chloe.

Het is ons vaste ritueel in de wachtkamer. De ogen van mijn dochter zijn net getest. Straks bespreken we de uitkomst met haar arts.

'Even denken, de vorige keer was het tien procent, toch?'

Chloe knikt.

'Dan blijf ik bij de tien procent. En jij?'

'Ik denk acht procent.'

Het verbaast me niets dat ze lager inzet. Chloe is altijd pessimistischer dan ik, maar acht procent klinkt heel summier.

'Denk je echt dat het zo weinig is?'

'Ik vrees van wel.'

De verliezer van de weddenschap moet na afloop trakteren. Meestal ben ik het. Maar deze keer hoop ik van harte dat ik gelijk heb. Dat we de tien nog hebben.

'Hoe gaat het met Patrick?' vraag ik luchtig.

'Knetterdruk met het gala. Het wordt nog grootser dan vorig jaar. O ja, ik vergeet het je steeds te vragen, maar denk je dat Charly zou willen optreden?'

'Wanneer is het ook alweer?'

'14 mei.'

Ik raadpleeg Charly's agenda.

'Hij heeft nog niets staan die dag. Wat is de gage?' vraag ik met een knipoog.

'De gage? Kom op, mam, wat denk je zelf? Het is een benefietgala. Niemand krijgt een gage.'

'Het was een grapje, schat.'

Ze zag mijn knipoog niet. Ik kan mezelf wel voor mijn kop slaan.

We worden binnengeroepen door dokter Vieira.

Hij begroet Chloe hartelijk en complimenteert haar met haar mooie buik.

'Als ik dat tenminste mag zeggen,' voegt hij eraan toe. 'Je weet het niet meer tegenwoordig.'

'U mag dat,' zegt Chloe met een glimlach. Ze kennen elkaar al jaren.

'Ik zag jou en je man laatst op tv praten over het gala. Zo goed dat jullie dat doen. Alle aandacht is meegenomen. Iedereen op de afdeling is er blij mee.'

'U staat als VIP op onze gastenlijst,' zegt Chloe met een glimlach.

'Zeer vereerd. Ik zou het voor geen goud willen missen.' Dokter Vieira neemt plaats achter zijn bureau.

Ik trek de stoel van Chloe een stukje naar achteren zodat ze makkelijker kan gaan zitten.

'De laatste keer dat we elkaar zagen, is twee maanden geleden,' zegt de arts nadat hij een blik op zijn computerscherm heeft geworpen. 'Hoe is het nu?'

'Ik heb het idee dat mijn zicht sneller achteruitgaat,' antwoordt Chloe. 'En eerlijk gezegd, vind ik dat heel beangstigend. Ik betrap mezelf erop dat ik stiekem hoop dat de baby te vroeg geboren wordt. Dan weet ik tenminste zeker dat ik hem...' Ze hapert en maakt haar zin niet af.

Haar verdriet is mijn verdriet. Kon ik het maar dragen. Kon ik de aandoening maar van haar overnemen. Ik leg mijn hand op die van Chloe, maar ze duwt hem weg. Ze wil geen medelijden. Ze wil weten waar ze aan toe is.

'Daarom wilde ik onze afspraak vervroegen,' verduidelijkt ze.

'Dat begrijp ik. We zullen de resultaten van de visustest zo doornemen, maar ik wil je ogen eerst even goed bekijken.' Dokter Vieira staat op en begeleidt haar naar de hoek waar hij het onderzoek met een microscoop en een felle lamp zal uitvoeren. Chloe weet hoe het werkt. Ze zet haar bril af en houdt haar hoofd achterover zodat de arts de pupilverwijdende oogdruppels kan toedienen.

Mijn handtas begint te trillen. Het is mijn mobiel. De Groene Slager belt. Ik vloek binnensmonds. Waarom uitgerekend nu?

'Chloe, dit gaat over Laila. Het is dringend. Vind je het erg?'

'Neem hem maar, mam.' Ze is het gewend.

'Dit duurt toch wel even,' stelt dokter Vieira me gerust.

8

‘Hallo Cesar, alles goed? Ben je terug uit Bali?’

Ik sta in de gang van de oog-afdeling.

‘Nee,’ zegt hij kortaf. Normaal gesproken is de chef-kok en ondernemer een joviale spraakwaterval: altijd goedgehumeurd en positief. Een tikje te zweverig naar mijn smaak; hij probeert me er bij elke meeting van te overtuigen dat ik net als hij volgens het ikigai-principe moet gaan leven. Hij beweert daar zó gelukkig van te zijn geworden. En vooral: zo rijk. Ik geloof niet dat een zweverig Japans concept mijn leven dusdanig kan opfleuren dat ik in een blije labrador verander met een Tesla Y en grijzende slapen zoals Cesar Sanders.

Vandaag klinkt Cesar alsof hij zijn ikigai even kwijt is. ‘Er werd vanmorgen een fax onder de deur van mijn kamer door geschoven met het dringende verzoek van kantoor om mijn telefoon aan te zetten. Een fax! Ik zat midden in een digitale detox. Heb je enig idee wat er daarna gebeurde?’

Cesar wacht mijn antwoord niet af.

‘Mijn mobiel ontplofte. Ik heb tientallen appjes gekregen van collega’s, vrienden en kennissen. En honderden reacties op onze social media-accounts. Allemaal over Laila. Dat ze een nep-vegetariër is. Dat het een schande is dat zij het gezicht is van ons bedrijf. De Groene Slager is af, roepen ze. Vaste klanten dreigen met een boycot. Kun jij me uitleggen hoe dit heeft kunnen gebeuren?’

Ik wandel met grote passen door de lange gangen van het

ziekenhuis. Ik kan net zo goed nu wat stappen zetten.

'Het spijt me verschrikkelijk, Cesar. Ik heb geprobeerd je te bereiken, maar ik begreep dat je alleen voor noodgevallen mocht worden gestoord. Dit leek een storm in een glas water.'

'Kom op, Claire. Jij weet als geen ander hoe dit werkt.'

'Het is uit de hand gelopen,' geef ik toe. 'Angel heeft haar volgers opgehitst. De media hebben de zaak opgeblazen. Daardoor lijkt het erger dan het is.'

'Ik heb een prachtig bedrijf opgebouwd,' gromt Cesar. 'Een eerlijk bedrijf, een groen bedrijf. We doen alles volgens de regels. Het is een godgeklaagd schandaal dat wij nu ineens op de verdachtenbank zitten dankzij een of ander rioolkanaal. Dit verdienen we niet.'

Hij is even stil. Op de achtergrond klinkt het getingel van klankschalen. Ik word nooit rustig van die dingen. Ze werken zo op mijn zenuwen.

'Wanneer ben je terug?' vraag ik.

'Volgende week. Maar we kunnen dit niet parkeren. Er liggen vragen van journalisten.'

'Alsjeblieft nergens op reageren,' druk ik hem op het hart. 'Dat is olie op het vuur.'

'We zullen met een statement moeten komen. Dit bloedt niet vanzelf dood. En zelfs al zou dat het geval zijn, bij het eerstvolgende persmoment zal iedere verslaggever erover beginnen. We kunnen er niet onderuit.'

Ik zucht. Ik weet dat hij gelijk heeft.

'Geef me een dag,' vraag ik hem. 'Morgen stuur ik je een conceptpersbericht namens De Groene Slager en Laila. Als jij erop hebt geschoten, sturen we het gezamenlijk uit. Ik denk dat dat het beste is. We mogen Angel niet de kans geven om ons tegen elkaar uit te spelen.'

'Akkoord.' Hij klinkt kalmer dan aan het begin van ons gesprek. Niets verbindt meer dan een gezamenlijke vijand.

Nadat we het gesprek hebben beëindigd, besef ik dat hij niet eens heeft gevraagd of Laila nu wel of geen vegetariër is.

9

Dokter Vieira zit weer achter zijn bureau met Chloe tegenover hem. Ze houdt haar blik gericht op haar handen, die samengeknepen in haar schoot liggen.

Dokter Vieira kijkt ernstig.

'Je gezichtsscherpte is inderdaad verminderd, Chloe,' zegt hij dan. 'Je visus is nu acht procent. We hebben al eerder besproken dat iemand met jouw aandoening op zo'n jonge leeftijd zelden zo'n laag visus percentage heeft. De snelle daling lijkt zich voort te zetten. Ik zou willen dat ik beter nieuws had.'

Chloe's adem stokt. Ze probeert uit alle macht niet te huilen, maar ik zie haar ogen vochtig worden. Voorzichtig leg ik mijn hand op haar rug.

'Helaas is ADOA een ziekte met een onvoorspelbaar en grillig verloop. Ik heb je ogen net nauwkeurig onderzocht om te bekijken of de verslechtering misschien een andere oorzaak heeft, maar dat is niet het geval.'

Het gezichtsvermogen van mijn 27-jarige dochter is minder dan tien procent. We wisten dat dit uiteindelijk kon gebeuren, maar niemand had verwacht dat haar ogen zo hard achteruit zouden gaan. Autosomale dominante opticusatrofie, ofwel ADOA, is een zeldzame genetische aandoening die onherstelbare schade aan de oogzenuwen veroorzaakt.

Toen de diagnose bij Chloe werd gesteld, was ze eenentwintig. Ze had een succesvolle carrière als professioneel baanwielrenner en droomde van olympisch goud. Al vanaf jonge leeftijd droeg ze een bril, maar ze merkte dat haar zicht steeds waziger werd. Op een gegeven moment zag zo onscherp dat ze zich door een oogarts liet onderzoeken. Ze bleek drager van het gen dat ADOA veroorzaakt. De arts vertelde haar onomwonden dat er geen genezing of behandeling mogelijk was. De klap kwam hard aan.

Drie jaar later was haar zicht dermate achteruitgegaan dat Chloe definitief afscheid moest nemen van het baanwielrennen. Ik zag met lede ogen aan hoe mijn dochter veranderde van een ambitieuze topsporter in een visueel gehandicapte, voor wie het dagelijks leven steeds minder makkelijk werd.

'De afhankelijkheid vind ik het ergste,' vertelde ze me. 'Hoelang zal ik me nog alleen kunnen redden in het openbare leven? Zelf autorijden is al niet meer verantwoord. Noodgedwongen leunen op anderen is veel erger dan niet meer op hoog niveau kunnen sporten.'

Patrick, nu haar man, was destijds haar coach. Hij is vijftien jaar ouder dan Chloe, maar ik kan me geen betere schoonzoon wensen: hij is mijn dochters grote steun en toeverlaat.

Na het beëindigen van haar profcarrière gingen Patrick, Chloe en ik op skivakantie in Oostenrijk om onze zinnen te verzetten. Een van de instructeurs zag Chloe worstelen op de piste en verzocht haar dringend een geel hesje te dragen tijdens de afdalingen. Patrick kreeg er ook een, zodat ze hem beter kon volgen. Chloe was altijd een uitstekende skiër en voelde zich vernederd. Tijdens de après-ski dronken we ons ongemak weg met veel glühwein en het was die avond dat Patrick het idee opperde om een oogstichting op te richten.

'We kunnen jouw bekendheid als voormalig topsporter inzetten,' bedacht hij. 'We kunnen geld inzamelen waarmee onderzoek kan worden gedaan. Wie weet lukt het een behandeling te vinden voor ADOA. Eentje die de achteruitgang remt of helemaal tot stilstand brengt. Dat zou toch geweldig zijn?'

Patricks enthousiasme werkte aanstekelijk. Chloe beet zich vast in hun nieuwe missie, en met succes. Tot mijn vreugde bloeide ze op: ze gaf lezingen in het land en werd een graag geziene gast in talkshows om te praten over leven met een visuele beperking. Omdat ze de wielersport niet kon missen, besloot ze mee te doen aan de para-cyclingcompetitie. Ze racet nu op een tandem en traint samen met piloot Nancy. Zij heeft geen beperking en heet de piloot omdat ze voorop zit, Chloe wordt de stoker genoemd. Nancy is minstens zo fanatiek als Chloe. Vorig jaar pakte het duo een zilveren medaille tijdens het WK para-cycling op de baan. Goud op de Paralympische Spelen lijkt een logische volgende stap.

Wat betreft het stellen van doelen, is mijn dochter gelukkig geen spat veranderd. Maar eerst zal ze moeder worden. Vlak na het WK raakte ze zeer gewenst in verwachting. Patrick en zij staan te trappelen om ouders te worden. Haar visus was toen ze zwanger werd ongeveer tien procent. Genoeg om de baby te kunnen bewonderen, hoopte ze. Nu lijkt ze de race tegen de klok te verliezen.

'Is er echt niets wat u voor Chloe kunt doen?' vraag ik tegen beter weten in. 'Zijn er geen nieuwe behandelmethodes? Is er misschien een trial waarvoor ze in aanmerking komt?'

'Het spijt me heel erg,' zegt dokter Vieira. Zijn handen rusten werkloos op zijn bureau.

Chloe's bril is beslagen. Ze zet hem af en wrijft de tranen uit haar ogen.

'Ik merk elke week dat mijn zicht minder wordt,' zegt ze met een geknepen stem. 'Het is alsof ik door twee boterhamzakjes kijk. Het kost me steeds meer moeite om ergens op te focussen. Over ruim een maand ga ik bevallen. Als de achteruitgang in het huidige tempo doorgaat, wat moet ik dan verwachten?'

Dokter Vieira schraapt zijn keel. 'Zoals ik al zei, is ADOA onvoorspelbaar. We zullen het van dag tot dag moeten bekijken. De achteruitgang kan stagneren, maar ook versnellen. Dit is een moeilijke boodschap, dat besef ik. Het enige wat we met zekerheid kunnen zeggen, is dat je zicht niet beter gaat worden. Het blijft de komende tijd hetzelfde of het wordt minder. Hoeveel minder, is afwachten.'

Je zult de gelaatstrekken van je zoontje alleen van heel dichtbij kunnen bekijken. Het is mogelijk dat jij deze fout in je DNA *al aan hem hebt doorgegeven, waardoor ook hij visueel gehandicapt kan worden. Je kunt uiteindelijk bijna volledig blind worden en hij ook.*

Niemand zegt het hardop. Maar we weten het allemaal.

10

Wanneer ik de volgende ochtend onder de douche sta, hoor ik mijn mobiel een paar keer piepen. Nadat ik me heb afgedroogd, zie ik dat zowel Jesse als Laila een voicemessage heeft achtergelaten. Al mijn artiesten hebben zo hun eigen manier van communiceren. Jesse en Laila spreken doorgaans ellenlange spraakberichten in of ze appen. Floris mailt, als enige. Charly belt of gebruikt Yaprak als zijn woordvoerder; zij stuurt, heel formeel, sms-berichten.

'Hai lieverd,' begint Jesse. 'Nog even met mij. Ik had het gisteren met Brian over Angel. Ik weet niet of je het hebt meegekregen, maar ze heeft gisteravond op haar Secret Juice Channel een video gepubliceerd van de woonkamer van dj F-Site bij wie de coke gewoon nog op tafel lag. Was hij vergeten op te ruimen of weg te snuiven. Je zag hem in laveloze toestand op de grond liggen met zijn hand in zijn broek en braaksel op zijn kin. Er liep ook een halfnaakt meisje door de kamer dat een selfie met F-Site maakte zonder dat hij het doorhad. Heel knap meisje, daar niet van, maar toch lullig. Het commentaar van Angel was superirritant. Zij beweert dat ze deze video openbaar maakt omdat ze hem wil helpen. "Ga afkicken, F-Site!" riep ze. "Je familie maakt zich zorgen om je." Angel de beschermengel, gelooft ze het zelf? Dat mens doet het alleen voor de fame en de clicks. Maar goed, het heeft me wel aan het denken gezet. Brian en ik hebben af en toe huisfeestjes. Daar kan het best wild aan toegaan, als je begrijpt wat ik bedoel, en we hebben niet aan iedere aanwezige om een legitimatiebewijs gevraagd. Ik vrees dat er ook beelden van bestaan. Hoe kunnen we nou voorkomen dat die naar buiten komen? Brian zei dat ik het jou gewoon even moest laten weten en dat je het vast wel kon oplossen. Kusjes!'

Ik slaak een diepe zucht, trek een joggingpak aan en loop naar de keuken voor mijn latte. Dankjewel, Brian, voor je vertrouwen. Wat wil je dat ik doe? Alle aanwezigen van jullie huisfeestjes benaderen om te vragen of ze eventueel belastend materiaal willen vernietigen? Op straffe van wát?

11

In mijn werkkamer luister ik het bericht van Laila af.

'Haaai Claire,' klinkt het. 'Met mij. Ik wil even zeker weten of je het echt meende, toen je laatst zei dat het jou niet uitmaakt of ik vlees eet. Gisteravond kwam mijn broer langs en ik had nog vier hamburgers in de vriezer liggen van de vorige keer. Het was zo kut, want ik heb Floris toen hij thuiskwam gezworen dat ik nooit meer vlees zal eten, maar aan de andere kant, als ik die hamburgers zou weggooien, dan zouden die koeien helemaal voor niks zijn gestorven. Dat zou toch respectloos zijn? Veel erger dan ze opeten. Badr kreeg drie burgers weg, de vierde heb ik genomen. Na afloop voelde ik me zo smerig, echt vreselijk goor. En ik werd zo para dat ik de verpakking van die burgers niet in mijn eigen vuilnisbak durfde te gooien. Badr heeft alles in een plastic zak gedaan met een steen erin. Die zak heeft hij 's nachts in een sloot gedumpt. Niemand is hem gevolgd, niemand heeft hem gezien, maar ook dat voelt ellendig. Want nu ben ik een monster dat vlees eet en een milieuvervuiler, snap je? Toen ik op mijn zestiende besloot de islam af te zweren en geen hoofddoek meer te dragen, was dat een bevrijding. Ik dacht dat ik me nooit meer zondig zou voelen. Maar sinds ik vegetariër ben, is dat loodzware gevoel weer terug. Als ik alleen al trek heb in een Big Mac voel ik me schuldig.' Laila begint te snikken. 'Het is alsof de toekomst van de mensheid en van alle dieren van *míj* afhangt. Het is gewoon te veel om te dragen voor één persoon. Ik moest het aan iemand kwijt. Je hoeft je geen zorgen te maken over Badr. Ik vertrouw hem honderd procent. Hij zal me nooit verlinken, maar toch ben ik bang dat Angel er op een of andere manier achter zal komen. Als ik nu in de supermarkt ben, loop ik met een grote boog om de vleesafdeling heen, puur uit angst. Straks maakt iemand een foto van me waarop het lijkt of ik biefstuk aan het uitzoeken ben. Hoe kan ik me daar dan tegen verweren?'

Goeie vraag, Laila. Ik weet het niet.

Ik drink de laatste slok van mijn latte, loop terug naar de keuken en zet het lege glas in de vaatwasser. Dan besluit ik om toch nog even wat verdiepingen te doen. Er staan er pas vier op de teller. Halverwege de eerste stuurt Yaprak een sms.

'Bel me.'

Met lichte tegenzin volg ik haar commando op.

'Hai Yaprak, met Claire. Alles oké?'

Yaprak negeert mijn vraag.

'Het was een goede zet dat je al je artiesten hebt gewaarschuwd voor Angel,' begint ze.

'Ja, dat leek me wel nodig,' antwoord ik, enigszins verbaasd. Sinds wanneer maakt Yaprak mij complimentjes?

'Maar je begrijpt natuurlijk wel dat het voor Charly te laat is. Angel hoeft maar één keer een oproep te doen of er een speurneus is die juice over hem heeft, en ze zal genoeg munitie krijgen om hem kapot te maken.'

'Ik begrijp het,' zeg ik. 'Jesse en Laila zijn ook bang dat...'

'Charly is niet bang,' onderbreekt ze me. 'Hij vindt het allemaal onzin en kan zich niet voorstellen dat een of ander dom huppelkutje hem kan beschadigen. Jij en ik weten beter. Jij wilt toch ook niet dat het uitkomt?'

Nee, dat wil ik niet.

'Wat verwacht je van me, Yaprak? Ik kan een brand pas blussen als hij is aangestoken. We moeten afwachten en hopen dat ze Charly met rust laat.'

'Als jij pas in actie komt wanneer de vlammen al uit het dak slaan, ben je te laat,' zegt ze kalm. 'Jouw voornaamste taak is om jouw artiesten te beschermen. Ik heb het niet alleen over Charly. Jesse, Laila en Floris zijn net zo kwetsbaar. En wat denk je van jezelf? Angel is een ongeleid projectiel. Zij is jouw nieuwe aartsvijand. Je moet haar onschadelijk maken. Zo snel mogelijk.'

Waar bemoei je je mee, wil ik haar toebijten terwijl ik harder op de traptreden stamp. Maar ergens weet ik dat ze gelijk heeft.

12

'Ga zitten,' gebaart Cor met een grote glimlach. 'Ik heb je lang niet gezien, Claire. Te lang. Wil je koffie? Of een glas wijn? *It's five o'clock somewhere.*'

Al vijftien jaar is Cor Hellendonk mijn advocaat. We hebben zaken gewonnen, we hebben zaken verloren. Ik zou hem alles wat me lief is toevertrouwen. Hij is een heer van de oude stempel: hoffelijk en voorkomend, in de basis ernstig van aard, maar met altijd licht twinkelende ogen achter zijn ronde brillenglazen.

Zijn koffiezetapparaat is onze *running gag*. Cor zweert bij filterkoffie. Die laat hij net zolang op het warmhoudplaatje staan tot hij bitter als gal wordt en dan pas vindt hij hem lekker. Hij kreeg ooit een espressoapparaat van me, maar dat heeft hij diezelfde kerst aan een cliënt gegeven die een deurwaarder over de vloer had gehad.

'Ze namen alles zonder pardon in beslag, Claire,' vertelde hij. 'Ze gristen zelfs de cadeaus voor de kinderen onder de boom vandaan. Zo sneu.'

'Heb je al een nieuw koffiezetapparaat?' vraag ik met een knipoog.

'Zeer zeker niet,' antwoordt hij. 'Wat wordt het? Ik heb een Château Lafite Rothschild Pauillac uit 2001. Perfect op temperatuur.'

Mijn advocaat loopt naar zijn zwarte, dubbeldeurs wijnklimaatkast met vier zones, die hij gekscherend zijn boekenkast noemt. De flessen staan bijna rechtop in de stellingen, ze hellen slechts licht naar achteren en lijken te roepen: 'Kies mij!'

Tegen een Rothschild nooit nee zeggen. Even later proosten we.

'Hoe gaat het met Chloe?' vraagt Cor.

Zijn blik wordt ernstig als ik hem vertel over het ziekenhuisbezoek van de dag ervoor.

'Wat een hard gelag. Ze is nog zo jong. Is er echt niets aan te doen?'

Ik schud van nee en neem een slok wijn. Het woord uitmuntend rolt op mijn tong.

'Drank als troost,' zeg ik met een zucht. 'Heb je de *save the date* voor het gala ontvangen?'

'Jazeker, staat in mijn agenda.'

'Chloe zal het geweldig vinden dat je komt. Ze is dol op je.'

'Dat is geheel wederzijds.' Cor zet zijn glas neer. 'Maar vertel, wat kan ik voor je betekenen? Je zei iets over een roddelkanaal. Bedoel je die toestand met Laila? Doet Cesar moeilijk?'

Cor heeft het contract met De Groene Slager mede opgesteld, hij behartigt de juridische belangen van al mijn artiesten.

'Cesar is not amused,' geef ik toe. 'Maar ik heb het onder controle.'

'Hij moet niet zeuren,' vindt Cor. 'De overeenkomst is volstrekt duidelijk: Laila kookt vegetarisch voor 24Kitchen met de producten van De Groene Slager. Wat ze in haar privéleven doet, gaat niemand wat aan.'

'Stond er ook niet ergens een zinnetje in over haar vegetarische levenswijze?'

'De clausule die Cesar daarover wilde opnemen heb ik geschrapt.'

Cor wendt zich tot het scherm van zijn MacBook en schudt met de muis. 'Ik vermoedde al dat je over Laila zou beginnen.'

Hij draait het scherm, zodat ik kan meelezen: 'Artikel 7, lid 3 luidt: "Opdrachtgever zal zich in haar media-uitingen en op social media profileren als vegetariër. Ze zal op geen enkele wijze producten gebruiken, tonen of promoten die vlees bevatten." Naar mijn weten kwijt ze zich uitstekend van die taak en valt haar niets te verwijten.'

Ik slaak een zucht van verlichting.

'Juridisch gezien, sta je sterk. Echter...' Hij laat een stilte vallen. 'Als het gaat om beeldvorming, dan is het een ander verhaal. Heb ik het goed begrepen dat ze zowel hamburgers als shoarma heeft gegeten?'

'Ze heeft hamburgers gekocht. En shoarma gegeten, maar waarschijnlijk is dat gebeurd vóór de ondertekening van het contract. Ze vindt het lastig, omdat ze het eten van vlees meer mist dan ze had verwacht. Intussen beweert Floris dat hij er ook onder lijdt. Hij wordt op het gedrag van Laila aangesproken door zijn linkse vriendjes.' Ik rol met mijn ogen om aan te geven hoe ik over Floris en zijn vrienden denk.

'Mag Laila wel drínken? Dat zal ze nodig hebben met een man die zo streng in de leer is,' grapt Cor.

'Ik heb een persverklaring opgesteld. Cesar kijkt er nu naar. Misschien kun jij er ook nog een blik op werpen.'

'Natuurlijk.'

'Maar Laila is niet mijn enige probleem. Zij heeft een hoge gunfactor. Dat komt wel goed. Ik maak me meer zorgen om Charly en Jesse. Die hebben wat lijken in hun kast.'

'Strafbare feiten?' vraagt Cor.

'Voor zover ik weet, niet. Maar je hoeft geen strafbaar feit te hebben gepleegd om het slachtoffer te worden van een online steniging. De bontjas van je oma dragen is al voldoende.'

'We leven in een rare tijd,' beaamt Cor. 'En Tyrone Ooft? Zie je die nog?'

Ik verslik me in een slok wijn. Al hoestend realiseer ik me dat ik mijn avontuurtje met de reservekeeper van Ajax een halfjaar geleden aan mijn advocaat heb opgebiecht.

'Godsamme, ik vergeet steeds dat jij dit weet. Je hebt het aan niemand verteld, toch?'

'Uiteraard niet.' Hij klinkt een beetje gekwetst.

'We hebben nog steeds contact,' geef ik toe. 'Al begin ik 'm behoorlijk te knijpen. Angel gaat steeds rücksichtsloser te werk.'

'Waar bemoeit dat mens zich mee?' zegt Cor geërgerd.

'Angel bemoeit zich overal mee. Wat ik van jou wil weten: waar ligt de grens? Ze schendt voortdurend de privacy van min of meer bekende mensen door roddels, foto's, video's ongevraagd openbaar te maken. Het commentaar dat ze erbij geeft, is denigrerend en hatelijk, en haar volgers vreten het. Het aantal betalende abonnees van haar kanaal groeit elke dag. Ze verdient tonnen met het exploiteren en creëren van leed. Mag ze dit ongestraft doen?'

Cor zet zijn bril af, pakt een doekje dat op zijn bureau ligt en maakt de glazen zorgvuldig schoon. Daarna zet hij hem weer op en kijkt me vorsend aan.

'Als ik je goed begrijp, wil jij deze Angel het liefst een halt toeroepen. En wel zo snel mogelijk, voordat jouw artiesten aan de beurt komen.'

Ik knik.

'Dan moet ik je teleurstellen. Het lijkt misschien anders, maar wat Angel doet, is oude wijn in nieuwe zakken. Ze verspreidt roddels. Dat gebeurt al eeuwen. Of het nu via de krant, een blaadje of het internet is: het is toegestaan. De rechterlijke macht heeft bepaald dat mensen die zich in het openbare domein begeven het op de koop toe moeten nemen dat er over hen wordt bericht. Zolang ze niet valselijk worden beschuldigd van strafbare feiten, mag dat. Stel dat Angel ten onrechte beweert dat Charly een vrouw onzedelijk heeft betast, dan staat hij voor een duivels dilemma. Hij kan dreigen met een kort geding en een rectificatie eisen. Misschien bevredigend voor zijn gevoel van rechtvaardigheid, maar tegelijkertijd gooit hij olie op het vuur. Het verhaal over de aanranding zal hierdoor alleen maar meer aandacht krijgen. Waar rook is, is vuur, denkt het publiek dan. Doorgaans is niet reageren de beste reactie.'

Hij neemt een slok. We hebben nog nooit zo lang over ons eerste glas gedaan.

'Er is wel een verschil met vroeger, Cor. Voorheen lagen die blaadjes bij de kapper of bij tante Mien thuis. Ze werden nauwelijks serieus genomen en belandden na een week in de kattenbak. Tegenwoordig gaan roddels viraal, waardoor veel meer mensen er kennis van nemen, gewild of ongewild. *Copy paste* is de nieuwe vorm van journalistiek en Google bewaart alles. Eenmaal besmeurd, word je nooit meer schoon.'

'Dat mag zo zijn, maar de behoefte aan *gossip* zal nooit verdwijnen,' zegt Cor droogjes. 'Jouw artiesten kunnen niets anders doen dan dit accepteren. Er is één uitzondering: een publiek persoon geniet wel bescherming als het gaat om medische gegevens. Daarover mag absoluut geen informatie worden verspreid. Als Angel dat doet, zit ze fout. Of het nu waar is of niet.'

Ik sla het laatste restje Rothschild naar binnen. Hij smaakt ineens een stuk minder.

'Je had gehoopt op beter nieuws,' concludeert mijn advocaat. 'Dat begrijp ik. Je weet dat ik Angel met liefde kapot zou procederen, maar dat kan alleen nadat ze iets naar buiten brengt waarvan ze niet aannemelijk kan maken dat het waar is.'

Cor maakt aanstalten om me bij te schenken, maar ik hou mijn hand boven mijn glas.

'Laat je me deze prachtige Rothschild nou helemaal alleen opdrinken?' vraagt hij verontwaardigd.

'We zullen een list moeten verzinnen, Cor. Heb je een kop koffie voor me? Dan kan ik beter nadenken.'

'Dat ik dit nog mag meemaken,' grinnikt mijn advocaat terwijl hij opstaat.

'Je hebt zeker geen melkschuimer?'

'Nee.'

'Gooi er dan maar gewoon een scheut melk in.'

'Heb ik ook niet.'

'Jezus Cor, dat jij nog klanten hebt is me een raadsel.'

'Mijn klanten komen voor de wijn.'

Terwijl Cor koffiezet, check ik het account van Angel. Haar laatste story is een oproep aan haar miljoen volgers. 'Hallo speurneuzen! Spot jij Blabla ergens bij een snackbar of op de vleesafdeling van een supermarkt? Slide in mijn DM. Ik wil het weten. Ik heb net gehoord dat ze nog steeds vlees vreet. We zullen dit hypocriete quinoakutje een lesje leren.'

Ik laat het aan Cor zien.

'Weinig fraai,' vindt hij.

'Valt hier juridisch niets tegen te beginnen? Het is een verkapte oproep tot stalking.'

'In theorie kan het, maar wat valt er te halen? Die story is over 24 uur weer verdwenen. Hoe kan Laila aantonen dat ze eronder heeft geleden en welk schadebedrag kan ze eraan hangen?'

Mijn mobiel piept. Laila belt.

Neem gerust op, gebaart Cor.

13

'*What the fuck*, Claire? Heb je het gezien? Waarom wil dat wijf me kapotmaken? Wat heb ik haar misdaan?'

Laila klinkt behoorlijk hysterisch.

'Ik weet het niet, lieverd. Misschien is ze net ongesteld geworden?'

'Wat zeg je?'

Ik heb meteen spijt van mijn poging tot luchtigheid. Seksistische grappen doen het slecht bij Generatie z.

'Ik begrijp dat je boos bent, dat ben ik ook. Toevallig zit ik net bij Cor. Ik zet je op speaker zodat hij je kan horen.'

'Hi Cor,' zegt Laila matjes.

'Hallo Laila,' antwoordt mijn advocaat.

'Juridisch gezien is er helaas weinig tegen te beginnen, vertelde Cor me net. Hij kijkt zo nog even naar het persbericht, en als Cesar ook akkoord is, doen we het zo snel mogelijk de deur uit. Hopelijk kunnen we dan een streep onder alle ellende zetten.'

Ik probeer monter te klinken.

Cor zet een kop koffie voor me neer.

'Hoe gaat het met je, meisje?' vraagt hij aan Laila.

Voor mannen op leeftijd blijft Laila een meisje, al is ze een volwassen vrouw van vierentwintig.

'Ellendig. Ik durf amper de straat op, ik heb het idee dat iedereen naar me kijkt. Als iemand een mobieltje in zijn hand houdt, ga ik er meteen vandoor. Ik krijg allemaal appjes van vriendinnen, die ik niet durf te beantwoorden, want ik ben bang dat ze er screenshots van maken. Mijn leven is een hel.'

'Waarom ga je niet naar Spanje om Floris op te zoeken?' suggereert Cor. 'Even weg van al die onzin? Dit gaat nergens over.'

'Zie je me al op Schiphol staan? Daar word ik zeker herkend en gefotografeerd. Kan dat mens triomfantelijk melden dat ik het land uit vlucht omdat ik in het buitenland ongestoord vlees wil eten.'

Ik neem een slok koffie en spuug die bijna meteen weer uit. Hij smaakt bitterder dan ooit. Cor ziet het en glimlacht.

'Ik zou in elk geval ophouden met het volgen van haar account,' zeg ik.

'Maakt geen bal uit. Ik krijg het toch wel te horen. En Floris ook. Die is weer pissig. Hij zegt dat hij niet meer weet wie hij moet geloven: Angel of mij. Hij vliegt overmorgen naar huis en wil zich tot die tijd focussen op de Spaanse gieren.'

'Het spijt me heel erg, Laila. Maar vooralsnog kun je niets anders doen dan je gedeisd houden.'

'Weet je wat het allerergste is?' Ze praat verder op fluistertoon. 'Ik denk de hele dag aan kip. Daar heb ik zo'n trek in. Van die drumsticks, die zijn ingesmeerd met van die goedkope rode kipkruidenmix en daarna gebakken in boter, zodat het velletje knapperig wordt. Zalig.'

Ik zucht. Mijn vegavlogger lijkt met de dag minder vega.

'Zal ik je een portie drumsticks brengen?' biedt Cor aan. 'Ik smokkel ze wel bij je naar binnen.'

Ik werp hem een verontwaardigde blik toe.

'Je laat je te veel op de kast jagen, Laila. Ga mediteren of nieuwe recepten bedenken voor je rubriek. Je hebt afleiding nodig. Cor en ik moeten weer even door. Hou je goed!'

14

Nadat ik de verbinding met Laila heb verbroken, kijk ik werktuiglijk of Angel nog iets nieuws heeft gepost. Dat heeft ze.

'OMG, OMG!' roept ze in haar Insta-story. 'Hete juice. Vers van de pers.' Ze wappert met een stapel A4'tjes. 'Ik krijg dit net officieel overhandigd, want ik word aangeklaagd. Weerhaan Heintje is boos op me. Ik heb laatst gemeld dat hij een haargroeimiddel gebruikt waardoor hij impotent is en dat zijn vrouw vreemdgaat. Volgens hem is dat absoluut niet waar. Nou, mijn bronnen weten wel beter. Kijk maar op mijn Secret Juice Channel, daar staat het allemaal. Als je je nu abonneert, krijg je de eerste maand alle juice gratis. Klik op de link en go!' Ze zwaait nogmaals met de A4'tjes in beeld. 'OMG, OMG, het dringt nu pas echt tot me door. Straks moet ik voor de rechter verschijnen. Hoe enig is dat? Wat zal ik aantrekken? Eerlijk gezegd vind ik het wel jammer dat het de weerman is die het allereerste kort geding tegen me aanspant. IJdele Heintje is C-garnituur, ik had op wat beters gehoopt. Ik hou jullie op de hoogte, schatten, ik moet nu shoppen. Doei!'

'Brutaal als de neten,' zegt Cor en er klinkt iets van bewondering in door.

Ik neem nog een slokje van mijn inmiddels koude koffie.

'Echt niet te zuipen,' zeg ik met een vertrokken gezicht. 'Ik ga zo even wat stappen zetten, daarna wil ik een glas Rothschild.'

Cor kijkt me verbaasd aan.

'Deze rechtszaak is een geschenk uit de hemel. Het leidt hopelijk de aandacht van Laila af, en ik weet nu wat me te doen staat. Jij moet in haar DM *sliden*, Cor.'

'Waar moet ik in sliden?'

Ik ben zo opgewonden dat ik bijna begin te stotteren. 'Stuur haar een privébericht via Instagram en bied je diensten gratis aan. Ze zal vast al wel een advocaat op het oog hebben, maar jij bent de beste van Nederland als het gaat om mediazaken. Ze zal dolblij met je zijn.'

'Waarom zou ik haar gratis helpen?' vraagt Cor.

'Omdat ik je betaal.'

'Begrijp ik je goed? Ga jij mij betalen om Angel bij te staan?'

'Absoluut.'

'Als ik dat doe, is de kans groot dat ze wint, Claire. Ik dacht dat je haar kapot wilde maken?'

'Een kort geding krijgt haar niet klein, dat zie je toch? Zelfs al zou ze verliezen. Ze is gek op aandacht, ze vindt die rechtszaak alleen maar mooi. Het enige wat ik van je vraag, is dat ik met je mee mag naar jullie eerste meeting. Wees mijn Trojaanse paard.'

Cor trekt zijn wenkbrauwen op. 'Wat ben je van plan? Ik begin medelijden te krijgen met Angel. Waar jij je hoef zet, groeit geen gras meer.'

Ik gooi het hoge woord eruit: '*I'm gonna make her an offer she can't refuse.*'

15

Het kantoor van Cor ligt aan een park. Ik heb mijn hakken verruild voor gympen en loop steeds hetzelfde rondje. Wandelend kan ik goed nadenken. Wat ik met Angel van plan ben is gewaagd, maar als het goed uitpakt, is het briljant.

Tijdens mijn derde rondje belt Cesar. Ik had hem eerder verwacht.

'Wat een puinhoop, Claire. Waarom heb je dit zo uit de hand laten lopen?'

'Ho ho,' zeg ik. 'Ik heb je vanmorgen het conceptpersbericht gestuurd. Daar heb je niet op gereageerd.'

Aanval is de beste verdediging.

'Ik was aan het pakken. Ik zit nu in een taxi op weg naar Denpasar Airport, ik breek de retreat af. Straks is mijn bedrijf naar de klote. Klopt het wat ik heb gehoord? Heeft Laila wéér vlees gegeten?'

'Ze zweert van niet, Cesar,' lieg ik. 'Ik denk dat Angel bluft. Ze levert ook geen bewijs. Maar bovenal maakt het niet uit. Ze houdt zich keurig aan ons contract. Heb je het concept inmiddels gelezen? Cor heeft er ook even naar gekeken. Hij is akkoord, 24Kitchen en Laila ook.'

'Geef me vijf minuten.'

Concept persverklaring
De Groene Slager, Laila Yildiz en 24Kitchen

Naar aanleiding van de recente berichtgeving rondom Laila Yildiz en De Groene Slager hierbij de afzonderlijke verklaringen van directeur Cesar Sanders van De Groene Slager, vegavlogger Laila Yildiz en woordvoerder Elise van Dam van 24Kitchen.

Cesar Sanders van De Groene Slager: 'Wij zijn ontstellend blij met Laila Yildiz als gezicht van ons bedrijf. Laila is een van de vele nieuwe vegetariërs die ons land rijk is. Ze omarmt de vegetarische levenswijze en draagt deze op een positieve en enthousiaste manier uit. Het is voor ons geen nieuws dat Laila pas sinds enige tijd voor de vegetarische levensstijl heeft gekozen. Dit heeft geen belemmering gevormd voor onze samenwerking, integendeel, we zijn blij dat Laila de omslag weloverwogen en bewust heeft gemaakt. We verheugen ons op de komende afleveringen van haar rubriek *Laila Goes Vega* op 24Kitchen.'

Laila Yildiz: 'Het vervult me met grote trots dat ik via 24Kitchen ons land wekelijks mag laten kennismaken met de talloze smakelijke gerechten van de vegetarische keuken. Dankzij Cesar Sanders van De Groene Slager leer ik elke dag bij, ik zie hem als mijn mentor en inspirator en ik ben hem en 24Kitchen zeer erkentelijk voor het in mij gestelde vertrouwen.'

Woordvoerder Elise van Dam van 24Kitchen: 'De rubriek *Laila Goes Vega* betekent een verrijking van ons kanaal. Vegetarisch koken is lange tijd een ondergeschoven kindje geweest in de Nederlandse keuken. In restaurants kon je hooguit één of twee vegetarische gerechten op de kaart vinden. De omslag die sinds enkele jaren gaande is, beschouwen wij als een positieve ontwikkeling waaraan De Groene Slager en Laila Yildiz ieder hun eigen bijdrage leveren. We hopen op een langdurige samenwerking met beide partijen.'

'Akkoord,' appt Cesar na twee minuten.

'Meteen maar de deur uit doen? Hein de Koning heeft Angel net aangeklaagd, dat is een fijne bliksemafleider.'

Hij antwoordt met een opgestoken duim.

16

‘Ik mis je babe, stuur eens iets geils,’ appt Tyrone.

Tyrone volgt het nieuws niet, tenzij het om voetbal gaat. Mijn werk boeit hem weinig, BN’ers nog minder. Het zal hem een worst wezen of Laila wel of geen vlees eet, hij heeft waarschijnlijk nog nooit van haar gehoord. Tyrone en ik hebben elkaar ontmoet op het eerste benefietgala dat Patrick en Chloe hebben georganiseerd. Verschillende profvoetballers maakten daar hun opwachting. Er kon worden geboden op voetbalclinics en *meet and greets*. We maakten oogcontact, raakten aan de praat en ik besloot al snel: deze neem ik vanavond mee naar huis. Zo simpel kan het zijn.

‘Ik ben druk, schat, ik kom bij mijn advocaat vandaan en stap net mijn auto in.’

Eenmaal achter het stuur zie ik dat Cor me een kopie van zijn bericht aan Angel heeft geappt.

Geachte mevrouw De Vos,

Hierbij bied ik u mijn diensten als advocaat aan tijdens het kort geding dat de heer Hein de Koning tegen u heeft aangespannen. Graag zou ik als uw raadsman willen optreden opdat u bent verzekerd van een optimale verdediging met een voor u hopelijk gunstige uitkomst. Omdat dit een bijzondere zaak is die een precedent zou kunnen scheppen, verleen ik mijn diensten in dit geval om niet. Indien gewenst, kunnen we op zeer korte termijn een afspraak maken waarin ik een en ander toelicht. Hopelijk tot spoedig.

Hoogachtend,
Mr. Cor Hellendonk

Terwijl ik de tekst lees, dringt ineens het besef tot me door dat Angel ermee aan de haal kan gaan. Ze kan zijn DM publiceren en Cor belachelijk maken. Dat hij een treurig advocaatje is, die bij de juicekoningin hengelt naar een nieuwe klant. O god, ik hoop dat ze dat uit haar hoofd laat.

'Please,' probeert mijn minnaar weer.

Ik doe twee extra knopen van mijn blouse open zodat mijn zwarte kanten beha zichtbaar wordt. Met mijn vingers duw ik de bovenkant van mijn borsten omhoog, waardoor ze nog boller lijken. Ik zet de camera van mijn mobiel op de selfie-stand en hou hem schuin boven me. Altijd van bovenaf fotograferen, is zoveel voordeliger. Voordat ik klik, steek ik mijn tong een stukje uit. Met het trekken van duckfaces ben ik gestopt sinds dit een treurige streepjescode boven mijn bovenlip en andere ontsierende lijnen rond mijn mond opleverde in plaats van een zwoel plaatje.

In één keer raak, Tyrone zal blij zijn, ik zie er smakelijk en uitdagend uit. Wanneer ik de foto wil versturen, herinner ik me dat er een nieuwe functie is om een foto zó te delen dat hij maar één keer kan worden geopend. Perfect. Het bewijs vernietigt zichzelf.

Amper een seconde later reageert hij.

'De foto is weg. Stuur nog eens!'

'Dat was de bedoeling.'

'Waarom?'

'Ik wil het risico op uitlekken minimaliseren.'

'Je weet dat ik een screenshot kan maken, hè?'

'Ik vertrouw erop dat je dat niet doet.'

'Er is geen lol meer aan met jou.'

'Safety first.'

'Ik heb zin om je te neuken.'

Oké, als hij zo gaat beginnen, verdwijnt mijn weerstand vanzelf. Ik hou van dat directe.

'Hm.'

'Wat hm?'

'Neuken. Lekker.'

Er komt een foto terug en ik mag hem openen zo vaak als ik wil. Tyrone draagt een donkerblauwe trainingsbroek en houdt met zijn linkerhand de bobbel in zijn kruis vast.

'Ben hard voor je.'

Net als ik wil antwoorden, tikt er iemand op mijn ruit. Van schrik slaat mijn hart een slag over. Ik kijk opzij. Een kale man staart me boos aan. Met tegenzin laat ik het raam een stukje zakken.

'Ga je nog weg of hoe zit het?'

'Sorry. Ik was nog even bezig.' Ik voel me betrapt.

Hij geeft een klap op het dak en beent terug naar zijn auto.

Wat een hork.

'Snel afspreken,' app ik Tyrone voordat ik mijn auto start en vertrek.

Hij heeft zijn auto voor het winkelcentrum geparkeerd en wil net uitstappen wanneer het portier aan de passagierskant wordt opengetrokken. Een man met een zwarte muts die tot ver over zijn oren is getrokken, stapt ongevraagd in. Zijn eerste reflex is vluchten, maar de man met de muts grijpt hem bij zijn schouder en duwt hem terug in zijn stoel.

Angstig kijkt hij opzij, dan herkent hij de indringer.

'Jeffrey, wat doe jij hier? Ik heb Novak van de week nog gezien.'

'O echt? Heb je onthouden wat er toen is afgesproken?'

Jeffrey houdt zijn rechterschouder in een ijzeren greep.

'Dat ik het zou brengen. Dat heb ik gedaan.'

'Vijfduizend, Pannenkoek. Dát was de deal.'

'Sorry. Het lukte niet in één keer. De rest komt voor het einde van de week. Je kunt erop rekenen.'

Jeffrey knijpt nog harder in zijn schouder, waardoor Pannenkoek ineenkrimpt.

'Wil jij dat wij die klus voor je doen of niet?'

'Ja natuurlijk. Hoe eerder hoe beter. Ze weet te veel. Iemand heeft haar getipt. Jullie moeten haar de mond snoeren voordat ze me verlinkt.'

'Breng de rest morgen. Anders gaat het niet door.'

'Oké, oké, ik beloof het. Echt. Kan ik nu gaan? Ik heb een afspraak.'

Jeffrey haalt een pakje zware shag uit zijn binnenzak.

'Niet roken in mijn auto, alsjeblieft. Dat valt op.'

Zijn verzoek wordt genegeerd. Jeffrey draait een shagje en steekt hem aan.

'Ben ik nu duidelijk geweest?'

'Zeker, heel duidelijk,' herhaalt Pannenkoek terwijl hij een raam opendoet.

'Raam dicht,' commandeert de muts.

Hij gehoorzaamt.

'Nu even over je andere schulden,' zegt Jeffrey. 'De tijd tikt door, de rente loopt op. We kunnen je niet blijven matsen. Moet ik het voor je opschrijven?'

Hij schudt haastig zijn hoofd.

'Dat hoeft niet. Ik weet het. Ik ben heel dankbaar. Als de klus is gedaan, pak ik de aflossingen meteen weer op.'

Jeffrey bekijkt hem aandachtig terwijl hij een trekje neemt.

'Je klok.'

'Wat is daarmee?'

'Inleveren.'

'Alsjeblieft niet. Dat was een cadeau. Het heeft een inscriptie.'

'Inleveren,' gebiedt Jeffrey. 'Die sportschoenen ook.'

'Wat moet je daarmee?'

Jeffrey grijpt hem met zijn andere hand bij de hals. Hij sluit zijn vingers om zijn keel en knijpt.

'Niet zo'n grote bek, niet zoveel vragen,' zegt hij langzaam.

Pannenkoek hapt gierend naar adem. Pas als hij blauw begint aan te lopen, laat Jeffrey los.

De schoenen en het horloge wisselen van eigenaar.

'Kan ik die klok terugkopen als ik alles heb afgelost?'

'Wat is hij je waard?'

'Is niet in geld uit te drukken.'

'Alles heeft een prijs, Pannenkoek.'

17

Angel draagt een witte blouse zonder mouwen en een witte, linnen broek met wijd uitlopende pijpen en daarop een brede ceintuur van bruin leer. Ze heeft haar krullen gesteild, zodat haar haar langer lijkt. Haar make-up is onberispelijk en haar nagels zijn koraalrood gelakt. Ze lijkt kleiner in het echt, maar dat doen alle bekende mensen. We bevinden ons in de vergaderruimte van het kantoor van Cor. Nadat ze de hand van haar beoogde advocaat heeft geschud, kijkt Angel me vanachter haar enorme Versacezonnebril koeltjes aan. 'En jij bent?'

'Dit is Claire Jansen,' haast Cor zich te zeggen. 'Zij is artiestenmanager, ik werk al meer dan vijftien jaar met haar samen. Ik heb Claire gevraagd of ze bij ons wilde aanschuiven, omdat ik denk dat zij een waardevolle toevoeging kan zijn. Hopelijk heb je daar geen bezwaar tegen.'

Ik glimlach zo breed mogelijk en steek mijn hand uit. 'Leuk je te ontmoeten Angel, ik volg je al geruime tijd. Ongelooflijk wat jij in korte tijd teweeg hebt gebracht.'

'Inderdaad,' beaamt Cor. 'We kunnen met een gerust hart stellen dat door jouw toedoen het medialandschap volledig op z'n kop is gezet. Met alle gevolgen van dien. En daarom zijn we nu hier. Fijn dat je zo snel kon komen.'

Ook niet-gemeende complimentjes kunnen een positieve uitwerking hebben. Angels mondhoeken ontspannen, ze lijkt enigszins te ontdooien.

'Ga zitten,' zegt Cor.

Angel neemt plaats aan het hoofd van de ovale tafel. Ze houdt haar zonnebril op. Cor en ik rest niets anders dan ons naast haar te voegen aan het lange deel, waar een kan met water en drie glazen klaarstaan. Cor schenkt de glazen vol.

'Ik zou jullie koffie willen aanbieden, maar ons apparaat hapert,' zegt hij. 'Ik kan Reinout, mijn stagiair, even koffie laten halen?'

Ik heb Cor vooraf laten beloven dat hij Angel geen filterkoffie aanbiedt. En ook geen wijn.

'Doe geen moeite,' antwoord ik. 'Water is prima.'

'Een skinny latte met havermelk en twee zoetjes graag,' zegt Angel.

Cor geeft de bestelling door aan Reinout, die zijn nieuwsgierigheid naar Angel nauwelijks kan bedwingen en haar van top tot teen bekijkt.

Als zijn stagiair is vertrokken, richt Cor zich tot Angel.

'Mevrouw De Vos,' begint hij.

'Zeg maar Angel.'

'We zijn blij dat je tijd voor ons hebt willen vrijmaken. Zoals gezegd, wil ik je graag bijstaan in de zaak die Hein de Koning tegen je heeft aangespannen.'

'Nog even: wat heeft zij met Hein te maken?' Angel maakt een wuivend gebaar in mijn richting.

'In principe niets,' zegt Cor. 'Maar het is Claire die me op jouw zaak heeft geattendeerd. We hopen vandaag twee vliegen in één klap te slaan. Ik wil beginnen met een informele, verkennende bespreking omtrent het kort geding en in aansluiting daarop zou Claire je een voorstel willen doen. We kunnen de volgorde ook omdraaien als dat jouw voorkeur geniet.'

Angel hoort hem onbewogen aan. 'Ik ben hiernaartoe gekomen omdat je me juridische bijstand hebt aangeboden, gratis. Als zij ook iets van me wil, kan ze zelf een afspraak met me maken.'

Zij. Ik heb geen naam in de wereld van Angel. Mijn briljante plan verloopt minder soepel dan ik had gehoopt. Cor werpt me een veelzeggende blik toe. Jij hebt deze shitshow op touw gezet. Los het dan zelf ook maar op.

'Als ik zo vrij mag zijn om enige duiding te geven…' begin ik.

'Doe geen moeite,' onderbreekt ze me. 'Wat Cor en ik gaan bespreken, is vertrouwelijk. Jouw aanwezigheid is wat mij betreft ongewenst en overbodig.' Ze klinkt nu ronduit vijandig.

Ze kijkt op haar horloge. 'Ik heb een uur voor jou, Cor. Is dat voldoende?'

'Zeker,' is zijn antwoord.

'Je mag wachten tot we klaar zijn,' zegt Angel. 'Als we niet uitlopen, kan ik vijf minuten voor je vrijmaken.'

Vertwijfeld sta ik op. Het is lang geleden dat iemand me zo neerbuigend heeft toegesproken. Angel is eenendertig, dertien jaar jonger dan ik. Waar haalt ze het lef vandaan? Ik moet op mijn tong bijten om haar niet op haar nummer te zetten.

'Ik hoop jullie zo nog even te zien.' Met die woorden verlaat ik de vergaderruimte.

18

Geïrriteerd loop ik rondjes door het park naast het kantoor van Cor. Nu mevrouw de juicekoningin me heeft weggestuurd, kan ik net zo goed wat dingen op mijn to-dolijst afvinken. Als eerste bel ik Charly om te vragen of hij belangeloos op het benefietgala van Chloe wil optreden.

'Je zou haar en mij er een enorm plezier mee doen. Je hoeft maar drie nummers te zingen. Het is een halfuurtje rijden van je huis. We kunnen een chauffeur voor je regelen.'

'Wat is er met je aan de hand?' vraagt Charly. 'Je bent helemaal buiten adem.'

'Ik heb Angel net gezien. Ze is nog erger dan ik dacht. Zo arrogant.'

'Die roddeltante? Wat moet je met haar?'

'Wat denk je? Ik probeer jou en de anderen te beschermen. Die toestand met Laila loopt behoorlijk uit de hand.'

'Niks van gemerkt.'

'Jij volgt het nieuws niet. Je hebt geen idee.'

'En jij maakt je veel te druk.'

Ik sta even stil om uit te hijgen.

'Kunnen Chloe en ik op je rekenen?'

'Natuurlijk, Klaartje,' zegt hij. 'Hoe gaat het met haar?'

'We waren van de week in het ziekenhuis. Haar zicht holt achteruit. Ze kan wel wat goed nieuws gebruiken. Dankjewel.'

Chloe staat in mijn mobiel als Dochterlief. Ik stuur haar meteen een bericht.

'Fijn, mam,' antwoordt ze na een paar minuten. 'We hebben al meer toezeggingen van andere artiesten. Brenda van Hintum wordt inderdaad de host van het gala. Ze vraagt alleen reiskosten. Heel tof. Ze is ook zwanger en wil graag helpen, omdat ze het zo'n naar idee vindt dat een moeder met ADOA haar eigen kind niet of nauwelijks kan zien.'

Ik herinner me van het Secret Juice Channel hoe Angel Brenda als 'vreselijk' bestempelde en 'gehaat' door haar collega's. Ik probeer de gedachte weg te drukken. Het stoort me dat ik me nu afvraag of Angel misschien gelijk heeft.

Laila heeft een voicebericht van een minuut en tweeënveertig seconden ingesproken. Het zal wel over Angel gaan. Meteen nadat we onze persverklaring hadden uitgestuurd, heeft ze die schaterlachend voorgelezen op haar Insta.

'Blabla beweert dat ze elke dag bijleert,' hinnikte Angel vol leedvermaak. 'Ja vast. Hoe je hamburgers het beste kunt bakken, bedoelt ze. Weet je trouwens dat onze lekkere bioloog Floris geen enkele post van Blabla meer liket? Omgekeerd geeft zij elke scheet van hem een hartje. Hij plaatst alleen maar foto's van vreemde vogels en Blabla vindt ze allemaal even prachtig. "*So special,*" zet ze er dan onder. "*Good job, honey. Miss you!*" Altijd in het Engels ook hè? Want Blabla praat een woordje over de grens.'

Met een lichte zucht doe ik mijn oortjes in om de monoloog van Laila af te luisteren.

'Haaaaaai Claire, met mij. Dat mens heeft dus precies gedaan wat je had voorspeld: ze ging alles voorlezen en vervolgens alleen maar hatelijke opmerkingen maken. Eerst werd ik boos, toen moest ik keihard huilen, daarna kreeg ik knallende koppijn en ben ik op bed gaan liggen. Angel wordt nog eens mijn dood, ik zweer het je. Verder heb ik goed nieuws, want Floris heeft me vergeven en komt vanavond thuis. Het slechte nieuws is dat hij veganistisch is geworden, had hij jou dat al verteld?'

Ik schud van nee, hoewel dat volkomen zinloos is, want Laila ziet me niet.

'Hij zegt dat hij geen enkel dierlijk product meer wil consumeren om de CO_2-uitstoot van de vluchten die hij maakt te compenseren.'

Typisch Floris, hij is een meester in zelfkastijding.

'Maar goed, ik dacht, dan ga ik als verrassing een veganistische maaltijd voor hem klaarmaken. Hoe moeilijk kan het zijn? Nou, *next level* lastig dus. Je kunt eigenlijk alleen groente, noten en peulvruchten bij elkaar smijten. Boter, kaas en eieren zijn allemaal verboden. Er bestaat dus wel nepboter en nepkaas, maar Floris wil zuiver in de leer zijn. Echt Claire, het is dat hij zo godvergeten knap is en lekker kan beffen, anders was er geen hoop voor ons.'

Too much information, Laila. Ik ben je manager, niet je beste vriendin. Het is alsof ze mijn gedachten kan lezen, want ze begint te grinniken.

'Sorry dat ik bij je leegloop, maar er is bijna niemand meer die ik durf te vertrouwen. Je bent nu mijn betaalde bestie, haha. Toen ik al die veganistische zooi in mijn karretje had gelegd, hoopte ik bijna dat iemand er een foto van zou maken en naar Angel zou sturen. Zo diep ben ik al gezonken. Nou, je bent weer helemaal op de hoogte. Tot later, toedels.'

Ik beantwoord haar bericht met een opgestoken duim. Daarna check ik mijn voortgang: 7.278 stappen gezet en zeven verdiepingen beklommen.

Na nog wat belletjes te hebben gepleegd, wandel ik naar het dichtstbijzijnde koffietentje, waar ik Reinout tegenkom, die voor een tweede skinny latte met havermelk op pad is gestuurd.

'Cor vroeg me al of ik jou wilde zoeken,' zegt de stagiair. 'De meeting zal niet lang meer duren, dus als je Angel nog wilt spreken, moet je snel zijn.'

19

Wanneer de stagiair en ik bij het statige herenhuis arriveren, haast Angel zich net naar buiten met haar zonnebril op en haar Gucci-tas over haar schouder.

'Perfecte timing,' zegt ze tegen Reinout, mij straal negerend. Ze grist de koffie uit zijn hand en loopt weg.

'Angel!' zeg ik. 'Als je even voor me hebt?'

Ze draait zich om en doet alsof ze me nu pas ziet.

'O, jij weer,' zegt ze. 'Ben jij niet de manager van Laila?'

Aha. Ze weet heel goed wie ik ben. Het valt me mee dat ze Laila geen Blabla noemt.

'Laat me raden. Wil je dat ik je vlogstertje met rust laat? Kan ze niet tegen een beetje kritiek?'

'Ik denk dat wij iets voor elkaar kunnen betekenen en dat zou ik je graag willen uitleggen. Onder vier ogen,' voeg ik er nadrukkelijk aan toe, terwijl ik haar mijn visitekaartje overhandig.

'Je mag meelopen naar mijn auto.' Angel steekt het kaartje ongezien in haar tas.

Ik haat het om in een onderdanige positie te zitten, maar als ik mijn plan wil laten slagen, heb ik geen keus.

Even later lopen we samen over de gracht. Ondanks haar hoge hakken zet Angel er flink de pas in. Ik moet mijn best doen om haar bij te benen.

'Ben je eruit gekomen met Cor?' vraag ik terwijl ik uit alle macht probeer niet te hijgen.

Ze aarzelt even, maar bevestigt dan dat hij haar zal vertegenwoordigen in het kort geding tegen Hein de Koning.

'Heel verstandig, gefeliciteerd. Cor is de beste op dit gebied.'

'Dat is me bekend.' Angel gunt me geen millimeter.

'Zoals hij al zei, heb ik hem op jouw zaak geattendeerd. En ik weet dat hij zijn diensten gratis heeft aangeboden, maar in werkelijkheid betaal ik hem.'

Verrast kijkt ze opzij. Ineens heb ik haar volle aandacht.

'Ik betaal hem omdat ik met jou wil samenwerken. Dit is je eerste kort geding. Gezien je onverschrokkenheid zullen er ongetwijfeld meer volgen. Op dit moment heb je de publieke opinie nog enigszins mee, je volgers vinden jouw onthullingen vermakelijk, maar dat kan veranderen. Als het tij zich tegen je keert, heb je juridische bescherming nodig en een goede pr-manager.'

Angel blijft staan bij een zwarte Porsche Cayenne Turbo. Er klinken twee piepjes. Ze opent het portier, stapt in en legt haar tas naast zich. Ze neemt op haar gemak een slok koffie en plaatst de beker in de houder.

'Hoe zie je dat voor je?' vraagt ze terwijl ze de auto start.

'Ik word je manager, Cor je advocaat. Met zijn drieën staan we sterk. Beschouw ons als je vangnet.'

'En wat wil je ervoor terug?' Angel is niet op haar achterhoofd gevallen.

'Ik wil dat je mijn artiesten met rust laat. Geen woord meer op jouw kanalen over Charly, Jesse, Floris en Laila.'

Met een schaterlach klapt ze het portier dicht. Terwijl ze behendig uitparkeert, laat ze het raampje zakken.

'De juice over jouw artiesten is goud waard. Alleen al met Charly kan ik nog jaren vooruit. Vergeet het maar, Claire.'

Ze geeft gas en toetert twee keer terwijl ze wegrijdt.

20

‘Verdomme, ze wil niet. Ze lachte me vierkant uit.’

Cor en ik zitten tegenover elkaar in de vergaderruimte. Ik ben met een omweg teruggelopen naar zijn kantoor. Mijn tienduizend stappen zijn binnen, dat dan weer wel.

‘Ik was er al bang voor,’ zegt mijn advocaat.

‘Heb je een schriftelijke overeenkomst met haar over de rechtszaak?’

‘Een mondelinge. Die is net zo bindend, Claire, dat weet je.’

‘Je kunt er zeker niet voor zorgen dat ze het kort geding dik verliest?’

‘Vraag je me nu mijn beroepscode te schenden?’

Ik rol met mijn ogen. Mijn mobiel trilt. Het is Cesar.

‘We hebben een probleem,’ valt hij met de deur in huis. ‘Laila eet nog steeds vlees. Angel heeft het bewijs gepost.’

‘Wat?! Wanneer?’

‘Kwartiertje geleden. Ze zegt dat ze jou heeft gesproken.’

Godverdomme.

‘Geef me even.’

Ik druk Cesar weg en open het Insta-account van Angel.

Ze heeft haar laatste stories op een parkeerplaats vanuit haar auto gefilmd. Ik zie het interieur van de Porsche, ze houdt de koffiebeker in haar hand.

‘Hallo volgers, ik heb hete juice over Blabla,’ roept ze. ‘Zo heet, dat ik mijn vingers er bijna aan brand. Ik zei het je al, maar ik weet nu honderd procent zeker dat deze nep-vegavlogger nog steeds vlees eet. Haar manager is als de dood dat het uitkomt. Zij heeft me net letterlijk gesmeekt of ik alsjeblieft niets meer over Blabla wil posten. Hoe hiláár is dat? Als zij ervoor zorgt dat haar vlogster echt vega wordt en ophoudt met haar hypocriete act, heeft ze geen enkel probleem. Dit geldt voor al mijn juice, hè? Over BN'ers die zich gedragen, heb ik niks te melden. Maar ja, dat zijn er heel weinig.'

Mijn hart begint te bonken. Wat heb ik aangericht met mijn plan? Angel is er nu extra op gebrand om Laila kapot te maken. Straks komen Charly, Jesse en Floris ook aan de beurt.

'Ben je oké?' vraagt Cor, die ziet dat ik wit wegtrek.

Angel tettert door: 'Tipje van de sluier: Blabla is dol op, hou je vast, chicken jerky. Die laat ze thuisbezorgen, zodat niemand kan zien dat ze het koopt. Ik snap niet hoe deze vrouw het gezicht kan blijven van De Groene Slager. En waarom Floris haar niet dumpt. Je vindt het keiharde bewijs op mijn Secret Juice Kanaal. Abonneer je nu en geniet elke dag van de sappigste roddels.'

Op het geheime kanaal staat een screenshot van een DM die iemand naar Angel heeft gestuurd.

'Ik woon bij Laila in de straat en er werd per ongeluk bij mij iets bezorgd dat zij had besteld: een pakketje met chicken jerky, van die gedroogde kipreepjes. Ik heb er een foto van gemaakt.'

'O echt? Laat zien!' is het antwoord van Angel.

Volgende DM is een foto van een opengescheurd pakketje met Laila's naam erop. Het adres is onleesbaar gemaakt. Valt me nog mee. In het pakket zitten twee zakjes chicken jerky.

Angel beantwoordt de foto met drie smileys die zo hard lachen dat de tranen uit hun ogen springen.

'Wanneer kreeg je dit?' vraagt ze aan haar speurneus.

'Afgelopen maandag.'

'De stiekemerd! Toen zat Floris nog in Spanje. Dankjewel. Jij wordt speurneus van de maand en krijgt een kwartaal alle juice voor niks.'

Ik laat de screenshots aan Cor zien en kijk hem verslagen aan.

'Ik moet dit zo snel mogelijk rechtbreien. Dit kan me de deal met Cesar gaan kosten.'

'Bel Laila,' raadt hij me aan terwijl hij opstaat. 'Misschien heeft ze er een verklaring voor. Ik heb nu een meeting. Je kunt hier nog wel even blijven werken als je wilt. Veel succes.'

21

Ik zit alleen in de vergaderruimte van Cor. Als eerste stuur ik een appje naar Cesar.

'Heel raar verhaal. Bel je zo terug.'

'Het staat op Mediacourant. *Boulevard* heeft ons al om een reactie gevraagd,' antwoordt hij. 'Martijn wil kappen met Laila.'

Martijn is de financieel directeur van De Groene Slager. Wat een clusterfuck. Als Laila's contract niet wordt verlengd, kost het haar een jaarsalaris en mij duizenden euro's.

Laila neemt haar telefoon niet op. Als hij naar voicemail schakelt, hang ik op en probeer ik het nog een keer. Na zes keer overgaan neemt ze op.

'Hai Claire!' roept ze vrolijk. 'Sorry, mijn mobiel zat onder in mijn tas. Ik zit bij mijn nagelstyliste. Je staat op speaker.'

'Kun je je oortjes in doen?'

'Kimberly, zou jij die airpods in mijn oren willen drukken?' hoor ik Laila zeggen, gevolgd door een hoop gekraak.

Nadat het Kimberly gelukt is, vertel ik Laila dat Angel weer iets over haar heeft gepost.

'Wat dan? Ik volg dat mens niet meer. Ik heb naar je geluisterd.'

'Klopt het dat je chicken jerky hebt besteld?'

'Hoezo?'

'Het pakketje is bij je buren terechtgekomen. Het was opengescheurd. Zij hebben er een foto van gemaakt en nu gebruikt Angel het als bewijs dat jij nog vlees eet.'

'Doe normaal. Dit meen je niet. Is mijn buurvrouw een speurneus van Angel?!'

'Daar lijkt het wel op.'

Ik heb met Laila te doen. Hoe ellendig moet het zijn dat je je eigen buren niet eens kunt vertrouwen?

'En dat kutwijf heeft het meteen gepost? Ik doe haar nog eens wat aan, ik zweer het je.'

'Sst!' maan ik haar. 'Iedereen kan je horen.'

Het lijkt Laila niet te interesseren. 'Die jerky was voor Mink.'

'Mink? Wie is dat? Nog een broer van je?'

'Onze kat!' zegt ze verontwaardigd.

Natuurlijk. Mink. Dat hoor ik te weten.

'Is chicken jerky dierenvoer dan?'

'Niet per se.'

'Zeg gewoon ja of nee.'

'Nee.'

'Dus toen Floris weg was, jij onder vuur lag en je naar kip snakte, heb je heel toevallig online gedroogde kipreepjes besteld voor je kat? Heb je enig idee hoe dat overkomt?'

'Doe even normaal, Claire. Mink eet die dingen al jaren. Ik lust die droge shit niet. Ik had trek in drumsticks, weet je nog?'

'Praat alsjeblieft wat zachter. De hele nagelsalon kan zo meegenieten.'

'Denk je nou echt dat Kimberly me gaat verraden? Ik kom al jaren bij haar.'

Ineens schiet me iets te binnen.

'Weet Floris dat je Mink chicken jerky te eten geeft?'

'Ja dat weet hij, maar hij wil er niets mee te maken hebben.'

Ik leun met mijn linkerelleboog op tafel, laat mijn kin in mijn hand rusten, sluit mijn ogen en adem een paar keer diep in en uit.

'Oké, luister,' zeg ik dan. 'Het lijkt me het beste als jullie samen een video maken en die op je socials plaatsen. Jij houdt Mink op schoot, Floris voert haar een chicken jerky...'

'Hem! Mink is een mannetje. En dat doet Floris nooit. Ik moet Mink altijd eten geven. Floris wordt misselijk van kattenvoer omdat het vlees bevat.'

'Omgekeerd dan. Floris houdt Mink op schoot, jij voert haar – sorry, hém – een stukje jerky. Het mag een beetje grappig zijn. Zo van: wij eten geen vlees, maar Mink is nog niet bekeerd. Zorg ervoor dat de verpakking en het merk van de jerky niet in beeld komen. En dan iets van: lieve Cesar, kun je ook een vegaversie van chicken jerky maken? Dankjewel namens Mink. De Groene Slager heeft geen vega jerky, toch?'

'Nee.'

'Zijn we in één keer van al het gezeur af.'

'En wat als Floris niet wil?'

'Je zorgt er maar voor dat hij meedoet. Bak een vegan appeltaart voor hem als beloning.'

22

Beste Claire,

Via Laila ontving ik het verzoek om mee te werken aan een video waarin we Mink zogeheten 'chicken jerky' moeten voeren. Je zult begrijpen dat ik hierdoor zeer onaangenaam ben getroffen. Ten eerste had ik het op prijs gesteld als je deze vraag persoonlijk aan mij had voorgelegd. Ten tweede vind ik het moreel verwerpelijk om reclame te maken voor een product dat vlees bevat, ook al is het merk niet in beeld. Het druist in tegen alles waar ik voor sta. Het stuit me dan ook zeer tegen de borst dat je mij en daarmee het merk Floris Vermeer wilt laten figureren in een video waarin mijn kat vlees eet dat voor menselijke consumptie is bedoeld. Het doel ervan mag dan een 'ludiek' verzoek zijn aan De Groene Slager voor een vega versie van chicken jerky, maar we weten allebei dat het filmpje eerst en vooral fungeert om de verdenking bij Laila weg te halen dat zij degene is die chicken jerky consumeert.

Kortom, ik wens me niet voor dit karretje te laten spannen en ik verleen hierbij nadrukkelijk geen toestemming om mijn Mink voor deze video te gebruiken. Graag ontvang ik van jou een bevestiging van de ontvangst van deze mail en de garantie dat je Mink hierbuiten zult laten. Wat Laila doet, is uiteraard haar zaak, ik heb haar evenwel nadrukkelijk laten weten dat ik hoop dat zij als mijn partner, vegetariër en vegavlogger afziet van dit onzalige plan.

Met vriendelijke groet en hoogachting,
Floris

Hoofdschuddend neem ik een slok van mijn latte. Tjonge, jonge, Floris de moraalridder en zijn kat. De kat waar Laila altijd voor zorgt, maar dat terzijde. Dit is de eerste en de laatste keer dat ik het management doe van een stelletje. Cor had me al gewaarschuwd: 'Een koppel kan je een hoop gezeur opleveren. Als ze ruzie krijgen, zit jij ertussenin. En voor wie kies je dan? Voor degene met wie je het eens bent of voor degene die jou het meest oplevert?'

Ik moet nu snel schakelen. Terwijl ik koortsachtig nadenk over een andere oplossing, appt Tyrone. Hij komt vanavond langs.

'Hi babe. Ik wil je graag zien in een zwarte string met een doorzichtige beha, een jarretelgordel, visnetkousen met naad. Erover de zijden kimono die je van me hebt gekregen. Eronder stilettohakken. Plus rode lipstick, please.'

Mijn minnaar weet wat hij wil en windt er geen doekjes om. Heerlijk.

'*Consider it done*,' app ik terug.

Ik heb een ingeving voor de chicken jerky-crisis en pleeg een belletje met een bekende dierenarts. Dat blijkt een gouden greep. Opgetogen spreek ik een voicebericht in bij Laila. De monologen via WhatsApp beginnen me steeds beter te bevallen. Niemand die je onderbreekt, de ontvanger kan alleen maar braaf luisteren naar wat je te zeggen hebt.

'Hai Lai. Heb je Floris al gesproken of communiceren jullie alleen nog per mail? Het plan met Mink is dus van de baan, Floris heeft er zijn veto over uitgesproken. Ik dacht eerst nog: we leasen een kat die op Mink lijkt, maar dan ben ik waarschijnlijk mijn artiest kwijt en jij je vriend. Ik heb nu iets beters geregeld. We maken een filmpje met dokter Sharon, een dierenarts die soms aanschuift bij Omroep Max. Ik kwam haar ooit tegen toen ik er met Charly was voor zijn kerstsingle. Leuke vrouw, ik heb haar net gesproken. Ze wil ons helpen, we mogen de video opnemen in haar praktijk. Terwijl zij dan zogenaamd bezig is met haar spreekuur, leg jij haar de volgende vraag voor: dokter Sharon, is het mogelijk om je huisdier op een volledig vegetarisch of veganistisch dieet te zetten? Zij zal antwoorden dat ze dit absoluut afraadt en uitleggen waarom. Ook zal ze zeggen dat ze heel blij is dat jij deze kwestie aankaart omdat sommige vegetariërs en veganisten hun huisdieren tegenwoordig alleen nog maar plantaardige voeding geven wat tot grote problemen leidt, met name bij katten. Dit is niet gelogen, hè? Schijnt echt zo te zijn. Jij kunt tijdens het gesprekje tussen neus en lippen door melden dat jouw kat dol is op chicken jerky. Zij zal zeggen dat veel katten dat heerlijk vinden en dat het een prima snack is, mits met mate, want het is nogal zout. Jij post het filmpje op je socials, zij doet dat dat ook. Hoppa! Zijn we in één keer van alle problemen af. Sharon krijgt dus te maken met katten die overlijden omdat hun veganistische eigenaren het vertikken om ze vlees te geven. Bizar toch? Die geloven dat ze het met extra supplementen wel redden. Maar katten hebben, wat zei ze ook alweer, o ja, taurine, dat hebben ze nodig. Dat is een aminozuur en dat zit alleen in dierlijke producten. Een tekort daaraan kan leiden tot blindheid en hartfalen. Dokter Sharon heeft het me allemaal uitgelegd, ik ben nu ook een expert. Dus zeg maar tegen Floris dat we dankzij jouw chicken jerky een hoop kattenlevens gaan redden. Ik mail je de details. Doei!'

23

Elke keer dat ik mijn mobiel oppak, klik ik op de Insta-app om het account van Angel te checken. Het is ongemerkt routine geworden. Angel heeft juice over Rik, de man van Brenda van Hintum, die Chloe's gala gaat presenteren. Rik werkt ook bij de omroep, maar dan achter de schermen. Mijn ogen vliegen open. Volgens Angel bedriegt Rik zijn zwangere vrouw. Ze deelt in haar story een stukje van een video in een nachtclub waar twee schimmen in een donkere hoek staan.

'Kijk hoe Vieze Rik tegen die meid staat aan te schuren,' schrijft ze er triomfantelijk bij. 'Ik heb speciaal voor jou even ingezoomd, Brenda. Zodat je beter kunt zien hoe diep hij zijn tong in haar keel stopt.'

Hierna toont ze de beelden van nog dichterbij. De twee lichamen lijken inderdaad verstrengeld. Angel heeft er ten overvloede een wijzende pijl ter hoogte van hun zoenende hoofden bij gezet. De volgende story toont een foto van een blond meisje in een goudkleurig paillettenjurkje dat een cocktail staat te drinken aan de bar.

'Dit is de chick van Vieze Rik. Kent iemand haar? Ik wil haar naam en rugnummer. Slide in mijn DM, please. Ook als je meer vuiligheid hebt gehoord over de man van Brenda. Alle tips zijn welkom. Ben je nieuwsgierig naar de complete video? Met daarin het gezicht van Vieze Rik nadat hij is betrapt? Abonneer je dan op mijn Secret Juice Kanaal.'

Arme Brenda. Hoe zal ze reageren? Gooit ze Rik eruit of accepteert ze zijn overspelige gedrag? Talloze vrienden en kennissen zullen haar ongevraagd hun medeleven betuigen. En dan moet ze nog bevallen.

Ik bel meteen Chloe en raad haar aan om voor de zekerheid op zoek te gaan naar een reserve-presentator voor het gala. Mijn dochter volgt het showbizznieuws niet. Wanneer ik haar uitleg wat er aan de hand is, reageert ze vol ongeloof.

'Dus er zijn mensen die andere mensen stiekem filmen in een nachtclub, en er is een vrouw die zichzelf Angel noemt en zo'n filmpje dan publiceert om een zwangere vrouw in te wrijven dat haar man vreemdgaat?'

'Daar komt het op neer, ja.'

'Waarom zou je dat doen?'

'Om geld te verdienen.'

'Wat triest.'

'De kans bestaat dat Brenda jullie gala niet wil presenteren omdat de pers daar volop aanwezig zal zijn. Als ik haar manager was, zou ik het haar in elk geval afraden.'

'Ik ook,' zegt Chloe. 'Staat ze daar zwanger op de rode loper, moet ze lachen naar de fotografen en praatjes maken met cameraploegen terwijl iedereen heeft gezien hoe haar vent is vreemdgegaan.'

'En probeer dan maar eens te voorkomen dat journalisten erover beginnen.'

Chloe snuift. 'Ik bespreek het met Patrick en dan zal hij of ik Brenda laten weten dat ze zich geenszins verplicht hoeft te voelen om zich aan onze overeenkomst te houden. Dat we het volkomen begrijpen als ze afzegt.'

'Goed idee. Hoe gaat het verder?'

'De baby doet het prima. Die schopt wat af. Pat is eindelijk aan het kamertje begonnen.'

'En jij?'

'Ik richt me vooral op het gala. Wil niet te veel piekeren.'

24

'Ik ga je helemaal kapot neuken.'

'Lig je al klaar?'

'Staat de tequila koud?'

'Ik ben hard voor je.'

De appjes van mijn minnaar voorafgaand aan onze ontmoeting zijn zelden subtiel, maar brengen me wel in de juiste stemming. Mijn stappen en verdiepingen zijn afgevinkt, ik heb me volgens zijn instructies aangekleed, de kimono laat ik openhangen.

Tyrone is iemand die precies weet wat hij wil en daarover duidelijk communiceert. Zijn leven draait voor zeventig procent om voetbal en voor de rest om familie en plezier. Seks valt onder plezier. Zijn moeder is de belangrijkste vrouw in zijn leven. Politiek interesseert hem niet. Hij heeft een zoontje bij zijn ex met wie hij goed contact heeft.

Onze relatie bestaat vooral uit seks. Soms kook ik voor hem. Of hij voor mij. En soms blijft hij slapen. Maar we proberen zo veel mogelijk onder de radar te blijven en mijden het openbare leven. Vooralsnog werkt dat prima.

Stipt om acht uur belt hij aan. Tyrone is een man van de klok. Zodra de deur achter hem is dichtgevallen, drukt hij me tegen de muur en begint me te zoenen alsof het de eerste keer is.

'Veel te lang geleden,' hijgt hij even later in mijn oor. Hij doet een stap naar achteren en neemt me van top tot teen op: 'Jezus, wat ben je lekker.'

Mijn minnaar ruikt naar net gedoucht. Hij heeft lichtgrijze sweatpants aan en een wit shirt met lange mouwen dat strak om zijn brede schouders zit. Het heeft een ronde hals met een knoopjessluiting. Twee van de drie knoopjes zijn los.

'Doe die kimono uit,' commandeert hij.

Ik laat hem van mijn schouders zakken.

'Draai je om.'

Ik doe wat hij zegt.

'Buk voorover.'

Tyrone duldt geen tegenspraak.

Hij knielt achter me, pakt mijn heupen, trekt met één hand mijn string omlaag, duwt zijn gezicht tegen mijn billen en steekt zijn tong tussen mijn lippen. Ik kreun. Hij likt me vol overgave en gaat met twee vingers bij me naar binnen. Tyrone heeft lange, vaardige vingers.

Na een paar minuten verplaatsen we ons naar de keuken. Ik pak de tequila uit de vriezer en schenk twee shotglaasjes in. Het is ons ritueel geworden. Tyrone likt mijn hand, ik de zijne. We strooien er zout op, likken elkaars hand af, maar nu met het zout, slaan de tequila achterover, bijten in de citroenschijfjes. Onze gezichten vertrekken.

'Ieuwww. Zo smerig dat het heerlijk is,' zeg ik.

'Absoluut,' beaamt Tyrone. '*Hit me again.*'

Een tweede ronde shotjes gaat er soepel in.

'Wat ben je van plan met me?' vraag ik.

Tyrone is de baas. Hij mag zo dominant zijn als hij wil, ik geef me eraan over. Dat is onze afspraak. Als ik aan het werk ben, moet ik alles en iedereen onder controle houden. Tijdens seks gelden andere wetten. Ik wil niet nadenken, ik wil gebruikt worden. Misbruikt, desnoods. Hij mag me overrompelen en als een goederentrein over me heen denderen, hij mag me slopen en achterlaten als een stuk vuil. Pijn is fijn. Het geeft me kracht. Als ik hem kan hebben, kan ik alles hebben.

'Porno,' antwoordt hij.

'Porno?'

Hij knikt. 'Ik laat je straks een filmpje zien en dat gaan we letterlijk nadoen.'

'Oké.'

'Nog één shotje,' zegt hij. 'Om het af te leren.'

25

Mijn slaapkamer oogt als de suite van een vijfsterrenhotel met gedimd licht, een Fornasetti Golden Burlesque-geurkaars op het nachtkastje, notenhouten shutters, hoogpolig tapijt en een kingsize bed met crispy lakens van Egyptisch katoen. We hebben de tequila mee naar boven genomen. Tyrone trekt zijn kleren uit, vouwt ze netjes op en laat zich naakt achterover op het bed vallen. Deze ruimte past hem als een jas. Ik geniet van het perfecte plaatje. Straks zal het rommelig worden.

'Geef me je telefoon en kom naast me liggen,' zegt Tyrone terwijl hij op het witte laken klopt. 'Je mag alles uittrekken, behalve je hakken.'

Ik gehoorzaam.

Hij houdt het schermpje voor mijn gezicht om mijn telefoon te ontgrendelen. Snel zoekt hij het filmpje op.

'Dit wordt hem,' zegt hij na even zoeken. 'Bestudeer het. Je mag jezelf een beetje vingeren, maar absoluut niet klaarkomen.'

'He cums three times to squirting pussy' heet de video met in de hoofdrol Mr. PussyLicking. Hij duurt ruim dertien minuten en is al meer dan twee miljoen keer bekeken. Mr. PussyLicking is een knappe, jonge blonde gast met rossige stoppels en blauwe ogen. Ik doop hem in gedachten om tot Björn, die naam past beter. Björn komt uit Tsjechië en is zowel into mannen als into vrouwen, lees ik in zijn bio. Naast pussy licking houdt hij van paragliding, de Alpen, plantaardig koken en eten.

Het openingsshot is verrassend kunstzinnig en symmetrisch. Het kader wordt grotendeels gevuld door de opengesperde roomwitte bilpartij van een vrouw die bijna dubbelgevouwen op haar rug ligt, als een baby op een verschoonkussen. Alleen haar onderbenen steken in de lucht. Ze draagt witte sportsokken met een gele bies. De camera staat zo laag dat je haar gezicht niet kunt zien, wel het grenenhouten dak boven haar. Haar anus met daarboven haar langwerpige, smalle schaamlippen en haar kale venusheuvel vormen het middelpunt van het beeld. Het ziet er bijzonder elegant uit. Ik heb nog nooit zo'n charmant, lichtroze poepgaatje gezien. Om de symmetrie te completeren, lopen over haar bilpartij twee zwarte kanten bandjes, schuin naar boven, als een omgekeerde v. Björn hangt met zijn gezicht boven haar venusheuvel, zijn mond bevindt zich bij haar clitoris, die hij vol overgave met het puntje van zijn tong beroert, net als haar schaamlippen, die zich daardoor openen.

'Ik wist niet dat porno zo mooi kon zijn,' fluister ik tegen Tyrone.

De blonde god likt en zuigt met een bijna tedere en vooral kalme zorgvuldigheid. Björn heeft geen haast. Na een minuut begint de vrouw zacht te kreunen en legt ze haar handen in haar knieholtes om haar benen nog dichter naar zich toe te kunnen trekken. Na twee minuten steekt Björn steekt zijn rechterwijsvinger omhoog gekruld in haar vagina. Het kreunen wordt iets luider.

Ik kan mezelf niet meer bedwingen, mijn vingers glijden tussen mijn benen en ik streel mijn vochtige clit. Tyrone knikt me welwillend toe.

Björn blijft de vrouw likken, terwijl hij haar steeds sneller en dieper vingert. Rond 3:25 zet Björn standje turbo aan. '*O yeah*,' zegt ze zuchtend en haar hand woelt aanmoedigend door zijn haar. De vijfde minuut is net begonnen wanneer Björn vrij onverwacht over de billen en de camera heen stapt. Hij duwt zijn brede en reeds druipende geslacht zonder omhaal in haar vagina, zodat we niet alleen tegen zijn pompende penis, maar ook tegen zijn billen, ballen en anus aankijken. Zijn onderkant oogt net zo smetteloos als die van haar, het is alsof Barbie en Ken aan het ketsen zijn.

Tyrone kreunt nu ook. Hij is zichzelf aan het aftrekken, terwijl mijn vingers steeds gulziger over mijn clit glijden. Wat een geweldig geil idee was dit.

Björn neukt steeds harder en sneller. Het camerastandpunt verandert niet. Opvallend detail: vanaf 5:30 spert haar anus zich een paar keer schijnbaar onwillekeurig wijd open en knijpt zich daarna weer dicht. Björn staat inmiddels half hurkend met handen en voeten op het matras en pompt onverdroten door. Zij kreunt harder en harder. Hij kreunt nu ook.

Ik ben inmiddels zo opgewonden dat ik elk moment kan klaarkomen, maar ik hou me in.

Rond 6:15 bereikt de vrouw gillend een hoogtepunt en loopt er vocht uit haar vagina. Björn trekt zich even terug, haar venusheuvel verandert in een fontein waar het vocht met volle kracht uit spuit.

Holy crap. Hoe doet ze dat?

Als de bron is opgedroogd, drukt Björn zich weer naar binnen. Vlak voor de negende minuut bereikt ook hij zijn hoogtepunt, we horen ze zoenen en zien het sperma langzaam uit haar vagina druipen.

Ik kijk even opzij en steek mijn tong uit naar Tyrone. Hij lacht.

Je zou denken dat Björn na deze enerverende climax een korte pauze zou willen inlassen, maar hij pakt door, penetreert nogmaals zijn sekspartner en aan het gekreun te horen, lijkt zij dat een prima idee te vinden. Sterker nog, een kleine twee minuten later, rond 10:42, begint haar fontein weer te spuiten. Björn trekt zich gedienstig terug om het vocht vrij baan te geven, maar niet voor lang. Hij hervat zijn penetratie, zij kreunt en rond 11:20 sproeit de derde lading alle kanten op. Waar haalt ze het vandaan? Björn kust haar en heeft nog steeds niet genoeg. Hij begint weer te stoten, hard en snel. Zij blijft kreunen. Ze klinkt nog steeds opgewonden, maar ik meen ook iets van wanhoop te bespeuren. Of verbeeld ik me dat?

Als hij zich even inhoudt, horen we ze naar elkaar lachen. Daarna beukt hij weer door, zijn ballen klappen tegen haar perineum. De dertiende minuut is net begonnen als Björn opnieuw klaarkomt. In het laatste shot om 13:27 zien we hoe zijn sperma zich een weg naar buiten baant.

26

'En jij wilt dit naspelen?' vraag ik met een grijns aan Tyrone.

'We kunnen het op z'n minst proberen.' Hij legt mijn mobiel opzij, dirigeert me naar de rand van het bed en vouwt me dubbel.

'Heb je weleens gesquirt?'

Ik schud mijn hoofd.

'Zou je het willen?'

'Tuurlijk. Ik vind het alleen nog steeds moeilijk te geloven dat het echt kan.'

Ik kijk hem onderzoekend aan. Ergens ben ik benieuwd of hij al eens eerder een vrouw heeft laten squirten, maar tegelijkertijd wil ik het niet weten. Aan zijn gezicht valt niets af te lezen.

Tyrone neemt nog een shotje tequila, duikt met zijn hoofd tussen mijn benen en zet zowel zijn tong als zijn vingers aan het werk. Ik pak mijn mobiel om het filmpje van Björn opnieuw te kunnen bekijken. Het intensiveert de ervaring.

Na een paar minuten begin ik te kreunen. Ik ben zo opgewarmd door de porno dat ik heel dicht tegen een orgasme aanzit. Tyrone vat het op als een aanmoediging en wil me penetreren.

'Niet stoppen, schat, alsjeblieft...'

'Kom je?'

'Uhuh... bijna...'

Tyrone weet wat hem te doen staat, stopt zijn vingers nog dieper in me en zuigt aan mijn clit.

Op mijn mobiel zie ik Björn hetzelfde doen. Het is alsof Björn en Tyrone samen met me bezig zijn. Hoe heerlijk zou dat zijn? De golf komt aanrollen.

'O ja!' roep ik. 'O schat! O ja!'

Net als ik me helemaal wil overgeven, trilt mijn mobiel en verschijnt een oproep van een anonieme beller op mijn scherm. Niet nu. Met een geïrriteerde zucht schuif ik het gesprek weg.

'Wat is er?' mompelt mijn minnaar.

'Niks. Ga door.' Ik sluit mijn ogen en leg het toestel naast me. Dan maar zonder Mr. PussyLicking naar mijn hoogtepunt. Ik kreun wat harder om mezelf op weg te helpen. Na tien seconden meldt de anonieme beller zich voor de tweede keer. Tyrone gromt.

Kut. Ineens word ik bezorgd. Zou er iets met Chloe zijn? Is het de politie? Gebruiken die niet altijd een afgeschermd nummer?

'Sorry, ik moet hem nemen,' zeg ik tegen Tyrone, terwijl ik overeind kom en naar mijn mobiel graai.

'*Is this Claire? The manager?*' Het is alsof de man aan de andere kant van de lijn door een wollen deken spreekt, zo gedempt klinkt zijn stem.

'Yes, that is me.'

'Angel need you.' Aan zijn accent en taalgebruik te horen, is Engels niet zijn moedertaal

'Angel?' echo ik verbaasd.

'You juicelady manager, right?'

Eerst wil ik het ontkennen, maar dan bedenk ik me.

'How can I help you?'

'There was little accident.'

Mijn hart slaat een slag over. *'What? Is she okay?'*

Tyrone is naast me gaan zitten en kijkt me fronsend aan.

'You pick her up. I tell you location. She wants no police.'

Holy shit. Ik zet het gesprek op luidspreker en open Google Maps.

'What is your name? Are you with her?'

Hij negeert mijn vragen en geeft een locatie door die op dertig minuten rijafstand blijkt te liggen, bij Zeewolde.

'Is Angel okay?' vraag ik weer. *'Please put her on the phone.'*

Het is even stil. Dan klinkt er wat gerommel, alsof hij wegloopt.

'She okay. No police,' zegt hij nogmaals. Daarna wordt de verbinding verbroken.

'Wie was dat?' vraagt Tyrone.

'Geen idee. Hij had het over Angel, die vrouw van het juicekanaal. Ik moet haar ophalen.'

'Waarom belt hij jou?'

Ik doe mijn hakken uit en gooi ze op de grond, spring van het bed, trek een kast open en haal er een joggingpak uit.

'Ik heb haar van de week ontmoet en mijn visitekaartje gegeven,' zeg ik terwijl ik de hoodie over mijn hoofd trek. 'Dat stak ze in haar tas. Misschien heeft hij het gevonden. Hij had het over een ongeluk.'

'Je moet de politie bellen, Claire.'

'Je hoorde toch wat hij zei. *No police.*'

'En jij luistert daarnaar?'

'Het klinkt gek, maar dit is een kans. Ik wil haar manager worden. Als het klopt wat hij zegt en ik haar uit de brand kan helpen, is ze me iets verschuldigd.'

Tyrone schudt ongelovig zijn hoofd en begint zich ook aan te kleden.

'Ik breng je.'

'Dat hoeft niet, hoor,' zeg ik, terwijl ik de veters van mijn sneakers strik.

'Denk je echt dat ik jou daar alleen naartoe laat gaan? We pakken mijn auto.'

Hij duldt geen tegenspraak. Het overkomt me niet vaak dat een man de leiding over me neemt. In bed is het prima, maar dit is werk. Tot mijn verbazing vind ik het niet eens vervelend. Het voelt veilig. Ik word er een beetje verlegen van en glimlach dankbaar naar Tyrone.

27

'Ik vraag me oprecht af wat Angel hier in godsnaam te zoeken had,' zeg ik tegen Tyrone.

We rijden tussen uitgestrekte weilanden richting Zeewolde. Het is bijna middernacht, er is amper verkeer op de weg. De opgegeven locatie bevindt zich ergens aan de N706.

'Misschien een ontmoeting met een geheime minnaar,' oppert hij.

'Dat zou wat zijn. En dan het liefst een getrouwde. Is ze chantabel. Weet ze ook eens hoe dat voelt.'

'Eerlijk is eerlijk,' zegt Tyrone terwijl hij even in mijn hand knijpt. 'Ik had andere verwachtingen van deze avond, maar ik ga hier heel goed op.'

Twintig minuten later arriveren we bij een omheind bedrijventerrein, waar verschillende containers op elkaar gestapeld staan. Het oogt verlaten. Er is geen enkel teken van leven, nergens brandt licht.

'Dit moet het zijn,' zegt Tyrone.

'Weet je het zeker? Ik zie haar auto niet.'

Tyrone pakt een zaklamp uit het handschoenenkastje.

'Dat jij die bij je hebt,' zeg ik met enig ontzag.

'Altijd,' zegt hij nonchalant.

We stappen uit. Tyrone steekt de lamp in zijn jaszak en neemt een aanloopje om tegen de omheining op te kunnen springen.

'Niet doen, gek!' zeg ik snel. 'Er is vast een makkelijkere manier.'

Een van de roestige kettingsloten die de hekken verbinden, hangt open. Na wat trek- en duwwerk glippen we ertussendoor.

'Volgens mij zitten we verkeerd. Hier kan ze toch niet zijn?'

Mijn stem klinkt raar. Ik heb kramp in mijn buik.

'Blijf dicht bij me,' zegt Tyrone, terwijl hij mijn hand pakt en er een geruststellend kneepje in geeft. Hij laat zijn licht over het terrein schijnen.

'Misschien is ze daar.' Hij richt de zaklamp op een grote, oranje bouwkeet die even verderop staat.

We sluipen er hand in hand heen. Een halfuur geleden lagen we nog samen in bed, nu zijn we aan het inbreken. Wat bezielt ons?

Tyrone laat me los en klopt op de deur.

Geen reactie.

Hij klopt harder.

'Hallo! Is hier iemand?'

Er klinkt gedempt gekreun.

'Angel! Ben jij daar?' roep ik. Sinds het telefoontje van de anonieme beller heeft deze avond een surrealistisch verloop, maar nu neemt hij echt krankzinnige vormen aan. Ik knap bijna uit elkaar van de spanning.

Het gekreun klinkt harder.

Tyrone duwt de deur open en richt zijn zaklamp naar binnen om de ruimte te verlichten. Aarzelend lopen we naar binnen.

Op de vloer, met haar rug tegen de muur, zit een vrouw. Ze is naakt. Haar handen en voeten zijn bij elkaar gebonden met een dik, zwart nylontouw. Ze heeft een blinddoek om en haar mond is afgeplakt met een stuk tape.

'Angel?'

28

'Bel de politie, Claire,' zegt Tyrone op dwingende toon.

Angel schudt woest met haar hoofd en probeert te schreeuwen.

Ik kan niet stoppen met staren naar haar naakte lichaam. Ze heeft amper borsten.

'Ik geloof niet dat ze dat wil,' antwoord ik. Toch pak ik mijn mobiel.

'We zullen niemand bellen,' beloof ik. 'We komen je helpen.'

Angel lijkt te kalmeren.

Tyrone knielt naast haar om de blinddoek los te maken. Ik leg mijn hand op zijn schouder en hou hem tegen. Wacht, zeg ik geluidloos. Snel maak ik een paar foto's van Angel die weerloos tegen de muur leunt. Tyrone wil protesteren, maar ik druk mijn wijsvinger tegen mijn lippen en werp hem een dwingende blik toe. Nadat ik mijn telefoon heb opgeborgen, gebaar ik dat hij door mag gaan.

Tyrone reikt achter het hoofd van Angel en knoopt de blinddoek voorzichtig los. Ze knippert een paar keer met haar ogen om aan het licht te wennen. Ze draagt geen spoortje make-up en ziet er breekbaar uit. Jonger ook.

'Hallo Angel,' zeg ik.

De juicekoningin kijkt me strak aan, haar ogen vertonen geen enkele emotie.

'Je hebt je manager nodig, begrijp ik?' Ik probeer niet al te triomfantelijk te klinken, maar dat mislukt. Onze laatste ontmoeting ligt nog te vers in mijn geheugen.

Ze haalt haar schouders op.

'Dit gaat pijn doen,' waarschuw ik, terwijl ik een hoekje van de tape bij haar mond lospeuter. Ik trek de reep er in één keer af, zonder verdere aankondiging. Angel geeft geen kik.

'Gaat het?' vraagt Tyrone zacht.

Ze negeert hem en richt haar eerste woorden tot mij.

'Wat doet de reservekeeper van Ajax hier?'

'Hij kwam met me mee.'

'Ja, dat zie ik. Maar waarom?'

'Hij stond erop.'

'Zijn jullie een setje?'

'Meen je dit nou? Is dit het eerste waar je je druk over maakt?'

Ze glimlacht.

'Zal ik...' Tyrone wijst naar de touwen.

Ze knikt.

'Wat is er gebeurd?' vraag ik terwijl Tyrone haar bevrijdt. 'Waar zijn je kleren?'

'Gaat je niks aan,' antwoordt ze uit de hoogte.

Deze vrouw is niet te doen.

'O, echt? Wil je soms dat we je weer vastbinden en weggaan? Is ook prima, hoor.'

Tyrone kijkt aarzelend van Angel naar mij en weer terug.

'Ik wil er niet over praten.' Ze slaat haar ogen neer.

'Je hebt me wel iets uit te leggen, dame. Ik word op vrijdagavond gebeld door een onbekende die zegt dat ik jouw manager ben en dat je een ongeluk hebt gehad. Of ik je even wil ophalen. Vervolgens vind ik je naakt en vastgebonden in een keet op een verlaten bedrijventerrein. Moet ik dit allemaal normaal vinden?'

De touwen zijn los. Tyrone trekt zijn trenchcoat uit en wil deze aan Angel overhandigen, maar ze staat op en rekt zich eerst zo uitgebreid uit, dat hij zijn blik ten slotte maar afwendt.

'Hallo, ik vroeg je wat. Hoe ben je hier beland? Is dit een uit de hand gelopen SM-spel?'

Angel blijft me negeren en pakt de jas aan.

'Breng jij me naar huis?' Angel richt zich tot Tyrone, terwijl ze de ceintuur van de trenchcoat dichtknoopt.

Ik geef het op.

'We brengen je samen naar huis,' zeg ik, terwijl ik om me heen kijk. 'Liggen er hier nog spullen van je?'

'Ze hebben alles meegenomen. Mijn kleding, schoenen, tas, mobiel: alles.' Ze slaakt een geïrriteerde zucht. 'Die telefoon was net nieuw.'

We verlaten de keet, Tyrone beschijnt het pad naar het hek.

'Pas op dat je nergens in trapt,' zegt hij tegen Angel, die op blote voeten loopt.

Het is doodstil, het terrein lijkt nog steeds verlaten.

'Weet je wie het waren?'

'Hou op met al die vragen, Claire. Hoe minder ik je vertel, hoe beter. Ik heb vanavond een serieuze waarschuwing gekregen. Er is niets gebeurd, ze hebben me geen pijn gedaan. Maar dit moet onder ons blijven, anders heb ik straks wel een probleem. Begrepen?'

Ik knik.

Ze komt dichterbij staan, buigt naar me toe en fluistert in mijn oor: 'Die reservekeeper van jou, is die te vertrouwen?'

'Natuurlijk.'

'Zorg dat hij zijn mond houdt.'

29

Tyrone vergrendelt de deuren van zijn BMW en start de motor. Onwillekeurig slaak ik een zucht van verlichting. Nadat we tien minuten zwijgend door de polder hebben gereden, draai ik me om naar de passagier op de achterbank.

'Als vanavond iets duidelijk heeft gemaakt, dan is het wel dat je een manager kunt gebruiken. Zijn we het daarover eens?'

Ze kijkt me alleen maar aan.

'Mijn aanbod staat nog steeds. Er is alleen één voorwaarde bij gekomen. Je laat niet alleen mijn artiesten met rust, maar Tyrone en mij ook.'

'Ik zal erover nadenken,' zegt ze ijzig.

'Dat station is gepasseerd. Wil je een deal of niet?'

'En als ik nee zeg?'

'Dan zetten we je hier uit de auto en zoek je het verder maar uit. Wel de jas inleveren.'

Angel begint te lachen. 'Goh, Claire, ga je het hard spelen?'

Even overweeg ik haar de foto's te laten zien, maar ik hou me in. Er komt ongetwijfeld een beter moment om ze te gebruiken.

'Zet de auto maar langs de kant,' zegt Angel tegen Tyrone. 'Ik loop wel.'

'Niemand stapt uit,' reageert Tyrone geïrriteerd. 'Ik breng jullie allebei veilig thuis. Jullie gedragen je maar.'

'Wat vind jij?' vraagt Angel. 'Zou Claire een goede manager voor mij zijn?'

‘Wil je een eerlijk antwoord?’ Hij werpt haar een blik toe via de achteruitkijkspiegel.

‘Altijd. De harde waarheid is mijn corebusiness,’ zegt Angel grinnikend.

Tyrone haalt diep adem en barst los. ‘Ik vind jou een raar wijf met je juicekanaal. Je zal er dikke knaken mee verdienen, maar als je familie van me was, zou ik me voor je schamen. Dat Claire jouw manager wil worden, vind ik onverstandig en na vanavond totaal onbegrijpelijk, maar blijkbaar ziet zij er een voordeel in. Misschien verdienen jullie elkaar. Je kunt je in elk geval geen betere manager wensen. Je bent gestoord als je haar aanbod afslaat.’

Angel en ik zijn er stil van. Wat gebeurde er zojuist? Tyrone hielp me bij een deal. En hij heeft me hoog zitten. Cool. Mijn minnaar geeft me een snelle knipoog en draait het volume van zijn speakers omhoog. Ik hoor de scheurende klanken van een synth bass en een geautotunede Kanye West. Tyrone is groot fan van de rapper hoewel hij zich grote zorgen maakt over diens geestelijk welzijn.

Take what you want.

Take everything.

Take what you want.

Tyrone zingt mee.

I'll be honest, we all liars.

I'm pulled over and I got priors.

Angel legt een hand op mijn schouder.

‘Ik ga akkoord met je voorwaarden,’ zegt ze luid. ‘Morgen tikken we de details af en laten we Cor een samenwerkingsovereenkomst opstellen. Deal?’

Guess we going down, guess who's going to jail tonight?

‘Deal,’ antwoord ik.

30

'Jongens, ik heb geweldig nieuws.'

Ik open de videovergadering met een brede grijns op mijn gezicht.

'Hebben jullie je pakketje ontvangen?' Ik heb bij al mijn artiesten een doos met een fles prosecco en twee champagneglazen laten bezorgen met de boodschap dat ze deze klaar moeten zetten voor de aankomende meeting.

Laila zit naast Floris aan de keukentafel. Ze hebben hun glaasjes braaf volgeschonken en kijken me verwachtingsvol aan.

'Waar is die fles van Claire?' roept Charly naar Yaprak. Hij bevindt zich in zijn relaxstoel in de serre waar de zon overdadig naar binnen schijnt.

Jesse ligt zonder shirt in bed. 'Mag ik overslaan? Ik voel me helemaal niet lekker,' kreunt hij.

'Kom op, sinds wanneer sla jij alcohol af?' zeg ik plagend. 'We hebben iets te vieren.'

'Nou vooruit,' zucht hij. 'Misschien helpt het tegen mijn kater.' Hij slaat het dekbed van zich af en stapt uit bed zonder zich erom te bekommeren dat zijn geslacht beeldvullend aan ons voorbij trekt.

'Gatverdamme, gast. Trek een broek aan,' zegt Charly.

'Is dat nou een vleeslul?' fluistert Laila.

Floris slaakt een lichte zucht.

De vergadering is nog niet begonnen of ze ontspoort al.

Het kost meer tijd dan ik had gehoopt, maar uiteindelijk heeft iedereen een flûte in de hand. Ook Jesse, die Charly's verzoek heeft ingewilligd en in een Armaniboxershort op de rand van zijn bed zit.

Ik klik op mijn toetsenbord om de in de wacht staande deelnemer te accepteren. Het lachende gezicht van Angel verschijnt in beeld. Ze zit voor de bekende oudroze muur, en draagt een baseballpet en een Minnie Mouse-T-shirt. In plaats van haar signature lolly heeft ze ook een glas prosecco in haar hand.

Laila slaakt een kreet van afgrijzen. 'What the fuck, Claire? Wat doet zij hier?'

De mond van Jesse vormt langzaam en geluidloos de woorden *O my god.*

Ook Floris kijkt ontzet naar het scherm.

'Dag meissie, wie ben jij dan?' vraagt Charly opgewekt.

'Hallo, ik ben Angel. Leuk je zo te ontmoeten, ik ben groot fan van je,' antwoordt Angel poeslief.

'Charly! Dit is de bitch die mij kapot probeert te maken,' roept Laila verontwaardigd. Floris klopt haar kalmerend op haar rug.

Yaprak heeft een stoel gepakt en is met opgetrokken wenkbrauwen naast Charly gaan zitten. Onuitgenodigd, zoals altijd.

'Lieve mensen, ik heb deze vergadering belegd omdat ik jullie op de hoogte wil brengen van een positieve ontwikkeling. Angel, Cor en ik zijn gisteren een officiële samenwerking aangegaan. Ik ben de manager van Angel geworden, Cor zal voortaan als haar advocaat optreden. Wat ons betreft is dit...'

'Ben je helemaal gek geworden?' blaft Laila me toe.

'Dit kun je ons niet aandoen!' roept Jesse uit. 'Deze vrouw is een gifslang – sorry schat, een beeldige gifslang, vertel me straks even waar je die pet hebt gekocht, hij staat je enig – maar Claire, hoe kun je haar nou vertegenwoordigen? Iedereen háát haar. Je weet wat ze Laila heeft aangedaan.' Hij reikt naast zich, pakt een T-shirt en trekt het over zijn hoofd.

'Nogmaals schat,' richt hij zich weer tot Angel, 'niks persoonlijks, maar wat jij doet is walgelijk. En Claire, ik voel me niet langer veilig binnen jouw stal. Als dit waar is, ga ik op zoek naar een andere manager, eentje aan wie ik alles kan vertellen zonder dat ik bang hoef te zijn dat het wordt doorgesluisd naar deze bloedzuiger.'

Nadat hij is uitgesproken, begint Laila te applaudisseren. Zelfs Floris schenkt Jesse een waarderend knikje. 'Ik mag hopen dat je een verdomd goede reden voor deze actie hebt, Claire,' bromt hij. 'Anders zijn Laila en ik ook vertrokken.'

'Laat de vrouw eerst even haar verhaal afmaken.' Yaprak schiet me te hulp. De laatste van wie ik het had verwacht. Ik schenk haar een dankbaar knikje.

'Voor alle duidelijkheid: ik heb dit voor jullie gedaan, niet voor mezelf,' zeg ik scherp. 'Kun jij het ze misschien even uitleggen?' Ik richt me tot de juicekoningin die zich als enige deelnemer aan de vergadering kostelijk lijkt te amuseren.

'Natuurlijk,' antwoordt ze, waarna ze een kinderstemmetje opzet. 'Ik begrijp heel goed dat mama Claire jullie een beetje bang heeft gemaakt door ineens besties te worden met de *wicked witch of the West* ofwel de schrik van heel bekend Nederland. Heeft er al iemand stiekem in zijn broek geplast?'

Niemand reageert.

'Ik wil graag inzichtelijk maken waarvoor Claire jullie voor heeft behoed.' Angel pakt een dossiermap en houdt die voor de camera. Op de voorkant staat Jesses artiestennaam tijdens zijn OnlyFans-jaren. 'Kennen jullie Mr. Gay Ballet Pornstar nog?'

Wat flikt ze me nou? We hebben deze vergadering samen voorbereid, maar dit was niet de afspraak. Ik probeer Angel een seintje te geven, maar ze doet alsof ik lucht ben en vervolgt.

'Alle juice die mijn speurneuzen me gestuurd hebben over Mr. Gay Ballet Pornstar zit in deze map. Ik heb er nog niets van gepubliceerd want de juiste timing is cruciaal in mijn vak.'

'Jouw vák?' sneert Laila. 'Noem je het een vak wat jij doet? Vuilspuiterij is het.'

'Die map is verouderd. Mijn OnlyFans tijd ligt ver achter me. Ik ben nu acteur,' zegt Jesse uit de hoogte.

'Sorry Jesse, je hebt gelijk. Als Mr. Gay Ballet Pornstar hoefde je niet te acteren. Daar was je helemaal je hitsige zelf.'

Angel verstaat de kunst om alles wat ze zegt lelijk te laten klinken.

'Wil je tot de kern komen, Angel?' vraag ik dringend.

'De kern is dat ze een kutwijf is. En ik snap niet wat ze hier doet.' Laila slaat haar prosecco in een keer achterover.

'Rustig Laila, maak je geen zorgen, jij hebt het ergste al gehad,' zegt Angel met een grijns. 'Over timing gesproken: slimme zet, dat filmpje met die dierenarts. Heb je Floris nu zo gek gekregen dat hij echt gelooft dat die chicken jerky voor Mink bedoeld was en niet voor jou?'

'Ik zit hier, ik hoor je,' zegt Floris droog.

'Dat filmpje was mijn idee.' Ik kan het niet nalaten.

Angel houdt Jesses map nogmaals omhoog.

'De vuiligheid die hierin zit, breng ik pas naar buiten als Jesse in het nieuws is,' zegt ze met een vileine glimlach. 'Als hij wordt genomineerd voor een Emmy of een Oscar, bijvoorbeeld, dan is het effect veel groter. Krijg ik meer clicks en maximale winst. Ik ben een ondernemer, mochten jullie dat nog niet in de gaten hebben.'

'Stik erin!' roept Jesse. Hij zet zijn glas weg en wil opstaan.

'Wacht alsjeblieft nog even,' zeg ik snel. 'Wat Angel hier schetst, is louter denkbeeldig. Onze samenwerking voorkomt dit juist.'

'Wat ben jij een naar persoon,' zegt Floris op een bijna verwonderde toon.

'Hier heb ik het dossier over jou, dierenvriend,' zegt Angel, terwijl ze een andere map omhooghoudt. 'De fratsen van je nepvega vrouwtje Blabla zijn bekend, maar...'

'Moet dit echt, Angel?' onderbreek ik haar. 'Je hebt je punt nu wel gemaakt.'

Laila stoot Floris aan. 'Wat weet zij dat ik niet weet?' sist ze.

'Ik ben bijna klaar. Want *last but not least* hebben we Charly.' De juicekoningin houdt de derde map voor de camera. 'Hoe zal ik het vriendelijk zeggen? Je bent de oudste artiest uit de stal van Claire, maar bepaald niet de meest wijze. Jouw weg naar succes laat zich het best samenvatten als een eindeloos spoor van vernieling. Waar jij opbloeide, gingen anderen kapot en die anderen waren met name vrouwen. Het is ongelooflijk dat je tot nu toe buiten schot bent gebleven, want in dit mapje zitten meer #MeToo-slachtoffers dan ik op twee handen kan tellen.'

'Deze vrouw liegt alles bij elkaar,' snerpt Yaprak.

'Ik heb geen zin in deze ongein.' Charly staat op uit zijn relaxstoel en loopt weg.

Angel buigt zich voorover, legt haar beide handen plat op haar bureau en brengt haar gezicht nog dichter bij de camera.

'Omdat we nu allemaal gezellig bij Claire in de stal zitten, wilde ik eerst even duidelijk maken hoe jullie door het oog van de naald zijn gekropen. Ik heb genoeg juice om jullie stuk voor stuk met een paar posts kapot te maken.'

'En dan nu dan eindelijk het goede nieuws,' onderbreek ik haar. 'Cor en ik hebben ervoor gezorgd dat Angel ons met rust zal laten en al deze dossiers zal vernietigen, nietwaar Angel?'

'En dat moeten wij geloven?' schampert Jesse.

De juicekoningin begint te lachen. Ze pakt de dossiers van Charly en Jesse en maakt ze open. Ze zijn leeg. 'Geloof wat je wilt. Deze mappen zijn net zo inhoudsloos als jullie.'

Inwendig vloekend breek ik opnieuw in.

'Sinds de ondertekening van ons contract is het voor Angel verboden om op welke wijze dan ook juice over mijn artiesten te verspreiden. Dat geldt eveneens voor eventuele andere artiesten die ik tijdens onze samenwerking onder mijn hoede krijg.'

'Zelfs over Claire mag ik niks sappigs melden,' klapt Angel uit de school. 'En ook niet over haar bekende lover. Of praat ik nu mijn mond voorbij?'

'Jij hebt meer dan genoeg gezegd,' zeg ik. 'Dankjewel voor je bijdrage en tot ziens.'

Ik ben het helemaal zat. Zonder dat ze nog iets kan zeggen, verwijder ik haar uit de meeting.

Mijn artiesten lijken met stomheid geslagen. Jesse staart voor zich uit. Laila schenkt zichzelf nog een glas prosecco in. Mink springt op tafel en geeft net zolang kopjes tegen de kin van Floris totdat hij hem werktuiglijk begint te aaien. Yaprak schudt het kussen van de lege stoel van Charly op.

'Het spijt me,' zeg ik ten slotte. 'Blijkbaar is het voor Angel nog even wennen om onderdeel te zijn van een team. Heeft iemand nog vragen?'

'Ik begrijp er niks van,' zegt Yaprak. 'Waarom wil zij deze samenwerking met jou? Wat levert het haar op?'

'Ruggensteun,' antwoord ik. 'Haar juicekanaal zal steeds vaker onder vuur komen te liggen. Ze heeft al een kort geding aan haar broek. Met Cor en mij staat ze er niet langer alleen voor.'

'En als ze het contract aan haar laars lapt en toch die roddels over mij publiceert, wat gebeurt er dan?' wil Jesse weten.

'Dan zal ze fikse boetes moeten betalen. Cor heeft het contract opgesteld. Het is waterdicht.'

'Wat als jullie een conflict krijgen?' wil Floris weten. 'Dat lijkt me niet onwaarschijnlijk, gezien deze vergadering.'

'Nou inderdaad,' valt Jesse hem bij. 'Wat doe je dan, Claire?'

'Het contract is afgesloten voor een periode van drie jaar. Maar zelfs als onze samenwerking om wat voor reden dan ook eerder eindigt, blijft de geheimhoudingsclausule over mijn artiesten gedurende vijf jaar van kracht. Stuur Cor maar een kistje Rothschilds.'

'Vijf jaar is niet slecht,' beaamt Laila.

'Geloof me, jullie mogen je in je handen knijpen met deze deal.'

31

Laat het los. Je hebt alles gedaan wat je kon. Laat het los. Laat gaan.

Het is twaalf uur 's middags en ik loop voor de twintigste keer de trap op en af terwijl ik de mantra herhaal. *Laat het los. Laat het gaan.* Het contract met Angel heeft me nog niet de rust gebracht waarop ik hoopte, integendeel, het heeft me meer dan ooit doen beseffen waartoe ze in staat is en hoe kwetsbaar mijn artiesten zijn. Sinds we de overeenkomst ondertekenden, hou ik haar account nog steeds obsessief in de gaten. Bij elk bericht dat ze plaatst, krijg ik een melding, zodat ik precies weet wat er speelt. Ik maak mezelf wijs dat ik het beroepshalve doe, aangezien ik haar manager ben, maar bovenal overheerst de angst dat ze me toch een kunstje zal flikken.

Terwijl ik een aardbeienshake sta te maken, belt Cor.

'We hebben het kort geding verloren,' zegt hij onomwonden. 'De uitspraak is net binnen. Angel moet rectificeren.'

'Het spijt me voor je.' Ik weet dat mijn advocaat nederlagen haat. 'Maar je had dit al verwacht, toch?'

'Jazeker. Het is volkomen terecht. Ze kon niet hard maken dat de weerman hem niet meer kon hard maken,' zegt Cor geamuseerd. 'Ze kon ook niet aannemelijk maken dat hij finasteridetabletten slikt. Ze had haar hele berichtgeving gebaseerd op een DM van een anonieme speurneus, die ze niet kende.'

'En die roddel over de affaire van zijn vrouw?'

'Kwam van dezelfde speurneus. Angel heeft haar voor het kort geding nog benaderd om bewijs te vragen, maar kreeg toen te horen dat ze het van iemand anders had gehoord en dat die het ook niet zeker wist. Het was een hoop gebakken lucht, vond de rechter.'

'En nu? Krijgt Hein een schadevergoeding?'

'Nee, ik heb overtuigend genoeg aangetoond dat De Koning en zijn vrouw geen schade hebben geleden. Angel is wel veroordeeld tot het betalen van de proceskosten en de rekening van zijn advocaat.'

'Heb je haar al gesproken?'

'Uiteraard. Ze gaf geen krimp en nam het vonnis ter kennisgeving aan. Morgen zal ze rectificeren, zei ze. Dat kan, want ze heeft er 48 uur de tijd voor gekregen.'

'Zeg eens eerlijk: hoe gunstig is deze uitspraak voor BN'ers? Heeft de rechter het werk van Angel moeilijker gemaakt?'

'Ik vrees van niet, Claire. De rechter beschouwt haar als een journalist en heeft haar bronbescherming verleend. Dit geeft haar in feite een vrijbrief om haar grenzen steeds verder te verleggen.'

Laat het los. Je hebt jouw artiesten tegen haar beschermd. Laat het gaan.

32

Na het gesprek met Cor draai ik het deksel van de blender en zet ik de kan rechtstreeks aan mijn mond. Gulzig drink ik de fruitshake. Te gulzig. Een deel van rozerode vloeistof loopt langs mijn mondhoeken en belandt op mijn witte top. Die kan meteen in de was. Weer een extra verdieping erbij. Altijd omdenken.

Terwijl ik naar boven loop, geeft mijn mobiel een melding: Angel heeft een aantal nieuwe Insta-stories geplaatst. Het eerste wat me opvalt is dat haar setting is veranderd. In plaats van de oudroze muur achter haar, lijkt het nu alsof ze in een studio staat en het journaal presenteert. Waarschijnlijk heeft ze een greenscreen gebruikt om deze suggestie te wekken. Ze houdt een paar A4'tjes in haar hand, draagt een rode kokerrok met een zijden blouse en nude pumps met stilettohakken. Op het puntje van haar neus prijkt een zwarte leesbril.

'Hallo speurneuzen, ik heb fantastisch nieuws,' zegt ze opgetogen. 'De Amsterdamse rechtbank heeft zojuist bepaald dat ik mezelf journalist mag noemen. Dat beschouw ik als een eclatante overwinning. Ik heb mijn decor en mijn outfit er meteen op aangepast. Vind je het niet enig? Welkom in Angels Juicestudio.'

Ze gebaart trots om zich heen.

'Hou je vast, want het wordt nog beter. Omdat ik nu officieel journalist ben, zijn mijn bronnen beschermd. Dus als jij me tips geeft, hoef je dus niet bang te zijn dat jouw naam ooit in de openbaarheid komt. Heerlijk toch? Kom maar door met die juice!'

Ze werpt een blik op de papieren in haar hand.

'O ja. De rechter heeft tevens gesteld dat ik geen sluitend bewijs hoef aan te leveren voordat ik iets publiceer. Als ik het aannemelijk maak, is het al genoeg.'

Ze schraapt haar keel en trekt een ernstig gezicht.

'Eigenlijk moet ik weerhaantje Hein de Koning bedanken. Hij heeft ervoor gezorgd dat de rechter alles netjes voor me op een rijtje heeft gezet. Dankjewel slappe pik, goed gedaan. Vandaag is het feest.'

Iemand buiten beeld reikt haar een confettikanon aan dat ze gierend van de lach afschiet, waardoor ze in een wolk van gouden snippers belandt.

'Wil jij niets van mijn juice missen? Abonneer je dan vandaag op mijn Secret Juice Channel. Omdat we iets te vieren hebben, krijgen de eerste vijf abonnees vandaag de eerste drie maanden gratis. Wees er snel bij!'

33

Ik zit amper achter mijn bureau of mijn mobiel gaat weer. Het is een redacteur van een showrubriek.

'Spreek ik met de woordvoerder van Angel de Vos?'

'Hoezo?'

'Wij besteden vanavond aandacht aan de uitkomst van het kort geding van de heer De Koning en willen haar uitnodigen om achter onze desk aan te schuiven.'

'Ik zal je verzoek aan haar voorleggen.'

'Ze heeft verloren, maar nog geen rectificatie geplaatst, is ze dat wel van plan?'

'Mevrouw De Vos zal zich houden aan de uitspraak van de rechter.'

Zodra ik heb opgehangen, zie ik verschillende nieuwe mails in mijn inbox. Angel zet me meteen aan het werk. Ze heeft haar zakelijke mailaccount zo ingesteld dat alle berichten aan haar adres automatisch worden doorgestuurd naar mij. Ook heeft ze me een lange reeks onbeantwoorde mails geforward.

Een tweede showrubriek laat weten geïnteresseerd te zijn in een quote van Angel over de zaak De Koning. Een landelijke talkshow zou graag zien dat Angel in de uitzending aanschuift. De redacteur vermeldt erbij dat de weerman ook aanwezig zal zijn. Hij heeft er geen bezwaar tegen om tegenover de juicekoningin te zitten.

Mijn nieuwe artiest blijkt razend populair. Ze is de afgelopen maanden door talloze amusements-, spel-, quiz- en reisprogramma's benaderd. Ze mag zich uithongeren op een eiland, op gevaarlijke wegen rondrijden, schatzoeken aan de andere kant van de wereld, zingen, koken, fotograferen, een kudde schapen hoeden, ze is overal welkom. Iedere tv-producent wil Angel als kandidaat.

'Hai Angel, met Claire.'

'Ik ben druk, is het dringend?'

'Er liggen vier media-aanvragen voor je. Of eigenlijk vijf, want er komt net een mail van Radio 2 binnen.'

'Waar gaan ze over?'

'Wat denk je zelf, over het kort geding natuurlijk.'

'O ja,' zegt ze verstrooid. 'Ik ga niemand te woord staan.'

Ze geeft geen nadere uitleg.

'Hein de Koning zit vanavond bij de NPO.'

'Leuk voor hem.'

'Zij willen dus graag dat jij ook komt. Hein heeft er geen bezwaar tegen.'

'Dat zal best. Hij geniet van alle aandacht.'

'Baal je dat je hebt verloren?' vraag ik voorzichtig.

'De rechter had me geen groter plezier kunnen doen. Heb je mijn bericht op Insta niet gezien?' voegt ze er geïrriteerd aan toe.

'Natuurlijk wel. Ik zag je nieuwe decor. Leuk gedaan, Angels Juicestudio. Heb je ooit naar al die andere verzoeken gekeken? Iedereen wil je. Je kunt straks stoppen met roddelen en fulltime BN'er worden.'

'Stoppen?' schampert ze. 'Dit is nog maar het begin. Heintje voelt zich nu een held, maar hij heeft geen idee wat hij heeft aangericht. In feite heb ik dankzij hem carte blanche gekregen.' Ze lacht. 'We gaan alle schijnheilige, over het paard getilde BN'ers slopen. En we gaan ervan genieten.'

'Wie zijn "we"?' vraag ik voorzichtig.

'Ik had nooit gedacht dat ik het zou zeggen, maar ik ben blij met je, Claire. Dankzij jou heb ik mijn focus weer helemaal terug. Dat akkefietje in die container was vervelend, maar het heeft ons samengebracht. Ik weet dat ik jou kan vertrouwen. En jij mij.'

Mevrouw de juicekoningin zegt dat ik haar kan vertrouwen. Houdt ze zichzelf voor de gek?

'Jouw artiesten lijken niet echt te beseffen hoezeer ze boffen met het pact dat wij hebben gesloten,' gaat Angel getergd verder. 'Tijdens de videovergadering kwamen ze vrij ondankbaar over. Wat een jankerds. Je hebt ze in feite een kogelvrij vest gegeven. Ze mogen je op hun blote knieën danken.'

'Ik zal het doorgeven.'

'Doe dat.'

Ik sta op van mijn bureaustoel en loop nerveus de trap op en neer. Mijn nieuwe artiest noemt het een akkefietje als je naakt, vastgebonden, geblinddoekt en met tape over je mond in een ijskoude container belandt. Ze ziet het als de start van iets moois. Ze heeft er geen idee van dat ik het moment heb vereeuwigd. De foto's zijn mijn vangnet, mijn levensverzekering.

Je hebt alles gedaan wat je kon, Claire. Je hebt het goed aangepakt. Laat je angsten los. Laat gaan.

34

'Zullen we eens kijken hoe het met hem gaat?'

Chloe ligt al op de behandeltafel als ik binnenkom. Patrick staat ernaast en houdt haar hand vast. De gynaecoloog spuit gel op haar bolle buik.

Ik doe de deur voorzichtig achter me dicht, zwaai naar Chloe, hoewel ik niet zeker weet of ze me ziet, en knik naar Patrick.

'Je was doorverwezen door de verloskundige omdat je het idee had dat hij minder bewoog?' vraagt de gynaecoloog.

Chloe knikt. Ze heeft net een halfuur met een hartslagmeter om haar buik gelegen. Patrick belde me toen ze bij het ziekenhuis aankwamen, ik aarzelde geen moment, liet mijn verdiepingen voor wat ze waren en sprong meteen in de auto.

'De uitslag van de CTG is goed. Je baby doet het prima. Ik zal voor de zekerheid nog even kijken naar de hoeveelheid vruchtwater.'

De gynaecoloog schuift de echokop over de buik terwijl hij de monitor bestudeert.

'Ik zie geen bijzonderheden,' zegt hij tevreden. 'Omdat de zwangerschap vergevorderd is, krijgen we uw zoontje niet meer in zijn geheel in beeld. Hij is mooi ingedaald en ligt al diep in het bekken. Hier ziet u zijn rug. Hier zijn beentjes. Kijk, hij draait met zijn billen.'

Vakkundig schuift hij de kop heen en weer.

'Mijn vrouw heeft een erfelijke oogaandoening. Haar zicht is heel beperkt,' zegt Patrick kalm.

'Excuses, dat wist ik niet,' zegt de gynaecoloog. Hij lijkt even van zijn à propos.

'Dat kon u ook niet weten,' stelt Chloe hem gerust.

'Dus alles is goed?' vraag ik voor de zekerheid. 'Ook het vruchtwater?'

'Er is geen enkele reden tot zorg,' zegt de arts. En tegen Chloe: 'Mocht u nu toch weer het idee krijgen dat uw baby minder beweegt, neem dan contact op met uw verloskundige. Niet over twijfelen, gewoon doen.'

'Mogen we de hartslag nog een keer horen?' vraagt mijn dochter zacht.

'Natuurlijk.'

Even later vult het geruststellende geluid van het galopperende hartje van mijn kleinzoon de ruimte. Ik sluit mijn ogen en slaak een diepe zucht. Het nieuwe leven laat van zich horen, het enige dat ertoe doet.

35

'Brenda wil de presentatie van het gala toch op zich nemen,' zegt Chloe als we beneden in de cafetaria een kop koffie drinken. 'Ik heb haar gisteren gesproken. We hebben het persbericht meteen de deur uit gedaan.'

'Echt? Wat fijn.'

Patrick knikt enthousiast. Hij scheurt drie suikerzakjes open en leegt ze in zijn koffie. Mijn schoonzoon is een zoetekauw.

'Alle showrubrieken zaten achter Brenda aan vanwege die onthullingen op dat juicekanaal,' vertelt Chloe. 'Maar Brenda's manager heeft ze laten weten dat zij geen commentaar zal geven. En als ze haar overvallen op de rode loper met een vraag over Rik, dan is dat meteen de laatste keer dat ze haar spreken.'

'Slimme zet.'

Ik zeg het niet hardop, maar ik betwijfel of deze strategie zal werken. Angel is een pitbull. Als ze zich eenmaal in iemand vastbijt, laat ze niet snel los. Om een of andere reden heeft ze de pik op Brenda en Rik. Ze zal hen blijven sarren.

'Ik vind het zo lief van haar, mam. Ze vertelde dat ze niet wilde afzeggen, omdat dit goede doel haar zo aan het hart gaat. We hebben elkaar best lang gesproken, ook over haar zwangerschap. Zij krijgt een meisje.'

'Zei ze nog iets over het filmpje?' vraag ik. 'Het moet zo naar voor haar zijn geweest.'

'Daar heb ik niet naar gevraagd,' zegt Chloe op licht verwijtende toon. 'Dat gaat mij toch niet aan? Dat gaat niemand iets aan.'

'Je hebt gelijk,' zeg ik bedremmeld. 'Maar dit is dus precies hoe het werkt. Ze zuigt je in een verhaal met allerlei sappige details en je raakt gewild of ongewild nieuwsgierig naar het vervolg.'

Patrick snuift geïrriteerd en zegt: 'Die Angel moet haar neus niet in andermans zaken steken.'

'Inderdaad,' beaamt Chloe. 'Het verbaast me wat zij allemaal kan doen zonder consequenties. Zou ze niet bang zijn dat ze zelf klappen krijgt?'

Het valt me zwaar dat ik niet kan vertellen dat ik Angels manager ben geworden. Ze hebben veel belangrijkere dingen aan hun hoofd dan mijn zakelijke beslommeringen. Los daarvan zouden ze het vast niet begrijpen, en dat kan ik ze niet kwalijk nemen. Ik kan het al amper aan mijn artiesten uitleggen, laat staan aan hen.

'Ze heeft deze week een kort geding verloren,' weet Patrick. 'Tegen die weerman, hoe heet hij ook alweer? Hein nogwat.'

'Hein de Koning. Ach jongens, waarschijnlijk is ze een hype en is iedereen haar over een jaar alweer vergeten. Hoe is het met je vader, Patrick?'

Op het moment dat ik het gesprek in een andere richting probeer te sturen, geeft mijn mobiel een melding: Angel heeft een nieuwe video geplaatst. Ik luister met een half oor naar het antwoord van mijn schoonzoon: zijn vader heeft een nieuwe knie, operatie geslaagd, hij is er blij mee.

'Heel fijn voor je vader,' zeg ik, terwijl ik opsta. 'Ik moet weer aan het werk, lieverds.'

36

In de parkeergarage van het ziekenhuis klik ik snel op de Insta van Angel. Als eerste komt de rectificatie over Hein de Koning voorbij, zoals verordonneerd door de rechter. Met witte letters op een zwarte achtergrond valt te lezen dat Angel haar beweringen over Hein de Koning en diens echtgenote niet met feiten heeft kunnen staven. Dat deze beweringen onrechtmatig en onjuist waren en dat ze ze niet als waarheid had mogen brengen. Einde bericht.

Daarna volgt een video met Angel, die zich weer in haar nepstudio bevindt.

'Hallo speurneuzen, dank voor alle tips over Vieze Rik, de man van Brenda van Hintum. Zoals jullie weten bracht ik als eerste het nieuws dat Vieze Rik met een blonde snol in een nachtclub liep te vozen terwijl Brenda zijn kind draagt.'

In de rechterhoek van haar televisiestudio zijn opnieuw de wazige beelden te zien van Rik met het blonde meisje.

'Intussen hebben talloze "collega's" van mij dit bericht overgenomen,' zegt ze in de camera terwijl ze haar beide wijs- en middelvingers krommend in de lucht steekt om de aanhalingstekens uit te beelden. 'Ik ga ze even opnoemen, want het irriteert me mateloos: *AD*, *Telegraaf*, *Privé*, *Story* en *Shownieuws* hebben mijn scoop gepikt zonder mij de credits te geven. Hopelijk kan er de volgende keer wel een bedankje vanaf. Maar, het moet gezegd worden, een pluimpje voor *Boulevard*, dat voor de verandering wél meldde wie hun bron was.'

Angel doet haar duim omhoog en in de rechterhoek is naast het *Boulevard*-logo een hoed met een veer te zien.

'Intussen is mijn inbox volgestroomd met juice over Vieze Rik en ik durf te stellen dat we te maken hebben met een notoire vreemdganger. Die blonde chick in de nachtclub was slechts een passante. Ik weet trouwens nog steeds niet hoe zij heet, suggesties blijven welkom. De grote vraag van vandaag luidt: kent de zwangere Brenda de ware aard van haar echtgenoot? Denkt zij dat hij alleen een potje heeft lopen zoenen en heeft ze hem deze *slip of the tongue* vergeven? Het lijkt er wel op, want anders zou ze allang bij hem weg zijn, toch?' Angel loopt dichter naar de camera toe en tegelijkertijd klinkt het geluid van een loeiende sirene.

'Brenda, meid!' roept ze. 'Dit is jouw wake-upcall. Deze gast naait je waar je bij staat. Op mijn Secret Juice Channel kun je morgenochtend om tien uur lezen met wie jouw Vieze Rik het allemaal doet en heeft gedaan. Ik verklap je vast één ding: er zit iemand bij die jij kent.'

Ze wrijft zich opgetogen in de handen. Dan klinkt de sirene opnieuw.

'Vieze Rik! Dit is jouw wake-upcall. Je hebt tot morgenochtend tien uur de tijd om op te biechten wat je allemaal hebt misdaan. Wees een man en laat Brenda het van jou horen en niet van mij. Dat is het minste wat je kunt doen.'

Ik kan mijn ogen en oren nauwelijks geloven. Angel stelt de echtgenoot van Brenda een ultimatum. Is ze gek geworden?

'Als jij eerlijk aan je zwangere vrouw vertelt met welke vriendin je Brenda hebt bedrogen, zal ik jouw misstappen niet openbaren,' zegt Angel met haar lelijkste grijns. 'Stuur mij een bericht en bewijs dat zij weet wat je hebt geflikt en met wie, dan laat ik je voorlopig met rust. Zo niet, dan ben je morgenochtend om tien uur aan de beurt.'

Als uitsmijter deelt Angel een opiniepeiling: moet Brenda Vieze Rik nu al de deur wijzen?, luidt de vraag. Haar volgers hebben de keuze uit twee antwoorden:

1) ZEKER WETEN, OPROTTEN MET DIE GAST, WAT EEN GORE SMEERPIJP
2) EERST KIND UITPOEPEN, DAN SCHOP ONDER ZIJN HOL GEVEN

Ik mis een derde mogelijkheid: laat Brenda, Rik en hun ongeboren kind met rust. Om de uitslag van de poll te kunnen zien, moet ik zelf tussen een van de twee kwaden kiezen. Na enige aarzeling klik ik op het tweede antwoord. Ik blijk bij een minderheid van 17% te behoren: 83% van de stemmers vindt dat de gore smeerpijp meteen moet oprotten.

Verslagen leg ik mijn armen op het stuur. Ik staar naar de muur van de parkeergarage. Wat wil Angel hiermee bereiken? Of het nu waar is of niet, degene die ze het meest kwetst, is Brenda. Hoe ellendig moet zij zich nu voelen? Ik weet oprecht niet wat ik haar zou aanraden als ik haar manager was. Zwijgen betekent dat de media eindeloos blijven gissen. Spreken betekent dat ze een reactie moet geven op voorvallen uit haar privéleven die – als ze waar zijn – haar leven al genoeg op z'n kop hebben gezet.

Ik tik Brenda's naam in op Google en klik op het tabblad Nieuws.

'Gaat echtgenoot van Brenda van Hintum vreemd met haar vriendin?' kopt de *Telegraaf*.

'Brenda van Hintum presenteert gala voor Stichting Beter Zicht,' aldus het *AD*, dat blijkbaar nog achterloopt.

'Wordt zwangere RTL-ster belazerd?' vraagt *Shownieuws* zich af.

'Angel weet het zeker: de man van presentatrice Brenda van Hintum neukt haar beste vriendin,' aldus *Mediacourant*.

De video van Angel staat amper een halfuur online en dit is het resultaat. En het zal alleen maar erger worden. Als dit zo doorgaat, is de kans dat Brenda het gala zal presenteren verkeken. Angel maakt alles en iedereen kapot. Hoe heb ik ooit kunnen denken dat het een goed idee was om haar in mijn stal op te nemen?

37

'Claire, wat ben je toch een softie.'

Angel neemt verrassend snel op. Ik rij de parkeergarage uit.

'Sorry?'

'Ik zag je reactie op de poll. Vieze Rik mag van jou blijven tot de baby er is. Hoe ruimhartig.'

Sukkel die ik ben. Angel kan zien wat ik heb gestemd.

'Sinds wanneer stel jij ultimatums? Is dát iets nieuws?'

'Sinds wanneer maak jij je druk om Rik en Brenda? Ze zitten niet in jouw stal.'

Ik moet oppassen dat ik mezelf niet verraad. Ik moet Chloe beschermen. Ik wil niet dat Angel weet dat zij mijn dochter is. Straks gaat ze zich ook met háár zwangerschap bemoeien.

'Mijn bericht is door iedereen overgenomen.' Angel tettert opgetogen door. 'En heb je de Insta van Rik gezien? Hij heeft de mogelijkheid tot reageren uitgezet. Het regende haatberichten. Brenda heeft hetzelfde gedaan. Zij kreeg honderden keren te horen dat ze haar vent de deur moet wijzen. Ik pies in mijn broek.'

Mijn wangen kleuren rood. Ik schaam me voor Angel, maar ook voor mezelf.

'Ik vind het niet slim wat je hebt gedaan,' zeg ik. 'Het is een vorm van chantage. Als Rik kwaad wil, kan hij je aangeven.'

'Dan komt ome Cor me vast wel redden. Maar is dit waarom je belt? Om me een standje te geven? Heb je al spijt van onze samenwerking?' vraagt ze lachend.

'Natuurlijk niet,' haast ik me te zeggen. 'Ik probeer je voor fouten te behoeden. Dat is mijn taak. Ga je de naam van de vriendin echt bekendmaken als Rik jouw eis negeert?'

'Zo ver zal het niet komen,' zegt ze zelfverzekerd. 'Ik geef je op een briefje dat hij met de billen bloot gaat. Brenda zal hem daartoe dwingen. En daarna mag ze me een bos bloemen sturen, omdat ze dankzij mij weet wat voor een klootzak haar vent is.'

Pannenkoek duwt het hek van het bedrijventerrein open en glipt naar binnen. Hij draagt een lange, donkerblauwe pufferjas en heeft de capuchon op, hoewel het niet regent. Even kijkt hij schichtig om zich heen, dan loopt hij in de richting van de oranje bouwkeet. Vanachter een stapel containers duikt een Mechelse herder op die blaffend op hem afstormt. Hij verstijft. De hond staat binnen twee tellen voor hem en hapt naar zijn benen. Het zweet breekt hem uit. De herder blijft grommen. Hij durft zich niet te verroeren.

'Ksst! Ksst!' probeert hij.

De mechelaar wijkt niet.

Hij maakt toch maar een schoppende beweging. Meteen hangt het beest in zijn been en sjort zijn broekspijp wild heen en weer.

'Help! Au, godverdomme. Help!'

De deur van de bouwkeet gaat open.

Jeffrey stapt naar buiten, neemt het tafereel in ogenschouw en begint te lachen.

'Hee Pannenkoek, alles flex?'

'Haal dat klotebeest van me af.'

Jeffrey fluit. De hond reageert niet.

'Alpha! Los!' roept hij.

Alpha blijft met ontblote tanden aan het onderbeen trekken.

Jeffrey verdwijnt naar binnen en komt terug met Novak, die een camouflagepak draagt met een lege holster over zijn schouder.

Novak stopt twee vingers in zijn mond. Een schelle fluittoon klinkt. De hond laat los, draait zich om, rent naar zijn baas en gaat hijgend bij zijn voeten liggen.

Kom maar, wenkt Jeffrey.

'Leg die hond aan de ketting,' roept Pannenkoek.

'Gewoon rechtop lopen. Ze ruikt je angst.'

Behoedzaam komt hij dichterbij. Maar zodra hij binnen een straal van drie meter is, begint Alpha weer te grommen.

Novak geeft de hond een schop. Dat helpt.

Even later zitten ze met zijn drieën rond een formicatafel in de keet. Pannenkoek haalt een envelop uit zijn binnenzak en wil hem aan Novak geven. Deze maakt een afwerend gebaar en knikt met een schuin hoofd richting Jeffrey, die hem uit zijn handen grist. Hij scheurt de envelop open en begint de bankbiljetten te tellen.

'Ik heb nog iets voor jullie.' Pannenkoek tovert iets tevoorschijn dat op een cadeautje lijkt. 'Net van de markt gehaald. XXL-stroopwafels, vers gebakken. Beter krijg je ze niet.'

Hij vouwt het rood-wit geblokte papier open en legt het lekkers op tafel.

Novak pakt de bovenste stroopwafel met twee handen vast en neemt een hap.

'Ik heb ze meegenomen om jullie te bedanken. Ik weet niet wat jullie hebben gedaan, maar het is gelukt. Ze heeft niets gepost. Ze neust ook niet meer rond. Volgens mij zijn we van haar af.'

Jeffrey stoot Novak aan: 'Hoorde jij het ook? Zei hij nou "we"?'

Ze beginnen allebei te lachen.

'Er is geen wij, Pannenkoek. Jij hebt ons gevraagd een probleem voor je op te lossen.'

Jeffrey legt het geld opzij, schrijft iets op een papiertje dat op tafel ligt en pakt ook een stroopwafel.

Novak trekt één wenkbrauw op.

'Het is genoeg,' zegt Jeffrey met volle mond. 'Voor vandaag.'

'Nogmaals, ik ben heel dankbaar. Hoe ging het?'

Novak schiet geërgerd uit zijn stoel en haalt meteen uit, zijn vlakke hand raakt Pannenkoek vol op zijn oor. Vervolgens loopt hij naar de deur van de keet en verdwijnt naar buiten.

'Nooit vragen stellen,' sist Jeffrey. 'Hoe vaak moet ik je dat nog zeggen?'

Hij schuift het papiertje naar hem toe.

'Dit is wat we nog van je krijgen.'

Pannenkoek bestudeert het briefje en slaakt een zucht.

'Zit mijn horloge hierbij inbegrepen?'

'Wat denk je zelf? Als je die klok terug wilt, komen er twee ruggen bij.'

38

'Hee schat.'

Onderweg naar huis luister ik de gesproken berichten van Jesse en Laila af. Jesse mag eerst, ik zag een paar gemiste oproepen van hem.

'Ik heb je geprobeerd te bellen, maar je nam niet op.' Het klinkt licht verwijtend. Mijn artiesten lijken soms te vergeten dat zij niet het enige stralende middelpunt van mijn bestaan vormen.

'Ik heb fan-tas-tisch nieuws. Brian kent de regisseur van het komende seizoen van *The Crown*. Hij heeft haar mijn showreel en cv gestuurd en ze reageerde positief. Ik mag auditie doen. Het is een bijrol, maar stel je voor dat ik hem krijg. De hele wereld kijkt naar *The Crown*.'

Wow. Dit is inderdaad bijzonder. Ik heb me zo laten meeslepen door al het gedoe met Angel dat ik vergeet dat mijn artiesten serieuze carrières hebben. Het zou een geweldige opsteker zijn voor Jesse. Ik ben nu al trots op hem.

'Anyway, toen ik het hoorde, moest ik meteen aan Angel denken. Dat alleen al is toch vreselijk, dat je permanent bang bent voor dat mens met haar mapjes? Brian, Laila en ik zaten gisteravond te borrelen om de auditie te vieren en we hebben het er uitgebreid over gehad. Jouw banden met Angel maken ons ongerust. Eigenlijk heb je jouw complete stal bij haar op de kaart gezet door jullie samenwerking. Angel is iemand die overal schijt aan heeft. Hoe weet jij zo zeker zij zich aan dat contract zal houden? Zodra zij om wat voor reden dan ook pissig wordt op jou of op een van ons gaat ze los, wedden?'

Jesse legt zijn vinger op de zere plek. Dit is mijn grootste angst.

'Ik zou het erg fijn vinden als jij kunt achterhalen wat ze aan juice over me heeft. Dat is het minste wat je voor me kunt doen, lieverd. Netflix heeft door die hele toestand met Kevin Spacey al genoeg ellende gehad. Voor alle duidelijkheid: voor zover ik weet, waren al mijn scharrels meerderjarig. Maar ik ben niet van de marechaussee, Claire, ik doe niet aan paspoortcontroles. Zorg er alsjeblieft voor dat we ons weer veilig kunnen voelen. Dag schat.'

De verkeersdrukte neemt toe. Ik rij een file in. Ik bel Jesse terug, maar hij is in gesprek. Dan maar een voicebericht. Kan ik dit afvinken.

'Dag Jesse, wat een geweldig nieuws, gefeliciteerd!'

Ik probeer zo zonnig mogelijk te klinken.

'Als je de rol krijgt, ben jij volgens mij de eerste Nederlandse acteur in *The Crown*. Waanzinnig. Wanneer is de auditie? Wil je dat ik met je meega naar Londen? Vind ik helemaal niet erg, hoor. Ik ken heel veel fijne hotels en restaurants daar. Laat me even weten in welk deel van de stad je moet zijn, dan stuur ik je tips.'

Ik las een korte pauze in om extra nonchalance in mijn stem te leggen.

'Wat jouw mapje betreft: als ik haar daarnaar vraag, wekt dat alleen maar argwaan. Dan wil ze weten wat er speelt en jouw auditie gaat haar niks aan. Laten we rustig afwachten hoe het in Londen gaat en maak je vooral geen zorgen, het contract is waterdicht. Tot gauw, schat.'

Hopelijk stelt dit hem gerust. En nu Laila.

'Hai Claire. Alles goed? Ik wilde je even bijpraten. Eerst het goede nieuws: ik heb al anderhalve week geen vlees gegeten, ook niet stiekem. Het was knettermoeilijk, dus ik hoop dat je trots op me bent. Gisteravond was ik aan het borrelen met Jesse en Brian, supergezellig en toen… O, toen heb ik trouwens wel een paar plakjes chorizo genomen. Brian had die meegenomen uit Spanje en ik dacht nog: oké, voor deze chorizo is een varken omgelegd en daarna is-ie ook nog met het vliegtuig gegaan. Als we deze worst opeten, zijn we echt verkeerd bezig. Maar goed. We hadden het natuurlijk over Angel. Jesse knijpt 'm behoorlijk. Hij vindt dat mapjesverhaal doodeng. Het zou hem echt helpen als jij een blik in die mapjes kon werpen. En als je dan toch bezig bent, kijk dan meteen in dat van Floris. Want *what the fuck* kan zij aan juice over Floris hebben? Beter dat ik het van jou hoor dan van haar. Als hij vreemd is gegaan, trek ik zijn kop van zijn romp, ik zweer het je. O, Floris belt me. Ik ga je hangen. *Adios.*'

De file lost langzaam op. Ik kan weer rijden. Niet harder dan dertig, maar toch. Alles beter dan stilstaan.

Ik beantwoord Laila's bericht met een hartje. Dan zie ik een app van Tyrone.

'Babe. Hoe gaat het? Ik mis je lippen om mijn lul.'

Iedereen wil iets van me. Normaal gesproken vind ik dat heerlijk: nodig zijn. Ervoor zorgen dat alles op rolletjes loopt. Plooien gladstrijken. Vandaag verlang ík naar een manager. Eentje die de open haard aansteekt voordat ik thuis ben. Die een glas wijn voor me klaarzet. Die kookt, kaarsjes brandt en de tafel dekt. Ik heb altijd gedacht dat ik niemand nodig had. Toen ik op zeventienjarige leeftijd ongepland zwanger raakte, had ik geen enkele behoefte aan een vaste partner: ik zou het zelf wel redden. Mijn ouders waren in shock, mijn vader vond dat ik de zwangerschap beter kon afbreken. Hij zei dat ik mijn toekomst vergooide. Zijn starre houding bracht een verwijdering tussen hem en mij teweeg die nooit helemaal is hersteld.

Mijn moeder belandde in een loyaliteitscrisis. Ze wilde haar dochter steunen, maar haar man niet afvallen. Toen Chloe eenmaal was geboren, ontpopte ze zich tot een lieve oma die altijd bereid was om op te passen. Chloe en zij waren twee handen op een buik. Het mocht niet lang duren. Een week voor Chloe's derde verjaardag werd bij mijn moeder slokdarmkanker met uitzaaiingen geconstateerd waarna de donkerste periode uit ons leven volgde. Ze overleed een halfjaar later in een hospice op 47-jarige leeftijd. Twee maanden later had mijn vader een nieuwe vriendin.

Na haar dood werd mijn onafhankelijkheid mijn grootste wapenfeit. Het verdriet bleef, maar mijn dochter bracht licht en vreugde, en mijn carrière geld en voldoening. Twee zachte armen om me heen? Niemand knuffelde me beter dan Chloe. Nu ik boven de veertig ben, hunker ik steeds vaker naar een geliefde die me beschermt en koestert. Eentje om oud mee te worden, voor zover me dat is gegeven.

39

'Zal de man van Brenda van Hintum zich wel of niet aan het ultimatum van Angel houden? Dat is de brandende vraag die iedereen op dit moment bezighoudt.'

Een verslaggever van *Hart van Nederland* doet live verslag vanuit de straat van Brenda. Ik zit met een gin-tonic op de bank en kijk verbijsterd toe. *Hart van Nederland* is niet de enige rubriek die vanavond uitgebreid aandacht besteedt aan de rel. Op praktisch elke zender wordt er druk over gespeculeerd.

'Brenda van Leeuwen en haar man Rik hebben nog niet gereageerd op de aantijgingen van Angel de Vos, die beweert dat Rik zijn zwangere vrouw bedriegt. De juicekoningin heeft gedreigd de naam van de minnares morgenochtend om tien uur bekend te maken als Rik de vermeende affaire niet eerlijk opbiecht.'

Omdat er geen nieuwe ontwikkelingen zijn, herkauwt de verslaggever de juice van Angel voor de zoveelste keer. Achter hem wemelt het van de fotografen, cameraploegen, journalisten en buurtbewoners die een glimp van Brenda of Rik hopen op te vangen.

'Opvallend detail is dat de minnares een vriendin of een goede bekende van het stel schijnt te zijn.'

Mijn mobiel piept. Een appje van Patrick: 'Brenda's man is weer negatief in het nieuws. Vertel het alsjeblieft niet aan Chloe. Ze is zo blij dat alles goed gaat met de baby. Het gala is van later zorg.'

Patrick wil Chloe uit de wind houden. Wat lief.

'Van mij hoort ze niets, slaap lekker voor straks,' app ik terug.

'Wat vindt u ervan, mevrouw? Moet Rik opbiechten wat hij heeft gedaan?'

De *Hart van Nederland*-verslaggever heeft zich bij gebrek aan de hoofdrolspelers gewend tot een buurtbewoonster van middelbare leeftijd met een labradoodle aan de lijn.

'Hij had het nooit moeten doen. Zo'n lieve vrouw. Altijd positief. Vreselijk wat hij haar heeft aangedaan.'

'Hoe zou u reageren?'

'Hij zou er bij mij niet meer in komen,' antwoordt ze stellig. 'Ik zou zijn spullen op straat smijten en hem erachteraan.'

'Brenda is wel zwanger van zíjn kind.' De verslaggever peilt of ze enig mededogen heeft voor de aanstaande vader.

'Zij redt zich wel. Zij is een... hoe noemen jullie dat ook alweer... een powervrouw, dat is ze. Ze heeft die schoft helemaal niet nodig. Dat is alles wat ik erover wil zeggen.'

Haar labradoodle is intussen languit op straat gaan liggen. Ze geeft een ruk aan de riem om hem overeind te trekken en loopt weg.

De verslaggever kijkt weer recht in de camera: 'Ik heb vanavond verschillende buurtbewoners gesproken. De meesten vinden dat Brenda beter af is zonder Rik. Een jonge moeder vertelde me: als je dit soort gedrag pikt, welk signaal geef je dan af aan je kind? Dat vreemdgaan oké is? Brenda heeft als bekende Nederlander een voorbeeldfunctie, zei ze. Ze is geen goed rolmodel als ze Rik hiermee ongestraft laat wegkomen en bij hem blijft. Daarnaast is de overheersende mening dat Rik alles eerlijk moet opbiechten voordat het ultimatum verstrijkt. Een buurman, die niet voor camera wilde verschijnen, liet weten dat hij er wel moeite mee heeft dat de juicekoningin zich zo mengt in het huwelijk van Brenda en Rik. Maar ook voor hem stond het als een paal boven water dat Brenda beter af is zonder Vieze Rik, zoals Angel hem noemt.'

Ik neem een grote slok van mijn gin-tonic. Hoe zouden de buurtbewoners het vinden als hún relaties op nationale televisie zouden worden geanalyseerd en becommentarieerd op basis van onbevestigde berichten? In de studio van *Hart van Nederland* worden alle 'feiten' nogmaals op een rijtje gezet. Ik voel diep medelijden met de dochter van Brenda en Rik die over een jaar of tien alle items over haar ouders in geuren en kleuren zal kunnen terugkijken.

Ik zap naar een andere zender waar de talkshow *De tafel van Tobias* gaande is. Ook daar laten de gasten hun licht schijnen over de kwestie Brenda. Een relatietherapeut betoogt dat het vreemdgaan van mannen tijdens de zwangerschap van hun vrouw kan voortkomen uit een gevoel van verwaarlozing.

'De aandacht van de vrouw gaat niet meer volledig uit naar hem, maar naar de baby in haar buik. Hij komt ineens op de tweede plaats terecht en hij mist aandacht.'

De tafelgast tegenover hem, een cabaretière, reageert pinnig op zijn stelling.

'Ga jij die Vieze Rik nu een excuus geven voor zijn gedrag? Het is een eikel. Als je vrouw in verwachting is, moet je er voor haar zijn en haar niet belazeren. Ook als ze niet zwanger is, trouwens. Zo simpel is het.'

Haar medegasten knikken instemmend.

De therapeut sputtert tegen: 'Een liefdesrelatie is zelden simpel. Nooit eerder in de geschiedenis van de mensheid zijn onze verwachtingen van het huwelijk zo hooggespannen geweest, ze hebben epische proporties aangenomen. Dat merk ik dagelijks in mijn praktijk, ik heb er ook veelvuldig over geschreven...'

Hij wijst naar een boek dat voor hem op tafel ligt. 'Zal ik een stukje voorlezen?'

'Daar is helaas geen tijd voor,' onderbreekt presentator Tobias Peterson hem.

'Ik denk dat het belangrijk is om genuanceerd over deze kwestie te spreken,' probeert de therapeut weer. Hij bladert door zijn boek, in de hoop de passage snel te vinden.

'Kunt u het in een minuut samenvatten?'

De therapeut lijkt even in de war.

'Laat ik het zo zeggen: partners willen elkaars beste vriend zijn, spetterende seks hebben, geweldige ouders zijn, een comfortabel leven leiden, avontuurlijk zijn én elkaar veiligheid en intimiteit bieden. Sommige van deze idealen zijn ronduit tegenstrijdig. Om dit ook nog eens tientallen jaren achter elkaar vol te houden, is een bijna onmogelijke opgave. Het is niet gek dat je elkaar soms teleurstelt of een crisis doormaakt, integendeel, het is onvermijdelijk. Volmaakte relaties bestaan niet.'

'In theorie zal het allemaal best kloppen wat je zegt,' snuift de cabaretière. 'Maar in de praktijk had Rik hem gewoon in zijn broek moeten houden. Dat lijkt me niet een torenhoge verwachting, maar iets normaals. Brenda verdient een betere vent en als ik haar was, zou ik die zo snel mogelijk gaan zoeken.'

'Een meerderheid van onze kijkers is het met je eens, blijkt uit een enquête,' knikt Tobias. 'Daarnaast vindt een kleine veertig procent van de ondervraagden dat vreemdgaan weer strafbaar zou moeten worden gesteld, zoals dat tot 1971 het geval was in ons land,' voegt hij er opgewekt aan toe. 'Dit was het voor vandaag. Ik dank al mijn gasten hier aan tafel. Morgenavond is weerman Hein de Koning te gast. Hij vertelt over zijn fascinatie voor cumulus- oftewel stapelwolken, maar is ook een ervaringsdeskundige als het gaat om juicekanalen.'

40

Om kwart voor drie 's nachts schrik ik wakker van het geluid van mijn telefoon. Chloe? De baby? Ik schiet overeind en graai mijn mobiel van het nachtkastje.

Een oproep van Angel. Een golf van opluchting gaat door me heen, maar maakt algauw plaats voor verwarring.

'Angel? Wat is er?'

'Claire, godzijdank. Je neemt op.' Ze ademt zwaar.

'Waar ben je? Ben je oké?'

'Ik heb hulp nodig. Kun je me helpen?' Angel is duidelijk in paniek. Haar hoorbare angst brengt een aangename sensatie bij me teweeg die ik beschaamd probeer te onderdrukken.

'Hebben ze je weer te pakken?'

'Erger,' antwoordt ze. 'Veel erger. Ik belde Cor, maar hij neemt niet op. Ik heb hem nodig. Ik denk dat ik een advocaat nodig heb.' Ze begint te huilen.

'Rustig, Angel,' zeg ik. 'Adem even diep in en uit.'

Ik hoor gerommel, gevolgd door een luidruchtig neussnuiten.

'Sorry,' snift ze. 'Is de reservekeeper bij je?'

Gaat je niks aan, wil ik zeggen.

'Ik ben alleen. Waarom heb je Cor nodig?'

'Er is iets mis. Er is iets helemaal mis. Iets met Brenda.'

'Wat bedoel je?'

'Ik kreeg net een bericht van een van mijn speurneuzen. En die zegt...' Haar stem stokt. 'Die zegt dat er een ambulance voor de deur staat.'

Holy shit.

'Een ambulance, serieus? Bij het huis van Brenda?'

'Ja.'

'Waarvoor?'

'Dat weet hij niet. Maar hij staat er al tien minuten.'

'Jezus.'

Verschillende scenario's schieten door mijn hoofd: Brenda heeft Rik wat aangedaan. Brenda heeft zichzelf wat aangedaan. Rik heeft zichzelf wat aangedaan.

'Wat zei je speurneus nog meer?' vraag ik.

'Dat hij niet met gillende sirenes kwam aangereden. Dat is hoopvol, toch?' Een lichte aarzeling klinkt in haar stem.

'Het is bijna drie uur... De straat was waarschijnlijk uitgestorven. Dan zijn sirenes en zwaailichten nergens voor nodig,' denk ik hardop. 'Of...'

'Of wat?' zegt ze.

'Of het slachtoffer is al dood. Dan heeft haasten ook geen zin.'

'Hou op, Claire,' jammert Angel.

'Ja, weet ik veel. Ik zeg ook maar wat.' Ik knip een lampje aan.

'Ik heb 112-meldingen gecheckt, alle andere juicekanalen bekeken, Twitter doorzocht. Ik kan er niets over vinden. Wat moet ik doen?'

Ze klinkt behoorlijk radeloos. Lekker voor haar.

'Niets. Jij hebt al genoeg gedaan. Dit is jouw schuld. Je bent veel te ver gegaan met dat ultimatum van je. Het was pure chantage. Ik heb je gewaarschuwd, er zijn grenzen.'

'Je kunt dit niet allemaal op mij gooien,' protesteert ze. 'Rik is vreemdgegaan, niet ik. Ik ben alleen de boodschapper.'

'Waarom bel je mij dan? Waarom bel je je advocaat? Je bent bang dat de situatie daar uit de hand is gelopen. Door jouw toedoen.'

Angel zwijgt.

'Ben je er nog?' vraag ik na een paar seconden.

'De ambulance is weer vertrokken,' zegt ze.

‘Met iemand erin?’

‘Was niet te zien. Ik doe geen oog meer dicht vannacht.’ Angel klinkt nog steeds gespannen.

‘Ik ook niet. Bedankt daarvoor.’

‘Sorry.’

‘Zei jij nou sorry? Ik wist niet dat je dat woord kent.’

Angel kan er niet om lachen.

‘Hopelijk was het loos alarm,’ zeg ik. ‘Ik ga proberen nog wat te slapen. Hou me op de hoogte. En deel die ziekenwagen in godsnaam niet met je volgers.’

‘Duh. Wat denk je zelf?’

‘Bij jou weet je het nooit.’

Ik knip het lampje weer uit.

‘Claire...’

‘Ja?’

‘Wat moet ik met het ultimatum? Ik heb een aftelklok op mijn Insta lopen. De halve wereld schakelt om tien uur naar mijn account.’

‘Je weet hoe ik erover denk. Maak de zaken niet erger dan dat ze al zijn.’

41

Om twee minuten voor zeven schrik ik wakker, net voor de wekker. Ik check het nieuws, Twitter en alle roddelsites die ik kan bedenken. Dat heb ik rond vijf uur ook al gedaan, toen ik moest plassen. Maar net als toen, zie ik nog steeds geen item over Brenda van Hintum, niets over een ambulance. Op het Insta-account van Angel tikt de aftelklok ongehinderd door: nog drie uur, een minuut en tien seconden voor het ultimatum afloopt. Enigszins opgelucht trek ik sportkleding aan en stap op de loopband. Routine is mijn redding, elke dag weer.

Als ik van de band af stap, heb ik vierduizend stappen gezet. Een goede start. Het is net na halfacht. Ik zie drie gemiste oproepen van Cor en bel hem terug.

'Ik moet je spreken,' zegt hij kortaf. 'Niet over de telefoon. Ben je thuis?' Ik heb hem nog nooit zo afgemeten horen praten. Het lijkt wel of hij boos op me is.

'Gaat dit over Angel?' vraag ik.

'Hoe weet je dat?'

'Ze belde me vannacht. Ze had jou ook geprobeerd te bereiken. Er stond een ambulance bij Brenda voor de deur, zei ze.'

Cor vloekt.

'Ze gaat dat nieuws niet brengen. Ik heb het haar afgeraden.'

'Weet ze al meer?'

'Nee. Behalve dat de ambulance na korte tijd weer vertrok. Het was onduidelijk of er iemand in zat.'

'Ik ben over een kwartier bij je.'

Zeventien minuten later zit mijn advocaat in driedelig grijs aan de keukentafel terwijl mijn espressoapparaat een latte en een americano bereidt. Hij staart zwijgend naar zijn mobiel. Ik heb snel een spijkerbroek en een wit overhemd aangetrokken. Mijn haar is nog een beetje vochtig van de douche.

Ik zet koffie en een schaaltje macarons op tafel en ga tegenover hem zitten.

Cor neemt een slok van zijn koffie.

'Beter dan dat bocht bij jou op kantoor, hm?' zeg ik plagerig.

Hij glimlacht flauwtjes, zet de kop neer en kijkt me ernstig aan.

'Wat ik je nu ga vertellen, moet tussen ons blijven. Het mag in geen geval naar buiten komen. Je mag er met niemand over praten, zeker niet met Angel. Wil je me dat beloven?'

'Natuurlijk,' zeg ik.

Hij vouwt zijn handen in elkaar en laat zijn ellebogen op tafel rusten.

'Brenda's man heeft vanmorgen vroeg contact met me opgenomen. Hij wil Angel aanpakken.'

Ik frons mijn wenkbrauwen.

'Wil Rik een kort geding aanspannen tegen het ultimatum? Dan mag hij wel opschieten. Het loopt over twee uur af.'

'Dat ultimatum interesseert hem niet meer. Brenda is vannacht met weeën naar het ziekenhuis gebracht.'

O god. De ambulance was voor Brenda. Dus toch. Ontzet kijk ik Cor aan.

'Op de afdeling verloskunde is uit alle macht geprobeerd een voortijdige bevalling te voorkomen, maar het was niet meer te stoppen. De baby is om vijf over vier geboren. Brenda was 24 weken en drie dagen zwanger. De artsen hebben hun uiterste best voor de baby gedaan, maar om kwart over vier is ze overleden.'

De tranen springen me in de ogen. Ach nee toch, die arme Brenda. Je kind verliezen. Wat een nachtmerrie. Ik moet ook meteen aan Chloe denken. Stel je voor.

'Wat verschrikkelijk,' zeg ik zacht. 'Heeft Rik je dit vanmorgen vroeg verteld?'

'Ja. Hij verkeert duidelijk nog in shock. En tegelijkertijd is hij woedend. Hij wil Angel aanklagen wegens dood door schuld.'

'Holy shit.' Meer kan ik niet uitbrengen.

'Hij is ervan overtuigd dat de bevalling veel te vroeg is begonnen door het ultimatum van Angel en alle druk van buitenaf. De hoeveelheid stress die Brenda te verduren had, was onmenselijk. De artsen sluiten niets uit. Ze hebben vooralsnog geen medische oorzaak kunnen vinden.'

'Waarom heeft Rik jou benaderd?' vraag ik. 'Als hij dit wil doorzetten, moet hij aangifte doen.'

Cor knikt en neemt nog een slok koffie. Ik krijg niets door mijn keel en laat mijn latte staan.

'Hij wil dat ik hem daarbij help. Dat ik hem en Brenda bijsta.'

'Dat kan niet. Jij bent Angels advocaat. Wist hij dat niet?'

Cor schudt zijn hoofd.

'Hij zocht een advocaat die gespecialiseerd is in media- en privacyrecht en kwam zo bij mij terecht.'

'En nu?'

'Ik heb me bereid verklaard hem te vertegenwoordigen,' zegt hij formeel.

'Wat?! En onze samenwerking dan?'

Hij haalt zijn schouders op.

'Dit kun je toch niet maken? Angels werkwijze is inderdaad verschrikkelijk, maar ze is wel jouw cliënt.'

Cor pakt een map uit zijn tas, haalt onze samenwerkingsovereenkomst eruit en bladert naar Artikel 13, lid 4: *In het geval dat De Vos zich in een van haar uitingen op haar juicekanalen schuldig maakt aan mogelijk strafbare feiten, staat het Mr. Hellendonk vrij om zich nader te beraden of hij de samenwerking voort wil zetten. Hij is daartoe niet verplicht.*

'Ik vond het prima om haar te helpen, vooral omdat ik jou en jouw artiesten er een dienst mee bewees, maar ze heeft nu een grens overschreden. Ik had geen idee dat ze zo ver zou gaan.'

'Weet je zeker dat dit verstandig is, Cor?' vraag ik. 'Je kunt Rik ook verwijzen naar een collega van je.'

'Lieve Claire, je hebt me nog niet zolang geleden gevraagd of ik Angel kapot kon procederen. Dit is een uitgelezen kans om haar aan te pakken en de andere juicekanalen te waarschuwen. Zodra de voortijdig afgebroken zwangerschap van Brenda naar buiten komt, zal de publieke opinie zich tegen hen keren. Als het Openbaar Ministerie besluit Angel te vervolgen en ze wordt veroordeeld, betekent dat het einde van haar carrière. Ik denk dat jij je moet afvragen waarom je haar manager zou willen blijven.'

Omdat ik bang voor haar ben.

Cor kijkt op zijn horloge.

'Weet je al wat ze om tien uur van plan is?'

Ik schud van nee.

'Wanneer maken Brenda en Rik het nieuws over de baby bekend?'

Het klinkt hard maar ik weet zeker dat mijn advocaat dit met zijn nieuwe cliënt heeft besproken.

'Ik heb Rik aangeraden binnen afzienbare tijd een statement naar buiten te brengen, want het is maar de vraag hoelang we dit geheim kunnen houden. Angel heeft overal speurneuzen, misschien ook in het ziekenhuis. We willen voorkomen dat zij het nieuws als eerste brengt. Dat idee alleen al vervult Rik met walging, en mij ook.'

'Snap ik.'

Ik zie Angel al staan in haar Juicestudio, blatend over de overleden baby van Brenda, verschrikkelijk.

'Wat wordt de volgende stap?' vraag ik.

'Rik heeft Brenda vanmorgen ziekgemeld. Hij heeft de zender laten weten dat ze door alle druk van buitenaf overspannen is geraakt. Wat in feite waar is. Er werd begripvol op gereageerd.'

'Hoe heet het kindje?'
Ik weet niet waarom ik dat vraag.
'Ook dat mag absoluut niet naar buiten komen.'
Ik knik begrijpend.
Cor aarzelt even.
'Haar naam was Sarah.'

42

Negenentwintig, achtentwintig, zevenentwintig, zesentwintig, vijfentwintig, vierentwintig, drieëntwintig, tweeëntwintig, eenentwintig...

Nog twintig seconden, dan loopt het ultimatum van Angel af. Cor is weer vertrokken. Ik zit op mijn werkkamer en staar samen met vele andere nieuwsgierigen naar de online aftelklok. Patrick belde me net. Hij heeft Chloe verteld over de juice van Angel, het ultimatum en alle reacties daarop. Ze raakte zo van streek dat ze Brenda een bos bloemen wilde sturen, zei hij. Heel lief, antwoordde ik met een knoop in mijn maag, waarna ik snel ophing. Ze moesten eens weten wat er werkelijk aan de hand is. Het valt me zwaar om de waarheid voor ze te verzwijgen.

Als ik denk aan het verlies dat Brenda en Rik hebben geleden, voel ik me schuldig. Ik had luider moeten protesteren of daadwerkelijk moeten ingrijpen toen Angel het ultimatum stelde. Had haar moeten dwingen om het in te trekken, of desnoods moeten dreigen met het einde van onze samenwerking.

Klokslag tien uur komt een nieuwe video van Angel online. Ze bevindt zich voor de oudroze muur, ze heeft haar nepstudio niet opgetuigd voor deze gelegenheid.

'Hallo volgers en welkom nieuwe volgers,' zegt ze lachend terwijl ze haar horloge voor de camera houdt. 'Het is tien uur. Het ultimatum is verstreken en jullie zijn natuurlijk razend benieuwd of Vieze Rik open kaart heeft gespeeld tegen zijn zwangere vrouw, zoals hij dat had moeten doen.'

Door het Insta-filter lijkt Angel uitgeslapen en zo fris als een hoentje. Als ze zich nog zorgen maakt over de ambulance, dan laat ze dat in elk geval niet merken. En zo te zien heeft ze geen idee van het drama dat zich heeft afgespeeld.

'Voor ik verderga, wil ik eerst de einduitslag van de opiniepeiling met jullie delen. Het zal je niet verbazen: een overgrote meerderheid van 87 procent vindt Rik een gore smeerpijp die meteen moet oprotten. Een kleine 13 procent vindt dat Brenda hem een schop onder zijn hol moet geven zodra ze de baby heeft uitgepoept.'

O god, wat pijnlijk.

'Waarom zou zij hem de deur moeten wijzen?'

De juicekoningin stelt een retorische vraag die ze zelf beantwoordt: 'Omdat hij een vreemdganger is die het doet met iemand die zij als een vriendin beschouwt. Hoe *toxic* is dat? En nu de onthulling waarop jullie allemaal zitten te wachten: is Rik met de billen bloot gegaan?'

Ze laat het geluid van tromgeroffel horen om de spanning op te bouwen en pakt een lolly waar ze tergend langzaam het papiertje vanaf peutert.

'Heel eerlijk, ik weet nog niet zeker of hij zijn avontuurtje heeft opgebiecht aan Brenda. Mijn speurneuzen zitten erbovenop, ze kunnen me alleen nog geen definitief uitsluitsel geven. Vieze Rik zelf heeft in elk geval nog niets van zich laten horen. Omdat ik de kwaadste niet ben, gun ik hem nog even het voordeel van de twijfel. Maar omdat hij ook moet voelen dat er met mij niet te spotten valt, ga ik wel een kleine onthulling doen.'

Ze pauzeert, stopt de lolly in haar mond en zuigt er aandachtig op. Ik verdenk haar ervan dat ze dit doet om haar mannelijke volgers zoet te houden.

'Wat ik ga verklappen is de eerste letter van de naam van de vriendin met wie Vieze Rik de lakens heeft gedeeld. En dat is de letter...'

Weer klinkt er tromgeroffel.

'M!' roept ze triomfantelijk. 'Haar naam begint met een M. Hoor je me, Brenda? Ik weet heus wel dat je stiekem zit te kijken, hoor. Gaat er al een belletje bij je rinkelen? Ik hoop het voor je, meid. Dan weet je in elk geval wie je geen geboortekaartje hoeft te sturen, haha.'

Het gaat van kwaad tot erger. Een ongemakkelijk gevoel bekruipt me. Misschien had ik Angel na het bezoek van Cor toch een *heads-up* moeten geven. Dat ze beter het zekere voor het onzekere kon nemen en voorlopig maar even niets moest melden over Brenda en Rik. Ik sta nu toe te kijken hoe ze haar eigen graf graaft. Hoe je het ook wendt of keert, ik ben haar manager en hoor haar te beschermen.

43

'Angel, hoe is het? Heb je nog een beetje geslapen vannacht?'

'Hey Claire. Is dit de nazorg? Ik ben wakker gebleven. Het duurde een eeuwigheid voor mijn speurneuzen doorkwamen.'

De angstige Angel die ik vannacht aan de lijn had, is nergens meer te bekennen.

'Ik zag je video net. Je had weinig juice, behalve die ene letter dan.'

'Ja joh, ze houden de rijen gesloten. Ik krijg er weinig uit.'

'Heb je nog iets over die ambulance gehoord?'

'Dat stelde niks voor,' antwoordt ze. 'Ze hadden gisteravond de moeder van Brenda op bezoek. Zij werd even onwel. Bleek allemaal mee te vallen.'

Iemand is Angel foute informatie aan het voeren en ze slikt het voor zoete koek. Haar speurneuzen zijn blijkbaar niet zo goed geïnformeerd als ze denkt.

'Gelukkig maar,' zeg ik zogenaamd opgelucht.

Je hebt geen idee wat er werkelijk aan de hand is, Angel. Dat valt in de verste verte niet mee, maar dat kan ik niet hardop zeggen.

'Je bent en blijft een softie, Claire. Het was toch heerlijk geweest als Brenda Rik zodanig had toegetakeld dat hij gehecht moest worden. Hoe hilaar zou dat zijn?' Ze schatert het uit.

Ik zal Angel nooit helemaal begrijpen.

'Over hilarisch gesproken, denk je nog weleens aan de avond die je naakt in een container doorbracht?'

'Hoe kom je daar nou ineens bij?' Ze is meteen uitgelachen.

'Ik vraag me nog steeds af wie jou dat heeft aangedaan. En vooral waarom.'

'Hoe minder je weet hoe beter, Claire. Dat heb ik je al gezegd.'

'Ben je niet bang dat ze het nog een keer doen?'

'Nee. Het was mijn eigen schuld. Ik had me ergens in gemengd waarin ik me niet had moeten mengen.'

'Als ik weet uit welke hoek het komt, kan ik je in de toekomst beter beschermen,' probeer ik.

Angel zucht. Ik hoor dat ze twijfelt. Ze wil het aan me kwijt, maar ook weer niet.

'Ik had een tip gekregen over een oplichter en toen ben ik hier en daar wat vragen gaan stellen. Dat viel niet goed.'

'Ging het om een bekende Nederlander?'

Ze doet alsof ze me niet hoort.

'Mijn volgers zouden ervan hebben gesmuld,' zegt ze dromerig. 'Maar goed, nu heb ik Rik.'

'Dat verhaal kennen we nu toch wel? Hoelang wil je dat nog uitmelken?'

'Daarvoor heb ik iets geweldigs bedacht,' antwoordt ze zelfvoldaan. 'Ik ga elke dag een nieuwe letter bekendmaken, totdat de hele naam is onthuld. Minimale inspanning voor maximale clickbait.'

44

Tyrone verwacht me om zes uur in Amsterdam. Hij heeft een hotel voor ons geboekt, omdat hij zich verwaarloosd voelt. Ik verheug me er enorm op, mijn dag verliep hectisch, ik kan wel wat afleiding gebruiken. Eerst breng ik een flitsbezoek aan Cor. Zijn stagiair verwelkomt me.

'Goedemiddag mevrouw Jansen. De heer Hellendonk bevindt zich in de vergaderruimte. Kan ik uw jas aannemen?'

'Nee dank je, Reinout. Ik blijf maar kort. Je hoeft niet mee te lopen, ik weet de weg.'

Onder mijn jas draag ik alleen een minuscule G-string, een beha met halfopen cups en hoge zwarte laklaarzen tot over de knie. Ik ben het cadeau dat Tyrone mag uitpakken. De deur van de vergaderzaal staat open, ik klop twee keer voordat ik naar binnen ga.

'Zal ik je mantel aannemen?' Cor klinkt kalmer dan vanmorgen.

Waarom probeert iedereen me vandaag uit mijn jas te praten?

'Hoeft niet. Ik ben zo weer weg.'

'Iets drinken?'

Ik schud mijn hoofd.

'Ik heb net een Château Margaux uit 2014 opengemaakt.'

Château Margaux nooit weigeren.

'Een klein glaasje dan, ik moet nog rijden.'

Nadat Cor de wijn heeft ingeschonken, nemen we plaats aan de ovale tafel.

Het voelt nu echt raar om mijn jas aan te houden. Cor fronst zijn wenkbrauwen, ik praat er snel overheen.

'Heb je de video van Angel gezien?'

'Uiteraard.'

'Wat vond je ervan?'

'Mensonterend.'

Dat vat de situatie goed samen.

'En jij weet nog steeds zeker dat je haar manager wilt zijn?' vraagt hij hoofdschuddend.

'Geloof me, ik zou haar liever vandaag dan morgen dumpen. Ik had nooit met haar in zee moeten gaan. Het is een domme fout geweest. Ze is veel kwaadaardiger dan ik dacht.'

Het lucht me op om dit hardop uit te spreken. Zuchtend neem ik een slok Margaux.

'Misschien verdient iedere juicekoningin een goede manager, net zoals iedere crimineel een goede advocaat verdient,' zegt Cor langzaam. 'De vraag is alleen of jij dat bent.'

'Ik zit klem. Angel heeft me meer dan eens laten weten dat ze voldoende juice heeft om mijn artiesten stuk voor stuk kapot te maken. Als ze hoort dat Rik haar met jouw hulp gaat aanklagen, wie weet hoe ze dan reageert? Ze is ontoerekeningsvatbaar. Straks gaat ze al die roddels uit wraak naar buiten brengen. Dat kan ik niet riskeren.'

Cor laat het op zich inwerken.

'Ze moet blijven denken dat ik aan haar kant sta,' benadruk ik. 'Dat is de enige manier om de schade enigszins te beperken. Ze heeft al genoeg ellende veroorzaakt.'

We nemen allebei een slok en zijn even stil.

'Heeft Rik al gereageerd op het uitgestelde ultimatum en de letter M?' vraag ik dan.

Cor zet zijn glas neer.

'Brenda en Rik zijn de uitvaart van hun dochter Sarah aan het regelen. Ik val ze niet lastig met de zieke spelletjes van dat mens.'

Mijn advocaat begint zijn hervonden kalmte weer te verliezen.

'Sorry, Cor,' zeg ik snel. 'Maar ik heb haar vanmorgen gesproken. Ze is van plan om elke dag een letter prijs te geven van de naam totdat die compleet is.'

Cor vloekt.

'Moet ze vooral doen,' gromt hij dan. 'Deze wreedheid is tekenend voor kaar karakter. Daar zal de officier van justitie ongetwijfeld ook zo over denken.'

'Hoe groot acht jij de kans dat Angel daadwerkelijk wordt veroordeeld wegens dood door schuld?'

'Het wordt lastig, maar het is niet onmogelijk,' is het eerlijke antwoord. 'Als haar artsen overtuigend verklaren dat de vroeggeboorte een gevolg kan zijn van de stress door het ultimatum, bestaat de kans dat de rechter dit accepteert.'

'En zo niet?'

'Dan heeft het Openbaar Ministerie nog iets achter de hand. Dat ultimatum van haar is pure chantage. In juridische termen heet het afdreiging. Daar gaat Rik ook aangifte van doen. Dikke kans dat ze daarvoor wordt vervolgd en veroordeeld. Er staat een straf op van maximaal vier jaar cel of een forse geldboete.'

'Zo,' zeg ik. 'Een serieuze straf. Dat zal haar leren. Dit is goed nieuws, toch?'

Mijn advocaat wrijft de steel van zijn glas tussen zijn duim en wijsvinger. Ik zoek vergeefs naar de vertrouwde twinkeling in zijn ogen achter de ronde brillenglazen.

'Deze zaak kent alleen verliezers, Claire. Wat er ook gebeurt, Brenda en Rik zullen Sarah nooit terugkrijgen.'

Ik sla mijn ogen neer. Als ik aan baby's denk, denk ik aan mijn dochter en haar ongeboren zoon en word ik overvallen door een gevoel van naderend onheil dat me de adem beneemt. Het is een irreële angst, er is geen enkele reden om aan te nemen dat er iets fout zal gaan.

Laat het los, laat gaan. Mijn minnaar wacht op me. Het wordt echt tijd om mijn zinnen te verzetten.

45

'Ben je er wel helemaal bij?'

Ik lig op mijn rug, benen in de lucht. Tyrone zit op zijn knieën voor me en penetreert me terwijl hij mijn laarzen ter hoogte van mijn enkels vasthoudt en deze zo ver mogelijk uit elkaar duwt. De *spread eagle*-positie vereist enige lenigheid van mijn kant. Tyrone neemt seks altijd zeer serieus.

'Hallo? Ik ben je aan het neuken!'

Mijn ietwat plichtmatige gekreun is hem niet ontgaan.

'Sorry. Ik kreeg kramp.'

Ik wurm me los en ga overeind zitten. Zijn penis floept uit me. Het is de tweede keer op een dag dat ik sorry zeg tegen een man. Dit moet geen gewoonte worden. *Unapologetic bitches* hoeven zich nergens voor te verontschuldigen. Ik trek de laarzen uit en onderdruk een geeuw.

'Wat is er?' vraagt Tyrone.

'Zullen we een ander standje proberen?' stel ik voor. 'Lepeltje-lepeltje. Hebben we nog nooit gedaan.'

'Serieus?'

Ik knik.

'Wil je die buttplug erin houden?'

Ik schud mijn hoofd. Amper tien minuten geleden duwde Tyrone hem er enthousiast in: een goudkleurige plug van metaal met een paars kristal aan de bovenkant. 'Zo lekker om dingen in je kontje te stoppen,' had hij gretig gemompeld.

Voordat hij kan tegenstribbelen, glip ik de badkamer in en ontdoe mezelf van de extra stimulans.

Als ik terugkom, ligt Tyrone op zijn zij onder de lakens. Hij houdt mijn kant galant open. Ik trek zijn T-shirt aan en kruip in bed, met mijn rug naar hem toe. Mijn billen naar achteren draaiend, nestel ik me tegen hem aan.

'Is het de bedoeling dat ik je neuk? Want als je zo blijft twerken, word ik weer hard,' waarschuwt hij me terwijl hij zijn arm om me heen slaat.

'Eerst even ontspannen,' zeg ik met een zucht. 'We moeten vaker knuffelen.'

'Jij wil geen romantiek, babe. Dat heb je vaak genoeg gezegd.'

Hij heeft gelijk.

'En jij dan?' Omdat we elkaar niet aankijken, durf ik het te vragen. 'Hoe denk jij erover?'

'Gaan we dit gesprek nu voeren? Dan heb ik een borrel nodig,' mompelt Tyrone met zijn neus in mijn haar. 'Je stapte drie kwartier geleden binnen als een hitsige highclass escort op laklaarzen en nu wil je lepeltje-lepeltje liggen en over onze relatie praten? *Boy, that escalated quickly.*'

'Klopt, *that really got out of hand fast,*' beaam ik.

Tyrone begint te lachen. 'Ken jij Anchorman?'

'Natuurlijk.'

Ik draai me om. Onze gezichten zijn heel dicht bij elkaar.

'Vertel eens,' zeg ik zacht.

'Wat wil je horen?'

'Hoe jij dit ziet…'

Hij kijkt zo lief. Zijn lippen zijn zo lekker. Ik wil hem zoenen. Maar als ik dat doe, komt er niks van praten.

'Ik neem het zoals het komt. Jij hebt al vanaf het begin heel duidelijk aangegeven dat je niets serieus wilde. Ik stond er hetzelfde in.'

'En nu nog steeds?'

Hij aarzelt even.

'Ik denk het wel,' zegt hij dan. 'Maar dat komt ook door jou. Jij lijkt je soms te schamen voor me. Je bent zo bang dat er iets over ons naar buiten komt.'

'Het is niet zozeer schaamte. Je bent een profvoetballer bij een topclub, je komt uit een conservatieve wereld. Ik ben allesbehalve het prototype spelersvrouw. Zolang deze relatie niet serieus wordt, lijkt het me beter om het stil te houden. Anders krijg je alleen maar gezeik.'

Hij krabt achter zijn oor.

'Ik ben gescheiden, een alleenstaande vader en al drieëndertig jaar. Ook niet het prototype profvoetballer.'

Ik schiet in de lach.

'Al drieëndertig? Schat, je bent nog een jonkie.'

'Vergeleken met jou, ja...'

Mijn gezicht betrekt. De waarheid doet pijn. Hij heeft niks door.

'... maar als keeper heb ik mijn beste tijd al gehad. Ik hoop nog een paar jaar op dit niveau te kunnen meespelen.'

'En daarna?'

'Wil je het nou over mijn carrière hebben of over ons?'

Ons. Hij zei ons.

Ook Tyrone zelf lijkt ervan te schrikken. Hij stapt uit bed, loopt naar de minibar en pakt er een biertje uit.

'Jij ook iets?'

Ik ga rechtop zitten met een kussen in mijn rug.

'Is er wodka?'

Hij knikt, schenkt het miniflesje in een glas en komt naast me zitten. We proosten, allebei ineens verlegen.

'Ik heb een paar rare dagen achter de rug,' zeg ik na mijn eerste slokje.

'Angel zeker?'

'Hoe weet jij dat?'

'Dat was moeilijk te missen.'

'Wat vond je ervan?'

'Gestoord. Hoezo gaat zij iemand een ultimatum stellen?'

'Blij dat jij er zo over denkt,' zeg ik met een glimlach. 'Haar volgers vinden het allemaal geweldig.'

'Ben je nog steeds haar manager?'

Ik knik.

'Dit gaat een keer fout, dat weet je, hoop ik? En dan sleept ze jou mee de afgrond in.'

Ik at de rest van mijn wodka. Die minibar-flesjes zijn te klein.

'Het is al misgegaan,' zeg ik zacht. 'Alleen Angel weet het nog niet. Bijna niemand weet het. Alleen de direct betrokkenen. Ik hoopte dat vanavond me zou afleiden...'

Tyrone trekt zijn wenkbrauwen hoog op.

'Is dat alles wat ik voor je beteken: afleiding?'

'Natuurlijk niet, ik verheugde me erop je te zien. Om elkaar helemaal gek te maken en de rest van de wereld te vergeten. Maar Angel is te veel onder mijn huid gaan zitten.'

'Je bent behoorlijk geobsedeerd door haar, ja.'

Ik kijk hem verbaasd aan.

'Jij denkt misschien dat je heel mysterieus bent, maar ik begin je aardig door te krijgen, dame.'

Ik laat me van het bed glijden, pak nog een flesje wodka uit de minibar, draai het open en drink het in twee teugen leeg. Ik wil het heel nonchalant in de prullenbak gooien, maar het belandt ernaast. Schot voor open doel en ik mis het. *Classic.*

'Waag het!' roep ik tegen Tyrone, die zijn lachen vergeefs probeert in te houden.

Ik kijk hem uitdagend aan en blijf voor het voeteneinde van het bed staan.

'Wat vind je van me, aangezien je me zo goed denkt te kennen?'

'Ik vind je geweldig.'

Zo. Die zag ik niet aankomen. Ik voel me niet zo geweldig momenteel.

'Kijk niet zo verbaasd. Je bent een slimme, aantrekkelijke vrouw. No nonsense, daar hou ik van. Je hebt je zaken goed voor elkaar. Je bent lekker. Misschien had ik daarmee moeten beginnen.'

'Maar?' Ik verwacht een maar.

'Draai eens een rondje.'

Ik doe wat hij zegt.

'Heerlijke billen,' knikt hij tevreden. 'Doe dat T-shirt eens uit.'

Zijn brede, naakte borstkas torent boven de lakens uit. Hij houdt zijn handen achter zijn hoofd gevouwen. Deze gast is te knap. Hem iets weigeren is lastig.

'Er is geen maar,' concludeert hij na mijn striptease.

'Hoe zie je onze toekomst?' vraag ik terwijl ik weer bij hem in bed kruip.

'Sinds mijn scheiding plan ik niet meer ver vooruit. Ik leef nu en op dit moment ben jij precies wat ik wil.'

Ik aarzel even, maar stel dan toch de vraag die ik sinds we daten nog niet heb durven stellen.

'Ben ik de enige?'

'Aha,' zegt Tyrone. 'Is dat waar dit over gaat? Wil je exclusief zijn?'

'Zijn we dat dan niet?'

Ik heb meteen spijt van mijn vraag. Alles weten maakt niet gelukkig, vertrouwde Charly me ooit toe.

'Daar hebben we niets over afgesproken, toch?' zegt mijn minnaar nonchalant, terwijl hij van het bed af wipt om het laatste biertje uit de minibar te pakken.

Ik had het kunnen weten. Een speler van Ajax heb je nooit alleen. En toch hoopte ik het. Charly had gelijk. Ik had dit beter in het ongewisse kunnen laten. Zonder wat te zeggen, loop ik naar de badkamer, haal een schone badjas uit het plastic en trek hem aan.

'Ben je nou boos?' vraagt Tyrone.

Ik haal mijn schouders op.

'Het voelt wel lullig, ja. Ik date alleen met jou.'

Zijn gezicht verraadt niets: geen opluchting, geen blijdschap.

'Sorry,' zegt hij dan. 'We hadden dit gesprek eerder moeten voeren.'

We gaan naast elkaar op de rand van het bed zitten.

'Dit is dus nóg een reden waarom ik niet in het openbaar met je gezien wil worden. Zodra wij voor de buitenwereld een koppel zijn, zullen de Angels van deze wereld proberen uit te vissen of je er nog andere scharrels op na houdt. En als ze beet hebben, zullen ze die verhalen met smaak opdienen.'

'Maar even serieus, Claire. Je gaat je leven toch niet laten bepalen door dat stelletje aasgieren? Het zou mij geen bal interesseren wat ze schrijven.'

'Totdat ze je van seksueel grensoverschrijdend gedrag beschuldigen...'

'Onmogelijk,' zegt Tyrone hoofdschuddend.

'... en dan het liefst met een minderjarige. Alles is mogelijk. Of het waar is, wordt pas veel en veel later bepaald. Dan liggen jouw leven en carrière allang aan diggelen.'

Tyrone knoopt de ceintuur van mijn badjas los en duwt me achterover op het bed.

'We dwalen af,' zegt hij, waarna hij aan een van mijn tepels begint te zuigen. Daarna trekt hij een spoor van kusjes omhoog, langs mijn nek en kin en eindigt hij bij mijn mond. Met zijn wijsvinger trekt hij mijn onderlip omlaag, waarna hij me zachtjes kust.

'Niet doen,' mompel ik.

'Waarom niet? We zijn allebei meerderjarig.'

Hij duwt zijn vinger in mijn mond. Ik kan niet anders dan mijn tong eromheen krullen. Het is te lekker.

'Dus mevrouw Jansen zou graag een exclusieve relatie willen?' fluistert Tyrone in mijn oor.

Ik knik.

'Dat treft. Ik ook.'

'Echt?'

'Jazeker. Er is wel een voorwaarde.'

Hij zoent me weer, zijn handen glijden langs mijn lichaam, zijn erectie groeit tegen mijn onderlichaam. Ik doe mijn benen iets wijder en help hem naar binnen. Tyrone kreunt tevreden.

'Wat is de voorwaarde?' vraag ik licht hijgend.

'Dat je meer tijd voor ons vrijmaakt.'

Ons. Hij zei het weer.

Het is officieel. We zijn een stel.

Nu moet ik hem alleen nog vertellen dat ik oma word.

46

Chloe en ik slenteren arm in arm over de ZieZo-beurs. Het is een beurs voor mensen met een visuele beperking. Vroeger konden Chloe en ik ons uren vermaken in grote winkelcentra. Tegenwoordig mijdt ze die liever en is deze beurs haar uitje.

'Beter Zicht zou hier een stand moeten hebben. Kan jij erachter staan. Perfecte promotie voor de stichting,' zeg ik tegen mijn dochter.

'Dat zeg je elk jaar, mam,' zegt ze lachend. 'Patrick heeft er weleens naar geïnformeerd, maar de vierkantemeterprijs is heel hoog. Hij vindt het de moeite niet.'

'Daar heb je dat hightech hulpmiddel dat dokter Vieira heeft aangeraden,' wijs ik terwijl ik Chloe meetroon naar de grootste stand van de beurs. Er wordt een apparaat gepromoot dat je zo te zien op het pootje van je bril moet bevestigen.

Een lange, kale man in driedelig grijs heet ons van harte welkom. Hij stelt zich voor als Pieter en steekt meteen van wal.

'Onze mini-camera is ideaal voor slechtzienden,' zegt hij enthousiast. 'Als je hem op een tekst richt, maakt hij daar een foto van en leest hij die tekst voor. Als je naar je pols kijkt zegt hij hoe laat het is, ook al draag je geen horloge.'

Chloe knikt, maar lijkt nog niet onder de indruk.

'Ik zie dat je in verwachting bent.' Pieter gooit het over een andere boeg. 'Weet je al of het een jongen of een meisje wordt?'

'Een jongen.'

‘Ga je in het ziekenhuis bevallen?’

Chloe knikt.

‘Perfect,’ zegt Pieter. ‘Als je straks bevallen bent, kun je na de geboorte het gezicht van je zoontje meteen scannen. Onze mini-camera slaat dat op. Als je weer naar huis mag, hoef je niet bang te zijn dat je de verkeerde baby meeneemt. Zodra de mini-cam je zoontje weer ziet, herkent hij hem en zegt zijn naam.’

Chloe trekt een bedenkelijk gezicht.

‘Bedankt voor de informatie, ik zal erover nadenken,’ zegt ze beleefd.

We krijgen een folder mee.

‘Ik vond het best naar wat hij zei,’ zegt Chloe terwijl we verder lopen. ‘Denk je dat hij gelijk heeft? Dat ik mijn eigen baby straks niet herken?’

‘Natuurlijk wel, vrouwtje.’ Ik probeer overtuigend te klinken, hoewel ik het niet helemaal zeker weet.

‘Misschien moet ik fluorescerende kleding voor hem kopen,’ zegt ze aarzelend. ‘Voor als hij naar de crèche gaat. Tegen die tijd zie ik waarschijnlijk nog minder. Straks neem ik inderdaad per ongeluk het verkeerde kindje mee naar huis.’

‘Dat zullen de leidsters heus niet toestaan,’ verzeker ik haar, terwijl ik Pieter inwendig vervloek. Hij heeft Chloe alleen maar extra onzeker gemaakt.

‘Ik heb trek, jij ook?’

47

Een mollige serveerster van middelbare leeftijd legt de menukaart tussen ons in. Ze draagt een bruin schort met een zilveren naambadge waar MARGJE op staat.

Chloe zoekt in haar tas naar haar mobiel. De serveerster neemt haar aandachtig in zich op.

'Ik heb jou op televisie gezien,' zegt ze dan. 'Jij bent toch die blinde sportvrouw?'

'Visueel gehandicapt,' haast ik me te zeggen. 'Niet blind.'

'Wat doe je ook alweer? Atletiek?'

'Wielrennen,' zegt Chloe terwijl ze een foto van de menukaart maakt. 'Maar nu even niet.' Ze wijst trots naar haar buik.

'O ja. Je bent zwanger. Dapper hoor,' vindt Margje.

Chloe zoomt in op de foto van de menukaart.

'Doet u mij maar een bagel met eiersalade. Wat wil jij, mam?'

Margje laat haar gevonden bot nog niet los.

'Hoe ga je dat doen als je baby gaat kruipen? Hoe houd je hem dan in de gaten?'

'Dat komt allemaal goed. Ze is niet de eerste moeder met een beperking,' zeg ik terwijl ik een snelle blik op de kaart werp. 'Ik wil de bagel met zalm en roomkaas. En twee lattes graag.'

Zodra ze weg is, leg ik mijn hand even op die van Chloe.

Ze haalt haar schouders op.

'Je wilt niet weten hoe vaak ik deze reactie krijg. Daarom ben ik met zwangerschapsgym gestopt. Elke week kwam iemand anders erachter wie ik was en moest ik dezelfde vragen beantwoorden. Op een gegeven moment was ik het zat. Ik wil gewoon moeder worden en over babykleertjes praten, niet over mijn handicap.'

Serveerster Margje zet de twee lattes voor ons neer.

'Heb je wel zin in het gala?' vraag ik mijn dochter terwijl we onze koffie drinken. 'Wordt het niet te druk voor je?'

'Nee hoor, ik verheug me erop,' antwoordt ze. 'Maar het wordt mijn laatste openbare verschijning, daarna neem ik verlof. Patrick houdt alles draaiende.'

'Hebben jullie al een vervanger voor Brenda gevonden?'

'Ik hoop stiekem nog steeds dat deze rel overwaait.'

Resoluut schud ik mijn hoofd.

'Dat zal niet gebeuren, Brenda is voorlopig uit de running. RTL heeft bekendgemaakt dat ze op doktersadvies rust neemt.'

'Ach, wat sneu,' zegt Chloe. 'Komt natuurlijk allemaal door Angel. Echt mam, ik snap er helemaal niets van. Wie is die vrouw om een ultimatum te stellen aan de man van Brenda? Ze schijnt nu elke dag een letter prijs te geven van de naam van zijn vermeende minnares. Waarom zou je dat doen? Ze wil hem zogenaamd ontmaskeren, maar de enige die ze pijn doet, is Brenda.'

'Dat is de ellende van deze tijd,' zeg ik. Het ware verhaal brandt op mijn lippen, maar ik hou mijn mond. Het heeft geen zin om mijn dochter nog meer van streek te maken.

Margje arriveert met de bagels. Nadat ze de bordjes heeft neergezet, blijft ze bij onze tafel dralen.

'Jij bent toch in die talkshow van Brenda van Hintum geweest,' zegt ze dan. 'Hoe is zij nou in het echt, die Brenda? Ik hoor dat ze een behoorlijke bitch kan zijn.'

Chloe zucht.

'Ze is ontzettend aardig,' antwoordt ze dan.

'Toch gek dat haar vent vreemdgaat, hè? Snap jij dat nou? Met een vriendin nog wel. Ene Manouk of Manon moet dat zijn.'

Margje is helemaal up-to-date, want Angel heeft na de M, een

A en een N onthuld, en is vandaag bij de O beland.

Chloe zwijgt.

Margje fronst even: 'Ach meid, volg jij Angel niet? Is ergens toch ook een zegen, zo'n beperking. Laat al die juice maar lekker aan je voorbijgaan. Daar mis je niks aan.'

Ze stoot me in mijn zij en knipoogt naar me, overduidelijk trots dat ze een positieve kant aan mijn dochters handicap heeft ontdekt.

'Als je het niet erg vindt,' begin ik. 'Mijn dochter en ik zouden graag even rustig lunchen. Met z'n tweetjes,' voeg ik er nadrukkelijk aan toe.

'Een moeder-en-dochter-momentje, ik voel je,' zegt Margje. 'Dat moet je koesteren. Zal ik een foto van jullie maken?'

Ik wil al bedanken, maar Chloe zegt dat ze het leuk vindt.

Wanneer ik Margje mijn mobiel aanreik, grijpt ze hem gretig uit mijn handen. Het zweet verschijnt op haar voorhoofd terwijl ze rond het tafeltje rent en ons vanuit allerlei hoeken vastlegt.

'Alsjeblieft,' zegt ze na afloop. 'Er moet iets tussen zitten. Wil jij er nu eentje van mij en je dochter maken?'

De serveerster haalt haar iPhone uit de zak van haar schort en slaat haar arm om de schouders van Chloe, die een beetje ineenkrimpt.

'Ik ben nog nooit met een beroemde schaatsster op de foto geweest,' zegt ze stralend.

'Wielrenster,' verbeter ik haar.

'Maakt niet uit,' vindt Margje. 'Een kampioen. Dat zie je meteen.'

Ik geef haar het toestel terug.

We eten zwijgend verder.

'Ik heb nog een nieuwtje,' zeg ik na een paar minuten. 'Ik neem een plus-één mee naar het gala.'

Verrast kijkt ze op.

'Gaan we hem eindelijk ontmoeten, je mysterieuze man?'

Ik begin te blozen.

'Het lijkt er wel op. We hebben net afgesproken dat we exclusief zijn.'

'Hoe heet hij?' vraagt ze nieuwsgierig.

'Tyrone,' antwoord ik. 'Tyrone Ooft om precies te zijn.'

Ze legt het laatste stukje van haar bagel neer en kijkt me verbaasd aan.

'Mam! Hou op met me. Ga jij met de reservekeeper van Ajax?'

Ik begin te grijnzen.

'Eigenlijk heb ik hem aan jou te danken, want ik heb hem ontmoet tijdens het eerste benefietgala voor ADOA.'

'OMG, ik weet dat hij daar was, hij werd die avond geveild. Heb je op hem geboden?'

'Ik heb het wel overwogen,' grinnik ik. 'Maar het was niet nodig. We zijn al best lang friends with benefits.'

'Oké, bespaar me de details.'

Ze neemt de laatste hap van haar bagel. De mijne is al op.

Margje verschijnt weer naast onze tafel.

'Kan ik nog iets voor jullie inschenken?' vraagt ze terwijl ze de lege borden oppakt.

Chloe kijkt me vragend aan. Meestal ben ik degene die haast heeft en weg moet.

'Ik hoef nergens heen,' zeg ik. 'Jij?'

'Ik ook niet.'

'Doe mij maar een verse jus,' zeg ik tegen de serveerster.

Chloe wil gemberthee.

'We doen dit te weinig,' zeg ik als Margje wegloopt.

'Die conclusie trek je altijd tijdens dit soort uitjes,' zegt Chloe glimlachend.

'Als de baby er straks is, kom ik vaker langs,' beloof ik.

Mijn mobiel trilt.

'Neem gerust op, hoor,' zegt Chloe.

Ik werp een snelle blik op het scherm. Het is Jesse. Waarschijnlijk gaat het over zijn auditie voor *The Crown*.

'Het kan wel wachten,' antwoord ik terwijl ik het gesprek wegdruk. 'Ik geniet van deze dag met jou.'

'Ik wilde je nog iets vragen,' zegt mijn dochter, ernstiger ineens. 'Ik zou graag een keer met Charly willen afspreken.'

'Met Charly?' echo ik.

'Nu ik steeds minder zie, moet ik steeds vaker aan hem denken. We weten dat ik deze ziekte van hem heb geërfd, ook al heeft hij er zelf geen last van.'

Ze snijdt een gevoelig punt aan.

'Toen bij mij de diagnose werd gesteld, vertelde je me dat Charly een zoon heeft met dezelfde aandoening,' gaat ze verder.

Ik knik. Heel benieuwd waar dit heengaat.

'Ik zou hem ook graag willen ontmoeten. Misschien omdat ik zelf moeder word van een zoon.'

'Je hoeft het niet uit te leggen,' zeg ik. 'Het is logisch dat je nieuwsgierig bent.'

De serveerster brengt onze bestelling.

'Hoe groot is nou eigenlijk de kans dat jouw baby ook blind wordt?' vraagt ze terwijl ze de thee en de verse jus voor ons neerzet. Het karakter van Margje is net zo plomp als haar figuur.

Chloe had een vruchtwaterpunctie kunnen doen om erachter te komen of haar zoontje het gen bij zich draagt dat ADOA veroorzaakt. Patrick en zij hebben besloten dat niet te willen weten. De baby is hoe dan ook welkom.

'Als iemand ADOA heeft, is de kans vijftig procent dat zijn of haar kind dit ook krijgt,' antwoordt Chloe, die schijnbaar moeiteloos overschakelt naar haar pr-modus. 'Het is een erfelijke aandoening.'

'O, wat erg,' zegt de serveerster met een zucht. 'Dat is een hele grote kans. En er is helemaal niks aan te doen?'

'Helaas nog niet,' beaamt mijn dochter. 'Daarom is onderzoek naar deze afwijking hard nodig. U kunt donateur worden van onze stichting. Echt iets voor u, aangezien u er zo mee begaan bent.'

Chloe pakt haar tas en haalt er een folder uit die ze met een grote glimlach aan Margje overhandigt.

'O ja. Dat zei je ook op tv. Dat er geld nodig was. En hoorde ik het net nou goed? Gaat je baby Charly heten?' vervolgt ze nieuwsgierig.

'Nee,' zegt Chloe, duidelijk geschrokken. 'We hadden het over een andere Charly.'

Ik grijp in.

'Als u de stichting wilt steunen, kunt u nu meteen de machtiging invullen,' zeg ik tegen Margje. 'Dan regelen wij de rest.'

Ze werpt een korte blik op de folder en duwt hem in de zak van haar schort.

'Ik denk er nog even over na.'

'Had ze nou stiekem meegeluisterd met ons gesprek?' vraag ik me hardop af zodra Margje zich uit de voeten heeft gemaakt.

'Daar ben ik ook bang voor.'

Chloe praat ineens zo zacht dat ik haar bijna niet versta.

'Het spijt me mam, ik had haar niet gezien. En ik had nooit in het openbaar over hem moeten beginnen. Het laatste wat ik wil is roddels de wereld in helpen. Straks stuurt ze een berichtje naar dat mens.'

'Dat zal wel loslopen,' probeer ik haar gerust te stellen, maar mijn dochter wendt haar gezicht in de richting van het raam.

'Ik voel me bekeken,' fluistert ze. 'Zullen we gaan?'

'Je hebt je thee nog niet op.'

'Ik hoef niks meer.'

Zodra we veilig en wel in de auto zitten, pak ik haar beide handen en buig ik me naar haar toe totdat onze neuzen elkaar bijna raken. Mijn ogen zijn vlak bij haar brillenglazen. Ik durf niet te vragen hoe goed ze me nog ziet.

'Vrouwtje, als jij graag een keer met Charly wilt praten, dan regel ik dat. En als je wilt, ga ik met je mee.'

48

'Hai schat, met mij! Jammer dat je niet opneemt.'

Jesse heeft een spraakbericht gestuurd. Laila ook. Jesse krijgt voorrang.

'Zit je op een stoel? Zit je stevig? Ze hebben me net gebeld: ik heb de rol! Ik ben zo blij, ik kan het amper geloven. Brian en ik gaan het vanavond met wat vrienden vieren in het Okura. Als je zin hebt, kom gerust even langs. O ja, nog iets: Brian kent een redacteur van *De tafel van Tobias* en die wil heel graag dat ik morgenavond aanschuif om erover te praten. Hij krijgt dan de primeur. Ik mag in geen geval vertellen welke rol ik zal spelen, dat is allemaal strikt geheim, maar dat vindt Tobias niet erg. Hij wil het vooral hebben over de weg die ik heb bewandeld om te komen waar ik nu ben. Is prima toch? Ga je mee, mevrouw de manager? Zou ik wel heel fijn vinden.'

Geweldig nieuws voor Jesse. Stiekem heb ik een beetje spijt dat ik zijn telefoontje daarnet heb weggedrukt. Ik bel meteen terug om hem te feliciteren.

'Wat fantastisch, lieverd,' zeg ik als hij opneemt. 'Ik ben supertrots op je. Natuurlijk ga ik met je mee naar *De tafel van Tobias*. Het Okura sla ik even over, ik moet nog werken, ben nu op weg naar huis, we zien elkaar morgenavond.'

Het bericht van Laila duurt vier minuten en vijfenveertig seconden. Ze worden steeds langer, die vegamonologen van haar. Laatst had ik er de kracht niet voor en luisterde ik alleen naar de eerste minuut. Bleek ze aan het einde van haar relaas nog een wijziging in een Insta-deal met een shampoomerk te willen die ik compleet had gemist. Dure fout, ze was terecht pissig. Mijn nieuwste truc is haar spraakberichten versneld afspelen.

'Haaai Claire. Floris heeft me iets geflikt, echt niet normaal. Een totale mindfuck. Ik weet niet of ik hem dit ooit vergeef. En als ik dat wel dreig te doen, hou me dan tegen. Wat een eikel. En dat op mijn verjaardag.'

O ja, die was gisteren. Kut, helemaal vergeten. Dat gebeurt me nooit. Maar oké, ik ben om. Laila heeft mijn volledige aandacht. Dit verhaal wil ik op normale snelheid horen.

'Eerst zei hij: "Kleed je leuk aan schat, ik geef je geen cadeau dit jaar, maar een beleving. We gaan samen een bijzondere voorstelling zien." Ik trok een wit mini-jurkje aan met paarse plateauzolen, hij nam me mee naar een open plek in een bos ergens bij Arnhem. Het zag er hippie-achtig uit met lange houten banken onder een grote, open tent. Overal stonden vuurkorven en hingen snoeren met gekleurde gloeilampen, heel idyllisch en feestelijk. Ik zag ook een ren vol kakelende kippen en een haan. Het leek alsof we op een Franse bruiloft waren beland. Het schoot nog even door me heen: straks gaat hij op één knie en haalt hij een ring tevoorschijn. Hoe lief zou dat zijn, een aanzoek op mijn verjaardag?'

Zou zeker lief zijn, maar Floris staat niet bekend om zijn romantische inborst.

'Het publiek bestond uit allemaal van die intellectuele types met gehaakte omslagdoeken en op sandalen. Ik was totaal overdressed. Het was heel highbrow en alleen op uitnodiging, zei Floris. We moesten onze mobieltjes voor aanvang van de voorstelling inleveren, er mocht absoluut niet gefotografeerd of gefilmd worden. Toen iedereen was gaan zitten, kwam een lange, slungelige man met een snor in een jagersuniform tevoorschijn. Hij klom op een kist en zei: "Welkom in Restaurant Wander. Ik ben Theo, uw chef-kok. Wij serveren vanavond kip. Verse kip." Ik keek verbaasd naar Floris.

Waarom nam hij me mee naar een toneelstuk over een kippenrestaurant? Zou hij weten dat kip mijn zwakke plek is? "De meeste gasten hier aanwezig komen uit de stad," ging Theo verder. "Zij zien geen samenhang tussen het vlees op hun bord en de levende wezens die de basis van hun voedsel vormen. Deze verloren gegane relatie zullen wij vanavond in ere herstellen." Op dat moment begon ik 'm te knijpen, want ik had ergens in een hoek een grote snijtafel gezien met allerlei rare attributen: een metalen trechter, een ijzeren buis en iets dat op een minicentrifuge leek.'

Leila's verhaal klinkt ineens een stuk minder romantisch dan de gemiddelde Franse bruiloft.

'De zogenaamde chef-kok zei: "Gasten die vanavond kip willen eten, nodig ik uit om mij te assisteren bij de slacht." Ik wilde er meteen vandoor, maar Floris begon luid te applaudisseren en bravo te roepen. Ik schaamde me kapot. De rest van het publiek volgde al snel zijn voorbeeld, sommigen gaven Theo een staande ovatie, zo extra. De chef ratelde door over het stukje bewustwording dat bij de huidige generatie vleeseters ontbreekt. "In Restaurant Wander slachten we onze kippen diervriendelijk," beloofde hij. "We verdoven ofwel bedwelmen ze eerst. En we doen dat met dit apparaat, het heet een schietmasker." Hij liep naar de snijtafel en tilde de ijzeren buis op. Het leek op een grote injectiespuit. Hij vroeg een vrijwilliger om naar voren te stappen. Floris keek me grijnzend aan, boog zich naar me toe en fluisterde in mijn oor: "Als je dit durft, mag je straks als we thuis zijn zoveel drumsticks eten als je wilt." Hij dacht waarschijnlijk dat ik zou wegrennen, maar die lol gunde ik hem niet. Ik had als kind mijn oma in Marokko een kip zien slachten. Hoe erg kon het zijn? Ik stond op en meldde me bij de snor.'

Grote god. Dit verhaal ontspoort met een noodvaart.

'Theo deed een kratje open waarin een kip zat en hij zei dat ik haar met één hand onder de vleugels en met mijn andere hand om de poten moest optillen. De kip bleef gelukkig rustig toen ik haar vastpakte. De chef-kok en ik stonden nu achter de snijtafel.

Hij legde het kopje van de kip plat op de snijtafel, zodat de snavel naar voren stak. Ze keek het publiek recht aan. Behoorlijk luguber.'

Ik hang zo aan Laila's lippen dat ik bijna mijn afslag mis.

'Hij tilde de buis op en probeerde de pin net achter het kammetje van de kip te plaatsen, want daar zitten de hersens, zo vertelde Theo. Zijn handen trilden een beetje en hij verschoof de pin een paar keer. Het was een secuur werkje, zei hij, net als het plaatsen van een ruggenprik. Ik hield haar lijfje en poten al die tijd vast. Toen dat ding eindelijk goed zat, schoot Theo de pin door de kop van de kip. Het bloed spatte op het gras en op mijn witte jurkje. Dat kon ik weggooien. "Noem je dat verdoven?" vroeg ik. "Je hebt haar hersens eruit geschoten." "Inderdaad," zei de chef. "De kip is nu hersendood, maar haar hart klopt nog door. Stop haar maar in de trechter." Ik vond het best wel zielig voor dat beest, maar kon nu moeilijk afhaken. Floris zag ik steeds verder onderuit zakken, hij was lijkbleek en wendde zijn gezicht af.'

Hij is niet de enige, Laila. Je had me wel even een heads-up kunnen geven voor deze horrorshow.

'Ik duwde het beest in die trechter en Theo sneed aan de onderkant haar kop eraf. "Dankjewel dat je je leven voor ons hebt gegeven," zei hij er plechtig bij. Intussen had de kip haar laatste stuiptrekkingen, het voelde behoorlijk vervelend, dat gefladder in mijn handen. Een paar vrouwen begonnen te gillen, sommige liepen weg. Onder de snijtafel stond een emmer met heet water. Daarin moest ik de kip zonder kop dompelen, de chef-kok legde uit dat ze daardoor straks makkelijker kon worden geplukt. Dat klopte, want dat had ik bij mijn oma in Marokko ook gezien. Dat is een klusje hoor, die veren plukken, daar ben je wel even zoet mee. Theo deed er nogal lyrisch over: "Terwijl we veer voor veer verwijderen, verdwijnt het besef van dier en begint het besef van vlees tot ons door te dringen. We aanschouwen de omvorming van levend wezen naar voedsel." Om haar helemaal schoon te krijgen, ging het beest ook nog in de plukmachine, dat was die centrifuge.

Eigenlijk vond ik dat het naarst. De chef-kok zei het heel treffend: "Het lijkt alsof ze nog leeft en fladderend aan haar lot probeert te ontkomen, terwijl ze rondtollend en bonkend niet alleen haar laatste veren, maar ook haar waardigheid verliest."'

Ik sta inmiddels op mijn oprit, maar zit nog aan mijn autostoel genageld te luisteren.

'Lang verhaal kort, ik heb die avond geen kip gegeten. Floris vertikte het om drumsticks voor me te regelen toen we weer thuis waren. Hij was ontzettend geschrokken van mijn koelbloedigheid en zei dat hij tijd nodig had om alles te verwerken. Nou, dat was dus mijn verjaardag. Nog bedankt voor je felicitatie en de bloemen,' besluit ze cynisch.

Ik laat het even bezinken en trek dan mijn mobiel uit de houder.

'Hai Lai, ik hoor net je bericht. Gefeliciteerd nog, lieverd. Heb je mijn tulpen niet gehad? Dan is er iets misgegaan, ik had een enorme bos besteld. Dat zijn toch jouw lievelingsbloemen? Heel raar, ik ga het meteen checken. Maar wat heftig, joh. Zijn jullie inmiddels een beetje bijgekomen? Ik hoop dat er niets uitlekt over deze avond. *Vegavlogger slacht kip.* Zie je het voor je? Begint alle ellende weer opnieuw. Over het publiek maak ik me geen zorgen, maar de mensen achter de schermen zouden je wel kunnen verlinken, die hebben ook mobieltjes. Hopelijk valt het mee. Hou je goed, Lai, tot snel.'

Ik druk op verzenden en zeg: 'Hé Siri, ga naar Fleurop.'

Pannenkoek loopt behoedzaam over het bedrijventerrein. Als de Mechelse herder blaffend op hem afstormt, zakt hij door de knieën en gaat op zijn hurken zitten.

'Rustig, Alpha, rustig.'

Het beest komt grommend dichterbij. In plaats van meteen voor de kuiten van de indringer te gaan, besnuffelt ze hem.

Pannenkoek glimlacht.

'Ruik je het?' fluistert hij. 'Ik heb iets lekkers voor je meegenomen.'

Hij haalt een langwerpig pakketje uit zijn zak dat in aluminiumfolie is gewikkeld. Alpha geeft hem geen tijd om het open te vouwen. Ze zet haar tanden erin en trekt eraan. Pannenboek probeert het pakketje vast te houden, maar ze neemt een nog grotere hap en schudt met haar kop tot hij met een kreet loslaat en zij ermee vandoor gaat.

'Au, godverdomme.' Pannenkoek schudt een paar keer met zijn vingers. De tanden van de herder staan erin. Net als hij overeind komt, voelt hij een harde schop in zijn knieholte waardoor hij naar voren valt en in het modderige zand belandt.

Wanneer hij zich omdraait en opkijkt, torent Novak boven hem uit.

Die trapt hem nog een keer, deze keer tussen zijn benen.

Pannenkoek grijpt kreunend naar zijn kruis.

'Wat gaf jij mijn hond?'

'Vlees. Goed vlees. Van de keurslager.'

'Ik zag zilver.'

'Ik wilde het uitpakken. Er zat folie omheen.'

'Klootzak. Als ze naar de dierenarts moet, betaal jij.'

Novak schopt hem nog eens, harder nu.

De Mechelse herder komt weer aangerend en gaat naast haar baas zitten. Ze likt haar snuit af. Novak trekt haar bek open en vist een paar aluminium snippers onder haar tong vandaan.

'Dierenarts,' herhaalt hij.

Novak grijpt Pannenkoek ruw bij zijn arm, trekt hem overeind en sleurt hem mee naar de bouwkeet. Daar duwt hij hem naar binnen en sluit de deur achter zich.

'Is Jeffrey er niet?' Pannenkoek kijkt om zich heen.

Novak gaat achter de formicatafel zitten. Zijn pistool legt hij voor zich neer. Hij gebaart dat Pannenkoek tegenover hem moet plaatsnemen.

De envelop wordt overhandigd.

'Tweeduizend,' concludeert Novak na het tellen. 'Je zou drie brengen.'

'Dit is voor mijn horloge. Dat wil ik graag terug.'

Novak kijkt hem koud aan.

'Eerst de hoofdsom. En een dierenarts wordt duizend euro...'

Pannenkoek opent zijn mond om te protesteren, maar sluit hem weer.

'... dan alle rente, en dan pas je klok. Met rente.'

Pannenkoek zet zijn ellebogen op tafel, laat zijn gezicht in zijn handen rusten en wrijft moedeloos over zijn slapen.

'Alsjeblieft, man. Ik wil dat horloge terug. Doe me een lol. Tweeduizend had Jeffrey gezegd.'

Novak reikt achter zich.

'Deze klok bedoel je?'

Hij legt hem op tafel.

Pannenkoek knikt opgelucht.

'Ja, die. Alsjeblieft. De rest komt snel. Ik beloof het. Binnenkort maak ik een klapper en dan los ik alles in één keer af. Geen zorgen.'

Novak begint te lachen. Weer haalt hij iets achter zich vandaan. Het is een hamer.

Hij sluit zijn ijzeren vuist om de rechterpols van Pannenkoek.

'Op de klok? Of op jou?'

'D-d-dit meen je niet. Toch?' stottert Pannenkoek terwijl het bloed uit zijn gezicht trekt. Zijn blik gaat angstig van het pistool naar de hamer en weer terug.

'Geen zorgen.' Spottend herhaalt Novak zijn woorden. 'In Servië zeggen we: een dode man betaalt geen schulden.'

Hij heft de hamer.

'Wat wordt het? De klok? Of je hand, je voet, je knie?'

'Niet het horloge!' roept Pannenkoek. 'Doe maar mijn knie.'

Hij trekt zijn linkerbeen onder de tafel vandaan, zodat Novak erbij kan.

De Serviër zwaait de hamer naar achteren en ramt met volle kracht. Het onderbeen vliegt omhoog. Pannenkoek schreeuwt het uit, de tranen springen in zijn ogen.

'Jullie zeggen: wie niet horen wil moet voelen. Toch? Heb je het gevoeld?'

Hij knikt haastig.

'Echt?'

Novak grijnst, heft de hamer voor de tweede keer en slaat het horloge met een welgemikte klap aan gruzelementen.

49

'Hallo lieve volgers. Ik weet dat jullie allemaal branden van nieuwsgierigheid,' kirt Angel in haar juicestudio. Ze heeft een zwarte jumpsuit aan van krijtstreepstof en draagt een bril. Het lijkt alsof ze zich een zakelijker imago probeert aan te meten.

'Straks horen jullie de volgende letter van de naam die ik de afgelopen dagen voor jullie aan het spellen ben. De naam van de vrouw met wie Vieze Rik zijn zwangere vrouw Brenda heeft bedrogen en waarschijnlijk nog steeds bedriegt. Volgens mijn speurneuzen heeft de smeerpijp geen gebruikgemaakt van de extra tijd die ik hem heb gegund en heeft hij niets aan Brenda opgebiecht. Hij heeft ook geen contact met mij opgenomen om te laten weten dat hij thuis inmiddels de waarheid heeft verteld. Kortom, hij is nog dommer dan ik dacht. Gelukkig ben ik er om de harde feiten boven tafel te krijgen. Maar eerst even dit: herinneren jullie je weerhaan Heintje de Koning nog? De sukkel die een kort geding tegen me aanspande, omdat hij zich door mij in zijn kruis getast voelde? De C-bekendheid die allang in de vergetelheid zou zijn geraakt als ik hem niet de roem had gebracht waarnaar hij zo snakt? Ik mag van de rechter niet zeggen dat hij een middel gebruikt waardoor hij hem niet meer overeind krijgt en ik mag van de rechter ook niet zeggen dat zijn vrouw het gezellig had met een vader van het schoolplein, maar ik mag wel zeggen dat hij een groot interview heeft gegeven aan een maandblad, waarin hij uitgebreid uit de doeken doet hoe vreselijk hij het allemaal vindt wat hem is aangedaan.

Weet je wat hij beweert? Ik pies in mijn broek van het lachen, echt waar. Hondenlulletje de Koning beweert dat het een traumatische ervaring is geweest. Ja, je hoort het goed: traumatisch! Er moest een psycholoog aan te pas komen om hem te helpen de gevolgen van de mediastorm te verwerken. Hoe hilaar! Het weerhaantje doet huilie huilie omdat boze Angel een paar berichtjes over hem heeft gepost. Zet je schrap, Heintje, en boek maar vast een paar extra sessies bij je therapeut, want dankzij die rechtszaak sta jij voor de rest van je treurige leventje op mijn radar. Je zult de paar haren die je nog op je hoofd hebt uittrekken van spijt omdat je mij hebt aangeklaagd. Ik zal elk onbenullig detail over jou en je vrouw delen. Ik zal je blijven pesten, daar heb je het zelf naar gemaakt. Je hebt me geld gekost. Oog om oog, tand om tand.'

Angel pauzeert even, zet haar bril recht en gaat verder.

'Oké speurneuzen, *you know the drill*: als je iets weet over Huilie de Koning of zijn vrouw, slide in mijn DM en maak kans op gratis roddels via mijn Secret Juice Channel. Dat mevrouwtje De Koning net naar een botoxkliniek is geweest hoef je me niet te melden, want dat zie ik zo ook wel. Meid, je lijkt wel een hamster. Is je arts uitgeschoten met de fillers? Het mag een onsje minder.'

In de rechterhoek van haar studio verschijnt een foto van de vrouw van Hein de Koning. Angel heeft haar gezicht zo bewerkt dat ze de oren en het snuitje van het knaagdier heeft.

'Genoeg over Huilie en zijn huisdier,' zegt ze, nadat ze hard om haar eigen grap heeft gelachen. 'Hij heeft dankzij mij zijn *five minutes of fame* weer gehad, we gaan door met belangrijkere zaken.'

Een oude foto van Brenda en Rik popt op, ze staan lachend naast elkaar in felgekleurde skipakken met een wit gebergte op de achtergrond.

'De speculaties over de naam van de minnares van Vieze Rik zijn een nationale sport aan het worden. Ik heb gehoord dat er weddenschappen over worden afgesloten. Hoe zal het snolletje van Vieze Rik heten? Laten we de boel even op een rijtje zeten: we hebben de

M, de A, de N en de O gehad. Er is een beperkt aantal namen dat met deze letters begint. Is het Manou? Manouk, Manoushka, Manon, Manolya? Vandaag maak ik aan alle speculaties een einde. Voilà!'

Ze wijst naar de rechterhoek waar eerst de letter N en daarna voluit de naam Manon wordt geprojecteerd.

'Het spijt me dat je het van mij moet horen, Brenda. Je eigen vent is er helaas te laf voor. Jij zit inmiddels ziek thuis en dat begrijp ik, want ik zou ook misselijk worden van zo'n vent. Gelukkig heb je mij nog, de enige die eerlijk tegen je is. Doet de naam Manon een belletje rinkelen? Naar het schijnt hebben jullie vorig jaar met een vriendengroep een heerlijke skivakantie gehad. Vooral de aprèsski was een groot succes. Is het je niet opgevallen dat Vieze Rik en Manon af en toe even samen verdwenen? En dat het best lang duurde voordat ze terugkwamen met de Jägermeisters en de Flügels? Ik kan je wel vertellen waarom, maar ik kan het je ook laten zien, want mijn speurneuzen hebben een innige selfie van jouw man met jouw vriendin onderschept. Of moet ik zeggen: jouw man met zijn vriendin? De foto is te zien op mijn Secret Juice Channel. Als je nog niet geabonneerd bent, doe het dan nu. Nog een grappig weetje: deze Manon heeft haar Instagrampagina onlangs verwijderd. Gelukkig had ik er al een screenshot van gemaakt.'

Het screenshot verschijnt in beeld.

'Kijk eens aan: *Manon de Bruijn houdt van reizen en zegt een happy single te zijn*,' zegt Angel grinnikend. 'Of ze na vandaag ook nog zo happy is, betwijfel ik. Misschien kan ze maar beter een hele verre reis boeken. Heb jij nog meer juice over Vieze Rik of andere viezeriken, je weet me te vinden.'

50

'Hai Cor, met mij. Angel heeft de naam bekendgemaakt van de vermeende minnares van Rik, ze heet Manon de Bruijn.'

'Ik weet het, het bericht wordt volop overgenomen door showrubrieken, online kranten en andere media. Ze zijn de schaamte voorbij,' concludeert Cor.

'Hoe gaat het met Brenda en… Rik?' Ik wil bijna Vieze Rik zeggen, maar slik het op tijd in.

'Onverminderd slecht. Het enige lichtpuntje is dat Angel nog steeds geen idee lijkt te hebben van wat er werkelijk aan de hand is. Kun jij dat bevestigen?'

'Het zal niet lang meer duren, Cor,' waarschuw ik hem. 'Of het nu via Angel is of via een andere weg, dit nieuws kan elk moment uitlekken.'

'Morgenochtend om tien uur wordt Sarah in besloten kring begraven. Morgenmiddag gaat het persbericht eruit, op het moment dat Rik bij de politie zit om aangifte te doen.'

'Gaat hij dat doen op de dag van de uitvaart?'

'Hij wil niet langer wachten. Hij wil het achter de rug hebben.'

'Dus het is zeker dat Angel wordt aangeklaagd?'

'Honderd procent. En er komt nog meer bij. Ik wil een bodemprocedure starten tegen alle media die de berichten van Angel over Rik hebben overgenomen. Zij zijn minstens zo schuldig aan het verspreiden van laster en smaad. Hun eindeloze stroom aan gekopieerde roddels heeft de stress bij Brenda verhoogd.'

Cor pakt het grondig aan. Ik hou ervan. Voor Angel mag het slecht nieuws zijn, voor mijn artiesten is het een opsteker.

'Hoe groot is de kans dat Angel daadwerkelijk zal worden vervolgd?'

'Als er een aangifte ligt, zal het Openbaar Ministerie eerst onderzoek doen naar alle feiten. Wat betreft de afdreiging en smaad hebben we een zeer grote kans op vervolging en een veroordeling van Angel. Dood door schuld is complexer. Dat valt en staat met de causaliteit. Er zal een duidelijk verband moeten kunnen worden aangetoond tussen de verhoogde stress die Angel Brenda heeft bezorgd en de vroeggeboorte.'

'Denk je dat dit het einde van Angel zal inluiden?'

'Ik denk niet dat ze de komende tijd veel mogelijkheden zal hebben om roddels te verspreiden. Bij een verdenking van afdreiging kan ze in voorlopige hechtenis worden genomen.'

'Serieus?'

'Ja. Ze zal in elk geval worden aangehouden en vele uren op het politiebureau moeten doorbrengen om te worden verhoord.'

Angel heeft geen idee wat haar boven het hoofd hangt. Ik probeer me voor te stellen hoe ze zal reageren als het nieuws naar buiten komt. Ze zal door iedereen worden uitgekotst en diep, diep door het stof moeten gaan. De gedachte aan een schuldbewuste, berouwvolle en nederige Angel zorgt voor een brede glimlach op mijn gezicht. Ik kijk ernaar uit. Was het maar vast zover. Ook ik ben de schaamte voorbij. De juicekoningin mag bloeden voor wat ze heeft aangericht.

51

'Bij ons aan tafel acteur Jesse van Leeuwen, die als eerste Nederlander een rol heeft bemachtigd in de populaire Netflix-serie *The Crown* over het Britse koningshuis.'

Terwijl Tobias hem aankondigt, begint de linkermondhoek van Jesse licht te trillen. Ik zit op een strategische plek in het publiek: niet in beeld, maar wel zo dat mijn artiest me kan aankijken. Het is voor het eerst dat hij aanschuift bij een talkshow. Dat deze live wordt uitgezonden en gemiddeld door ongeveer 800.000 mensen wordt bekeken, maakt hem extra nerveus. Toen hij voor de uitzending in de visagieruimte zat, ratelde hij aan een stuk door over zijn te grote inhammen en de haartransplantatie waarvoor hij aan het sparen was. De visagiste die hem een poedertje gaf, zei dat hij de operatie gratis zou kunnen krijgen als hij genoeg volgers op Insta had en bereid was de onappetijtelijke beelden ervan te delen. Ze gaf hem de naam van een kliniek die vaak samenwerkt met BN'ers. Hoefde hij niet helemaal naar Turkije. Dat zou toch schelen.

'Je hebt een lange weg bewandeld om te komen waar je nu bent,' begint Tobias.

'Valt wel mee, ik ben met de fiets.'

Jesse onderbreekt de presentator voordat hij zijn eerste vraag heeft kunnen stellen. Iedereen in de studio lacht, behalve Tobias.

'Je bent professioneel balletdanser geweest,' gaat deze verder. 'Maar door een lelijke blessure heb je die carrière voortijdig moeten beëindigen.'

Op de grote schermen in de studio zijn foto's te zien van Jesse als balletdanser. Hij danst met een bloot bovenlijf op een witte houten vloer en in een strakke, huidkleurige legging die weinig te raden overlaat. Michelangelo heeft hem groot geschapen.

'Toen je niet meer kon dansen, maakte je de onorthodoxe overstap van Het Nationale Ballet naar OnlyFans. Mensen uit jouw omgeving noemden het een noodsprong. OnlyFans is een website waar fans betalen voor naaktbeelden van hun idool, zeg ik dat goed?'

'Ja, zo zou je dat kunnen zeggen,' antwoordt Jesse aarzelend.

Zijn ogen schieten vragend mijn kant op. Ik heb met redacteur Emma van *De tafel van Tobias* afgesproken dat Tobias zijn OnlyFans-periode hooguit zal noemen en er verder niet over zal uitweiden.

Op de verschillende schermen die in de studio hangen, verschijnt een filmpje van Jesse. Zowel het studiopubliek als de kijkers zien hem onder de douche staan, in een cabine vol stoom, uitgebreid tongzoenend met een andere man.

Wat is dit voor rotgeintje? Ik heb Emma een aantal persfoto's van Jesse gestuurd, daar zaten geen OnlyFans-beelden bij.

'H-h-hoe komen jullie hieraan?' Jesse stelt stotterend de vraag die ook op mijn lippen brandt.

'Schaam je je ervoor?' is de wedervraag van Tobias.

'Nee, dat niet, maar ik heb deze periode allang afgesloten.' Hij neemt een slok van het glas water dat voor hem staat.

'Dat is me bekend,' zegt Tobias minzaam. 'Toch heeft OnlyFans je veel goeds gebracht. Want een van je betalende fans, de Britse regisseur Brian Evans, was zo onder de indruk van je dat hij je een rol aanbood in een arthousefilm, nietwaar?'

Jesse knikt.

We zien een foto van Brian op de schermen. Hij is duidelijk ouder dan Jesse. Een stuk ouder. En qua knapheid zijn ze ook niet in evenwicht.

'En Brian Evans is nu je partner?'

'Ik dacht dat ik hier was om over *The Crown* te praten, niet over mijn privéleven.' Jesse is zichtbaar geïrriteerd.

'Natuurlijk. Daar komen we zo op. Als je het goed vindt, wil ik het toch nog even over je tijd bij OnlyFans hebben. Want deze website is niet geheel onomstreden. Hij is bedoeld voor gebruikers boven de achttien jaar, maar er glippen geregeld minderjarigen tussendoor.'

Jesse haalt zijn schouders op.

'Ik was boven de twintig toen ik mijn account aanmaakte.'

'Dat geloof ik direct,' zegt Tobias. 'Maar als we nog even terugkijken naar de beelden van de man met wie je aan het zoenen bent onder de douche... was hij meerderjarig?'

De beelden worden opnieuw vertoond. Godverdomme, wie heeft dit bedacht?

'Voor zover ik weet, waren alle aanwezigen meerderjarig. Ook de cameraman,' zegt Jesse terwijl een blos over zijn wangen kruipt.

'Je lijkt je er toch niet heel gemakkelijk onder te voelen. We hebben nog meer videomateriaal van jou en deze jongeman. Dat zullen we niet vertonen, maar we kunnen rustig stellen dat het onder de noemer pornografie valt. Jullie gaan verder dan alleen zoenen.'

'Waar wil je heen met dit gesprek?' vraagt Jesse getergd.

Ook ik zit me te verbijten. Het liefst wil ik ingrijpen, maar dat zou alles alleen maar erger maken.

'Grensoverschrijdend gedrag is een hot topic. Toen wij deze beelden zagen, vroegen wij ons af of daar in dit geval ook sprake van was.'

'Absoluut niet!' zegt Jesse fel. 'Alles is met toestemming gefilmd.'

'Maar stel dat deze jongeman op dat moment minderjarig was, was zijn toestemming dan rechtsgeldig? En horen deze beelden wel thuis op OnlyFans?' Tobias heeft beet en laat niet los.

Jesse werpt me een wanhopige blik toe. Ik probeer hem met een handgebaar tot te kalmte te manen.

'Ik begrijp dat het voor jou al even geleden is. En de enige die echt antwoord op deze vragen kan geven, is de jongeman uit het filmpje zelf. Daarom hebben wij hem uitgenodigd om vanavond aanwezig te zijn. Ik weet niet of jij je nog herinnert hoe hij heet, maar zijn naam is Mike en hij is hier met zijn moeder Anja.'

52

Mike is een lange, slungelige gast die zijn pet achterstevoren op zijn hoofd draagt. Zijn moeder is twee koppen kleiner, heeft kort, zwart haar, om haar nek hangt een koord met een felrode leesbril. Er wordt wat geschoven met de gasten. Twee van hen worden naar de barkrukken gedirigeerd zodat moeder en zoon aan tafel kunnen plaatsnemen, recht tegenover Jesse.

Mike knikt mijn artiest vrolijk toe.

Zijn moeder geeft hem een por in zijn zij.

Mijn mobiel begint te trillen en houdt niet meer op. Ik kijk snel op het scherm en zie berichten van Brian, Laila en Tyrone.

'WTF, Claire?! Wat gebeurt hier? Zorg dat dit stopt! Nu!' Brian is woest.

Laila: 'OMG, ik word door iedereen geappt dat ik de tv moet aanzetten. Jesse is trending op Twitter. Hoe dan?'

'Hey! Stuur eens wat geils, babe.' Tyrone kijkt overduidelijk niet naar *De tafel van Tobias.*

Er loopt een zweetdruppel over het voorhoofd van mijn artiest, hij veegt hem weg met de rug van zijn hand en glimlacht krampachtig naar Mike.

'Welkom Mike en Anja,' zegt Tobias. 'Ik vind het heel dapper dat jullie hier je verhaal willen doen. Laten we bij het begin beginnen. Hoe oud ben jij, Mike?'

'Twintig.'

'En hoe oud was je toen je het douchefilmpje met Jesse opnam?'

'Eh... bijna achttien.'

'Jesse vertelde ons net dat hij in de vooronderstelling verkeerde dat je meerderjarig was.'

'Misschien heb ik hem dat gezegd,' grinnikt Mike, die het vooral leuk lijkt te vinden om op tv te zijn.

Jesse wrijft met zijn vingers over zijn linkerslaap alsof hij een migraineaanval voelt opkomen.

'Hoe kenden jullie elkaar?'

'Via een datingapp. Jesse vroeg me of ik een filmpje met hem wilde opnemen voor OnlyFans. Hij zou de opbrengst met me delen. Ik hoefde alleen maar met hem te douchen en te zoenen, had hij gezegd.'

'Herinner jij het je ook zo?' vraagt Tobias aan mijn artiest.

Jesse schraapt zijn keel.

Kap dit interview af, smeek ik hem inwendig. *Laat je niet verleiden. Je zit in een hinderlaag. Zorg dat je er ongeschonden uitkomt.*

'Je overvalt me hiermee, maar het klopt dat ik Mike via Grindr heb leren kennen. Toen hij erachter kwam dat ik op OnlyFans zat en doorkreeg wat ik daarmee verdiende, wilde hij ook zo'n account. Mike dacht dat het een makkelijke manier was om flink te cashen. Ik waarschuwde hem dat het niet zo simpel was als het leek, maar hij wilde het per se proberen. Daarom stelde ik voor om een keer samen een filmpje te maken. Kon hij kijken of het hem beviel.'

'Voelde jij je gedwongen door Jesse?' Tobias richt zich weer tot Mike.

'We hadden al een paar keer seks gehad. Niks mis mee. Dus dat douchen en zoenen vond ik best,' zegt hij schouderophalend.

Dit is niet het antwoord waar de presentator op hoopte.

'Jullie deden het voor een camera. En je was minderjarig,' probeert hij nogmaals. 'Hoe voelde dat?'

'De fans vonden het mooi. Dat was kicken.'

Mike heeft de slachtofferrol nog niet helemaal onder de knie.

'Het bleef niet bij zoenen alleen, hè?' benadrukt Tobias weer.

'Je weet zelf, gast, zo gaan die dingen.'

Een paar meiden in het publiek beginnen te lachen. Mike draait zich naar hen toe en geeft ze een knipoog.

'Hoe is het voor jou als moeder, om dit te horen?' vraagt Tobias aan Anja.

'Verschrikkelijk,' antwoordt ze.

'Dat begrijp ik. Jouw zoon is in feite misbruikt.'

Misbruikt? Doe normaal, wil ik roepen. Mike heeft het prima naar zijn zin. Praat hem geen complex aan.

'Heb je overwogen om aangifte tegen Jesse te doen?'

Anja knikt ernstig.

'Mike doet er luchtig over, maar hij is zwaar beschadigd. Mijn man en ik wilden destijds naar de politie stappen, maar we waren bang dat onze aangifte onder aan de stapel zou belanden. Gelukkig pakken ze BN'ers tegenwoordig veel sneller aan. Ook hadden we de stille hoop dat de beelden zouden blijven waar ze waren, achter een betaalmuur.'

'En waarom zit je nu hier?'

'Nu ze zijn uitgelekt, leek het me beter om zelf ons verhaal te vertellen.'

Uitgelekt, hoezo? Tobias vertoont deze beelden omdat jij met je zoon aan zijn tafel bent gaan zitten, Anja. Waar ben je mee bezig?

'Ik wil andere ouders waarschuwen. Er gebeuren online zoveel dingen waarvan je geen weet hebt. Houd je kind goed in de gaten. Voor je het weet, staat hij naakt op internet en is zijn leven kapot.'

De andere gasten knikken braaf. Jesse zakt steeds meer onderuit in zijn stoel, op zoek naar het gat in de vloer waardoor hij kan verdwijnen.

Anja zet haar rode leesbril op en pakt een A4'tje uit haar tas.

'Mijn man en ik hebben een steunfonds opgericht voor Mike en andere benadeelde jongeren. We zijn bezig met een jaarlijkse sponsorloop...'

'Dat is een prachtig initiatief,' onderbreekt Tobias haar. 'Alle informatie daarover is na afloop van deze uitzending op onze website te vinden. Ik heb nog één vraag aan Mike. Ben je boos op Jesse?'

'Mijn moeder is boos op hem, ik niet.'

'Waarom jij niet?'

'Hij heeft me keurig betaald.'

Weer gegrinnik vanuit het publiek.

'Ik heb er AirPods Pro van gekocht,' voegt Mike er ongevraagd aan toe.

'Dat is tenminste iets,' zegt Tobias opgewekt. 'Jesse, wil jij er nog iets over zeggen?'

Hij schudt van nee.

'Dan wil ik jou en mijn andere gasten hartelijk bedanken. Dit was *De tafel van Tobias* voor vandaag, morgen praat ik met onze bondscoach over de kansen van Oranje op het komende EK.'

Ik kijk snel op Twitter. Jesse is trending topic nummer één, de hashtags zijn nu #Jesseiseenpedofiel #Jesseiseenpooier en #pedoJesse.

De meest bekeken tweet komt van een anoniem account en is al meer dan drieduizend keer geretweet.

> De NLse acteur Jesse van Leeuwen, die een rol zal spelen in het nieuwe seizoen van *The Crown* is een pedofiel die minderjarigen heeft misbruikt op OnlyFans. Weten jullie dat? @netflix @TheCrownNetflix #pooierJesse #pedoJesse #pimpJesse #childabuser #warning #sickbastard #metoo

Voor de zekerheid heeft de trol de tweet ook in het Engels verstuurd.

Ik bijt op mijn onderlip. Dit is het einde van de carrière van Jesse. Ik zat erbij en ik keek ernaar.

53

Jesse heeft zijn jas aangetrokken en staat op het punt de studio te verlaten. Hij wil maar één ding: naar huis, naar Brian toe. Zijn taxi staat klaar. Hij omhelst me met betraande ogen.

'Zal ik je echt niet naar huis brengen?' vraag ik voor de derde keer.

Hij schudt van nee.

'Het spijt me zo. Ik wou dat ik dit had kunnen voorkomen. Niet op Twitter kijken, geen journalisten te woord staan. Zet je telefoon uit. Morgen bel ik je via Brian. Ze zijn hier nog niet klaar met me, geloof me.'

In de lobby staat Tobias een biertje te drinken met moeder Anja en de andere tafelgasten. Ik ga op zoek naar redacteur Emma die het item over Jesse heeft voorbereid. Ze heeft steil, donkerbruin haar en draagt een zwart, oversized colbert met een wit T-shit op een wijde spijkerbroek en biker boots eronder.

'Ben je tevreden met jezelf?' bijt ik haar toe.

Ze kijkt me emotieloos aan.

'Je hebt mijn artiest onder valse voorwendselen naar de studio gelokt en...'

'Heb je al wat te drinken gehad?'

Ze maakt een vaag gebaar naar een van de gastvrouwen van de omroep die met een dienblad rondloopt.

'Ik hoef niks.'

Ze pakt een glas rode wijn van het dienblad.

'Zeker weten?'

Ik knik.

'Besef je wel dat je de carrière van mijn artiest kapot hebt gemaakt?'

'Waar is Jesse eigenlijk?' vraagt ze terwijl ze om zich heen kijkt.

Ik ben heel erg boos en probeer dat te blijven, maar dat is moeilijk, want alles aan Emma is traag. Haar gebaren, haar stem. Na een paar minuten met deze vrouw voel je al het leven uit je wegtrekken.

'Jesse is trending op Twitter. Alleen maar haatreacties. Hij is naar huis gegaan.'

'Ach ja, Twitter. Dat is zo'n open riool,' zegt ze tussen twee slokken rode wijn door.

'Nu moet jij even heel goed naar mij luisteren.' Ik verhef mijn stem, trek het glas wijn uit haar handen en zet het weg. 'Jij hebt mijn artiest onder valse voorwendselen naar de studio gelokt. Hij was nooit aan tafel gaan zitten, als hij had geweten wat jullie van plan waren. Je hebt al onze afspraken geschonden. Als jij goddomme denkt dat ik dit pik...'

'Stop, hou op!' zegt Emma. 'Ik vind dit niet leuk.'

What the fuck is er mis met dit kind?

'Het filmpje van Jesse was nieuws, Claire. Daar konden wij niet omheen. Als wij er niets mee hadden gedaan, had een ander programma het wel opgepakt.'

'Je hebt er van tevoren met geen woord over gerept. Je wíst dat dit ter sprake zou komen. Je hebt Mike en Anja uitgenodigd, je had Jesse moeten inlichten.'

'Achteraf gezien was dat misschien beter geweest,' erkent ze.

'Hoe heb je Mike eigenlijk gevonden?' wil ik weten.

'Via zijn OnlyFans-account.'

'O, dus die heeft hij inmiddels?'

'Jazeker. Hij heeft ook al aardig wat fans. Dat zullen er na vanavond nog wel meer worden. Grappige gast is het, hè.'

'Wereldgozer,' zeg ik cynisch. 'En Tobias vond het niet de moeite waard om even te vermelden dat Mike tegenwoordig ook geld verdient met OnlyFans?'

'Heeft hij dat niet gedaan?'

'Nee, dat heeft hij niet.'

'Goh, dat is gek. Ik had het wel in het draaiboek gezet.'

Speelt Emma de vermoorde onschuld of is ze gewoon gestoord?

'Jesse zit helemaal stuk, besef je dat wel? Het gesprek zou gaan over zijn rol in *The Crown*. Dat is geen moment ter sprake gekomen.'

'Ja, dat is wel jammer, hè? Vonden wij ook jammer. Maar hij mocht er van Netflix ook niet zoveel over vertellen, begreep ik. En het blijft een live-uitzending. Er was geen tijd meer. Volgende keer beter.'

Je weet zelf dat er geen volgende keer komt, kuttekop, wil ik haar toebijten, maar ik hou me in. De nieuwe serie van Floris over de Spaanse roofvogels komt binnenkort op tv. Dan heb ik die trage trut weer nodig.

'Waar is het toilet ook alweer?'

'De trap af en dan naar links,' wijst ze. 'Schrik niet als je een man ziet, ze zijn tegenwoordig genderneutraal.'

54

Wanneer ik op de wc zit, tril ik nog steeds van woede en verontwaardiging. Ik pak mijn mobiel en zie ongelezen appjes uit alle hoeken en gaten van mijn adresboek. Iedereen wil weten hoe het zit. Ik tik Jesses naam in op Google. Een reeks nieuwsberichten popt op. Ze gaan allemaal over het douchefilmpje en over de confrontatie met Mike bij *De tafel van Tobias*. Even overweeg ik om Cor te bellen om te vragen of we de verspreiding van het filmpje nog kunnen tegenhouden, maar ik besef dat het geen zin heeft. Het kwaad is al geschied.

Net als ik wil doortrekken en opstaan, komen twee mannen druk pratend de toiletruimte binnen. Een van hen is Tobias, de andere stem herken ik niet. Zo te horen wanen ze zich alleen en gaan ze bij de urinoirs staan.

Laat ik maar wachten tot ze weg zijn. Gênant om nu ineens de deur open te zwaaien en tevoorschijn te komen.

'Weet je wat ik nog steeds onbegrijpelijk vind?' zegt de onbekende man. 'Dat Angel dat filmpje zelf niet heeft gepost. Ze had er gigantisch mee kunnen scoren. Tot in het buitenland aan toe.'

'Het verbaasde mij ook,' antwoordt Tobias. 'Maar ze wil absoluut niet dat Jesse of wie dan ook hoort dat zij het lek is. Dat was een harde eis. Misschien zijn ze bevriend, dat is de enige verklaring die ik kan bedenken.'

Het is even stil. Ik hoor alleen hun pisstralen tegen de binnenkant van de urinoirs aan kletteren.

'Zo, dat is lelijk,' zegt de man terwijl zijn broek dichtritst. 'Dat je een vriend voor een paar centen onder de bus gooit. Want ik neem aan dat ze hiervoor betaald krijgt?'

'Je kent Angel toch? Die doet niets voor niets.'

55

'Sorry dat ik je zo laat stoor, Cor.'

'Ik verwachtte je telefoontje al. Ik heb *De tafel van Tobias* gezien. Is Jesse bij je?'

'Nee, die is gelijk naar huis gegaan. Ik ben ook onderweg. Wat denk je, is hij nog te redden?' vraag ik tegen beter weten in.

'Natuurlijk niet,' antwoordt hij direct. 'Die rol in *The Crown* is hij kwijt en hij komt voorlopig nergens meer aan de bak.'

'Jesse wordt geframed alsof hij een pedofiel is die Mike heeft gedwongen. Mike vond het allemaal prima. Hij heeft nu zelf een OnlyFans-account. Dat was Tobias voor het gemak vergeten te vermelden.'

Ik ben nog steeds laaiend.

'Allemaal irrelevant,' vindt Cor. 'Jesse heeft beeldmateriaal verspreid van een seksuele gedraging met een minderjarige. Dat is strafbaar onder artikel 240b van het wetboek van strafrecht.'

'Weet je wie dat materiaal heeft verspreid? Angel! Zij heeft het filmpje aan *De tafel van Tobias* verkocht.'

'Wat?! Hoe kom je daar nou bij?'

'Ik heb een gesprek opgevangen waarin Tobias dat letterlijk aan een collega vertelt. Angel heeft ons contract verbroken, Cor. Ze heeft roddels verspreid over een van mijn cliënten.'

'Dat zal zij ongetwijfeld ontkennen,' zegt Cor na enig nadenken. 'Als je de samenwerking met haar wilt beëindigen of haar de boete die in het contract staat wilt laten betalen, zul je bewijs moeten leveren.'

Verdomme. Ik had Tobias echt bij de kraag moeten grijpen. Toen ik na hem uit de toiletruimte kwam, was hij nergens meer te bekennen. Ik heb zijn nummer niet. Zijn redactie schermt hem goed af.

'Hoe het ook zij, Jesse help je er niet mee. Hij heeft geluk dat er geen aangifte tegen hem is gedaan. Misschien gaat Mike dat alsnog doen. En als de publieke verontwaardiging groot genoeg wordt, bestaat de kans dat het OM hem op eigen initiatief gaat vervolgen.'

'En dan?'

'Dan kan hij een celstraf opgelegd krijgen.'

'Serieus?'

'Er staat een gevangenisstraf van maximaal vier jaar op wat hij heeft gedaan.'

'Jezus, Cor. Als Jesse achter de tralies gaat, heeft Angel dit op haar geweten. Besef je dat wel?'

'Angel zal terecht opmerken dat Jesse het op zijn geweten heeft. Het is oliedom wat hij heeft gedaan.'

'Sinds wanneer ben jij de advocaat van de duivel? Ik weet dat het dom is, maar we hebben het over Jesse, Cor. Je kent hem. Hij doet geen vlieg kwaad.'

Ik kan niet ophouden met drammen. Het voelt zo oneerlijk.

'Het gaat om de feiten, Claire. Feit is dat Mike minderjarig was. Jesse had hem desnoods om een identiteitsbewijs moeten vragen. Hij is nalatig geweest.'

Ik ben niet van de marechaussee, Claire, ik doe niet aan paspoortcontroles.

Ik hoor het hem nog zeggen. *Famous last words.*

'Wat is jouw plan met Jesse?' vraagt Cor. 'Hou je hem in je stal?'

'Natuurlijk, waarom niet?'

'Er zal druk op je worden uitgeoefend om afstand van hem te nemen, al dan niet publiekelijk. Als jij niet met hem breekt, kan dat gevolgen hebben voor jouw samenwerkingen met andere artiesten en bedrijven.'

Fuck. Nog geen seconde aan gedacht.

'Dus dit is het moment waarop iedereen je als een baksteen laat vallen omdat je de schijn tegen hebt?'

'Je weet hoe de hazen lopen.'

We zijn allebei even stil.

'Ga je morgen naar de uitvaart van Sarah?' vraag ik dan.

'Brenda en Rik willen graag dat ik erbij ben. Dus, ja.'

'Sterkte.'

56

Als ik wakker word, heeft Netflix alle banden met Jesse van Leeuwen verbroken. Het bedrijf heeft in een kort statement laten weten dat de Nederlandse acteur niet zal figureren in het komende seizoen van *The Crown*, noch in enige andere toekomstige Netflix-productie. Een verklaring wordt niet gegeven, daarvoor is Jesse vermoedelijk te onbekend en te onbelangrijk.

Ik bel Jesse, maar krijg Brian aan de lijn. Hij spuwt zijn gal over de bekrompen moraal van de mensheid in het algemeen en die van de baas van de streamingdienst in het bijzonder. Ik laat hem uitrazen.

'En ik maar denken dat we allemaal iets rustiger konden ademhalen sinds jij een deal hebt gesloten met de *she-devil.* Blijkt Tobias met zijn ronde tafeltje de grootste rat,' zegt hij smalend.

Even aarzel ik, maar dan vertel ik hoe de presentator aan het filmpje is gekomen.

'Was zij het? Godverdomme. Ik wist dat ze niet te vertrouwen was. Dat vuile loeder met haar mapjes vol juice, ze kon het niet laten. Als Jesse dit hoort, wordt hij gek. Ze is tot nu toe weggekomen met alle shit die ze heeft geflikt, maar deze keer is ze tegen de verkeerde aangelopen. Wat kost een huurmoordenaar nou helemaal? Ik ben zo klaar met dat wijf.'

'Beloof me dat je deze vraag niet gaat googelen,' zeg ik half grappend, half ernstig. 'Want als er iets met haar gebeurt, maakt jouw zoekgeschiedenis je meteen verdacht.'

Hij gromt.

'Sinds gisteravond stromen de haatberichten en bedreigingen binnen, Claire. Het houdt niet op. Ik heb Jesse zijn mobiel afgepakt. Hij gaat eraan onderdoor.'

'Hoe serieus zijn ze?'

'"We komen bij je langs en snijden je pik aan flarden." Is dat ernstig genoeg?'

'Mijn god. Wie schrijft zoiets? Bewaar al die berichten en neem alsjeblieft contact op met de politie.'

Hij verzekert me dat hij dat zal doen.

'Ik ga nu iets heel geks zeggen, Brian. Ik ben verre van zweverig, maar één ding weet ik zeker: alles wat Angel heeft gezegd en gedaan, komt bij haar terug. Karma maakt geen uitzonderingen. Het is de wet van actie en reactie. Het universum zal haar straffen en dat gebeurt eerder dan je denkt. Veel eerder.'

'Tuurlijk Claire, de kosmos gaat het probleem Angel voor de mensheid oplossen.'

Brian klinkt weinig overtuigd.

Ik vraag of ik nog iets voor hem kan betekenen.

'Blijf achter Jesse staan,' is zijn simpele antwoord.

57

Het is net na tienen, de uitvaart zal nu gaande zijn. In de woonkamer steek ik een kaars aan voor Sarah. Minste wat ik kan doen.

Weer achter mijn bureau check ik het Insta-account van Angel. Ze heeft het item van Jesse bij *De tafel van Tobias* vanaf de bank gefilmd en er commentaar bij gegeven.

'Jongens, even serieus, zien jullie wat hier gebeurt? Dit is de zoveelste BN'er die door de mand valt. Dit is waarom mijn werk zo belangrijk is. Mijn complimenten voor Tobias Peterson die deze puberneuker heeft ontmaskerd. Jesse heeft zich op een misselijkmakende manier misdragen. Porno maken met een kind. Hoe ziek ben je dan? Deze gast is een narcist met psychopathische trekken. Hij verdient het om door iedereen te worden gecanceld. Petje af voor de baas van Netflix die meteen actie heeft ondernomen. Ik eis dat alle Nederlandse castingbureaus Jesse de Puberneuker onmiddellijk uit hun bestand halen. Ieder bedrijf dat nog met hem samenwerkt moet daar acuut mee stoppen. Als jij het met me eens bent: laat je horen. Plaats een reactie op de Insta van Puberneuker, zodat goed tot hem doordringt hoezeer we van hem walgen.'

Ze gooit er een peiling uit.

Moet kindermisbruiker Jesse van Leeuwen definitief worden gecanceld?

JA

NEE

Ik klik op NEE. Het kan me niet schelen als Angel ziet wat ik stem. Een schamele drie procent van de ondervraagden is het met me eens. Daarna check ik de Insta van Jesse. Onder zijn meest recente foto is de online steniging in volle gang.

De ene na de andere hater spuwt zijn commentaar.

Puberneuker, vieze homo en kankerpedo vormen de top drie van scheldkanonnades, veelal gelardeerd met tientallen emoji's van brakende, boze, rode en vloekende gezichten.

Sommige haters gebruiken iets meer tekst om hun ongenoegen te uiten.

Walgelijk ventje ben jij.

Durf je wel, pubers neuken en online uitbuiten, kankermongool?

Ze moeten jou opsluiten en de sleutel weggooien.

Vuile vieze homo, jullie zijn allemaal hetzelfde, vieze pedo.

Blijf met je poten van onze kinderen af.

Jij moet dood, teringlijer.

Je moeder had jou moeten laten aborteren.

Het commentaar met nu al meer dan tweehonderd vind-ik-leuks staat bovenaan: Wie weet waar deze pedo woont? Ik heb zin om te jagen! Laten we hem opsporen en onschadelijk maken.

Ik klik op de antwoorden. Iemand heeft het adres van Jesse getraceerd en dat in kapitalen openbaar gemaakt met de mededeling: HIER WOONT DE KLOOTZAK. DM ME ALS JE MET ME MEE WILT OM DEZE GORE PEDO EEN LESJE TE LEREN.

Nog nooit heb ik zoveel onversneden vijandigheid onder een post van een van mijn artiesten gezien. Het beneemt me bijna de adem. *Dit is mijn schuld. Ik had dit moeten voorkomen. Ik heb Jesse bij Angel op de radar gezet.*

Met trillende handen bel ik Brian nogmaals en zeg ze dat ze hun huis moeten verlaten. Brian is zo mogelijk nog giftiger op Angel dan hij al was en antwoordt dat ze zich niet zullen laten verjagen. De politie is op de hoogte, ze hebben een afspraak om aangifte van de bedreigingen te doen. Hij heeft overal screenshots van gemaakt en staat op het punt om de social media-accounts van Jesse offline te zetten.

'Ik boek een hotel en breng jullie erheen. Jullie kunnen ook bij mij logeren,' dring ik aan.

'We krijgen extra beveiliging, Claire. De hoofdagent neemt deze zaak zeer serieus. Maak je geen zorgen.'

'Wil je dat ik ook naar het politiebureau kom?'

'Niet nodig. Echt niet. Ik heb alles onder controle.'

'Ik ben zo blij dat Jesse jou heeft,' zeg ik. 'Als ik iets kan doen, laat het me weten.'

Om het machteloze en treurige gevoel van me af te schudden, ren ik de trap dertig keer op en af. Ik heb mijn stappenteller de afgelopen dagen amper bekeken en de streefaantallen zeker niet gehaald. Na de verdiepingen is de loopband aan de beurt. Oortjes in, muziek aan, verstand op nul.

58

Vijfduizend stappen en een douchebeurt later ben ik nog steeds onrustig. Ik pak mijn mobiel. De social media-accounts van Jesse zijn niet meer te vinden. Mooi. Ik check WhatsApp.

'Leef je nog?'

Tyrone.

Door alle heisa rondom Jesse heb ik zijn laatste app onbeantwoord gelaten. Ik heb hem gisteravond niet eens welterusten gewenst. *Shame on me.*

Ineens weet ik wat mijn stress-level kan laten dalen. Ik pak zwarte, hoge naaldhakken uit mijn kast, trek ze aan en ga voor de spiegel staan. Mijn haar is nog een beetje vochtig van het douchen. Ik draai zijwaarts, zodat zowel mijn billen als mijn borsten goed in beeld komen, maak een spiegelselfie en stuur hem naar Tyrone.

'Sorry, hoop gedoe gisteravond. Zin?'

Binnen vijf seconden reageert hij.

'Altijd, babe! Wanneer?'

'Nu?'

'Geef me een halfuurtje.'

Ik schiet in de lach. Mijn lievelingsartiest zit op het politiebureau om aangifte te doen van doodsbedreigingen. Mijn vegavlogger heeft op haar verjaardag een kip geslacht. Mijn advocaat bevindt zich op een uitvaart dankzij mijn meest omstreden artiest. Welkom in het leven van Claire Jansen, manager van de sterren.

‘Ik heb niet veel tijd, babe,’ waarschuwt Tyrone. ‘Pak je vibo maar vast.’

Tuurlijk. Kan er ook nog wel bij. Ik ren naar beneden en blaas het vlammetje van de kaars voor Sarah uit. Mijn keeper is in aantocht. Niet aan dode baby’s denken.

Op bed pak ik een oplaadbare vriend om mezelf te prikkelen. Ik heb een breed arsenaal aan speeltjes. Voor snel en makkelijk kies ik de bullet vibrator. Het is een zwart, staafvormig gevalletje. Vibo’s zijn net als wasmachines, ze hebben een uitgebreide selectie aan programma’s, maar uiteindelijk kies je altijd voor hetzelfde: in mijn geval de stevige, snelle stand. Ik hou er niet van als ik per ongeluk op de verkeerde knop druk en mijn vibo in de verrassingsmodus schiet. Dan gaat hij trillen in zo’n raar, onregelmatig patroon, alsof hij een lichte handicap heeft. Ik wil geen stotterende vibrator, ik wil er eentje die doet waar hij goed in is: mijn clitoris professioneel en uptempo stimuleren totdat ik een orgasme bereik.

De bullet trilt. Ik heb de hakken aangehouden. Tyrone heeft sinds we exclusief zijn een sleutel van mijn huis. Ik sluit mijn ogen en fantaseer over zijn harde. Verbeeld me het zoetige geurtje van zijn gespierde borstkas. Zijn kaaklijn. Zijn vingers. O ja. Zijn lange, vaardige vingers.

Het gaat snel. Te snel.

Even aan iets anders denken.

In films en series is de vibrator van een vrouwelijk personage steevast leeg als ze hem wil gebruiken. Ze trekt dan de batterijen uit de dichtstbijzijnde afstandsbediening of uit een stuk speelgoed van haar kinderen. Of ze legt hem aan de oplader en gaat wijdbeens voor het stopcontact zitten. Flauw vind ik dat. Een beetje vrouw houdt haar apparaten netjes opgeladen, zodat ze nooit zonder zit. *That’s how I roll.*

Dan hoor ik de voordeur beneden opengaan, gevolgd door Tyrones voetstappen.

Hij moet weinig aan hebben gehad en zich onderweg van de

voordeur naar de slaapkamer hebben uitgekleed, want zijn erectie is eerder binnen dan hijzelf.

Ik pak de bullet weer op en druk hem nu iets harder op mijn clit.

'Schiet maar op, ik kom al bijna,' maan ik hem.

Hij trekt me naar de rand van het bed en duwt zijn pik diep in mijn mond.

'Hey babe,' zegt hij schor. 'Goed plan dit.'

Terwijl we elkaar aankijken, knipper ik een paar keer met mijn ogen.

'Wat wil je?' vraagt hij.

Ik ontdoe mijn mond van zijn geslacht.

'Jou pijpen terwijl ik klaarkom.'

'Beste idee ooit,' zegt hij breed lachend.

Ik neem zijn harde weer in mijn mond en begin gulzig te zuigen terwijl ik hem met mijn linkerhand aftrek. Mijn rechterhand bedient de bullet, Tyrone masseert mijn borsten. Opnieuw sluit ik mijn ogen. Het orgasme is nu heel dichtbij. Ik kreun, laat het gebeuren en geniet van de pieken die mijn vulva doen samentrekken. Eindelijk. Heerlijk.

Tijd om uit te hijgen krijg ik niet.

'Geef me je billen,' gebiedt Tyrone.

Hij draait me op mijn buik, trekt mijn heupen omhoog en penetreert me. Hij stoot hard, heel hard. Ik ben ontspannen en nat genoeg om het te kunnen incasseren. Na een paar minuten komt hij klaar en laat hij zich hijgend naast me op bed vallen.

'Lekker?' vraag ik.

'Uhuh.' Hij gaat op zijn rug liggen en vouwt zijn handen achter zijn hoofd.

'Wil je wat drinken?'

Ik ben wat meer ontspannen, maar nog steeds een beetje hyperactief.

'Doe maar een colaatje.'

Ik schiet een kimono aan, loop de trap af naar beneden en haal twee blikjes uit de koelkast. In de woonkamer steek ik de kaars weer aan. Sorry Sarah.

Wanneer ik boven kom, zit Tyrone rechtop. Hij leunt tegen het hoofdbord en kijkt blij.

Ik gooi een van de colablikjes in een boog naar hem toe, hij vangt het behendig.

'Keepertje hoor,' zeg ik.

'Ja bedankt. Deze gaat schuimen. Hou jij die maar. Ik wil die andere. En niet gooien.'

Ik ga naast hem zitten en geef hem het andere blikje.

We delen het.

'Weet je wat ik zat te denken?' zeg ik na een paar slokken.

'Deze inleiding belooft meestal niet veel goeds,' antwoordt Tyrone lachend.

'Deze keer wel,' antwoord ik monter. 'Zullen van het weekeinde samen uit eten gaan? Er is een nieuw fusion restaurant in Laren waar iedereen het over heeft.'

Tyrone kijkt verbaasd opzij. 'Wil jij met mij uit eten? In een hotspot?'

'Ja.'

'En ben je niet bang dat iemand ons ziet en fotografeert?'

'We zijn nu toch echt samen?'

Hij port me lachend in mijn zij.

'O ja, mevrouw Jansen? Zijn we echt samen?'

'Niet dan?'

'Jazeker.'

Hij buigt zich naar me toe en zoent me op mijn mond.

Dit ging soepel. Nu moet ik doorpakken.

'Ik wilde ook vragen of je als plus-één met me meegaat naar het benefietgala van Chloe en Patrick.'

'Ik neem aan dat ik dan deze keer niet zal worden geveild?'

'Zeer zeker niet.'

'Mooi zo.'

'Er is nog iets dat je moet weten…'

Ik haal diep adem en gooi het er dan uit.

'Chloe is in verwachting.'

'Cool. Leuk voor ze.' Tyrone neemt de laatste slok cola.

'Ik word dus oma,' verduidelijk ik.

'Ik weet hoe een stamboom werkt.'

'Vind je dat niet raar, dat je straks een relatie hebt met een oma?'

Voordat Tyrone antwoord kan geven, begint mijn mobiel te piepen.

Een pushbericht van *RTL Nieuws*: DOCHTER BRENDA VAN HINTUM TE VROEG GEBOREN EN OVERLEDEN, ANGEL DE VOS AANGEKLAAGD WEGENS DOOD DOOR SCHULD, SMAAD EN AFDREIGING.

59

'Wat is er?' vraagt Tyrone bezorgd. 'Je ziet witjes.'

'Kijk zelf maar.'

Ik geef hem mijn mobiel.

Het is voor mij geen nieuws, maar nu ik het hele bericht lees, hakt het er toch in.

De dochter van presentatrice Brenda van Hintum en haar man Rik Oosterloo is te vroeg geboren en vlak na de bevalling overleden. Het echtpaar heeft aangifte tegen juicevlogger Angel de Vos gedaan wegens dood door schuld, smaad en afdreiging. Dit heeft hun advocaat Cor Hellendonk zojuist bekendgemaakt.

De Vos stelde vorige week via haar juicekanaal een ultimatum aan Rik Oosterloo, de man van Brenda van Hintum. Zij beweerde dat hij er meerdere buitenechtelijke relaties op nahield, onder andere met een vriendin van Van Hintum. De juicevlogger dreigde de naam van deze minnares te onthullen als hij zijn vermeende misstap niet zou opbiechten. Eerder al had zij een video op haar juicekanaal geplaatst waarop Oosterloo te zien was in een nachtclub met een onbekende vrouw. Toen Oosterloo niet reageerde op haar ultimatum heeft De Vos elke dag een letter van de naam van een vrouw prijsgegeven, die volgens haar een vriendin is van Brenda van Hintum en de minnares van haar man. Na vijf dagen was de naam compleet en heeft zij de achternaam en een foto van de vrouw met Oosterloo openbaar gemaakt.

Het ultimatum van Angel en de daarmee gepaard gaande golf aan media-aandacht heeft volgens advocaat Cor Hellendonk een ondraaglijke hoeveelheid stress bij Brenda van Hintum veroorzaakt, die op dat moment ruim 24 weken zwanger was. Toen de druk op zijn hoogst was, kwam de bevalling voortijdig op gang. Artsen hebben geen andere medische oorzaak voor de vroeggeboorte kunnen vinden. Hun dochter heeft slechts enkele minuten geleefd, waarna ze overleed.

Cor Hellendonk: 'Brenda van Hintum en Rik Oosterloo rekenen Angel de Vos de dood van hun dochter aan. Daarnaast heeft De Vos Oosterloo afgedreigd, oftewel gechanteerd. Bovendien heeft zij zich schuldig gemaakt aan smaad door het onrechtmatig publiceren van beeldmateriaal van Oosterloo en haar beweringen dat Oosterloo er meerdere buitenechtelijke relaties op na houdt. Op verzoek van mijn cliënten zal ik tevens een bodemprocedure starten tegen alle media die de berichten van De Vos over Oosterloo zonder enige vorm van wederhoor hebben overgenomen.'

Het Openbaar Ministerie heeft laten weten een onderzoek te zullen instellen. De dochter van het echtpaar is vandaag in stilte begraven. Het was hun eerste kindje. Haar naam is niet bekendgemaakt.

Tyrones ogen worden groter en groter terwijl hij het bericht tot zich neemt. Dan kijkt hij me ontzet aan.

'Is dit waar? Wist jij dit?'

Ik knik.

'Verschrikkelijk. En jij bent nog steeds haar manager?'

Ik knik beschaamd. 'Maar niet lang meer. Heb je die rel over Jesse van Leeuwen meegekregen?'

'Wie is dat?'

'Een acteur. Een van mijn talenten. Angel heeft ervoor gezorgd dat hij nooit meer aan de bak komt. Ik wil van haar af.'

Ons gesprek wordt onderbroken door de bel. Raar. Ik verwacht niemand. Ook geen pakketje. Via de app van de videobel zie ik een vrouw met gebogen hoofd voor de deur staan. Ze draagt een pet en een grote zonnebril. Haar gezicht is niet te zien, maar ik herken de Porsche Cayenne op de oprit.

'Over de duivel gesproken,' zeg ik tegen Tyrone. 'Het is Angel. Misschien moet je je aankleden.'

Hij springt lenig van het bed, trekt snel wat kleren aan en rent de trap af.

Ik schiet snel in een spijkerbroek en een hoodie en doe mijn Uggs aan.

'Wil je dat ik opendoe?' roept Tyrone.

Tuurlijk. Waarom ook niet.

Ik hoor de deur openzwaaien.

'Wonen jullie tegenwoordig samen?' vraagt Angel.

'Had je dat nog niet van je speurneuzen gehoord?' antwoordt Tyrone.

'Wij hebben toch geen afspraak?' zeg ik terwijl ik de trap af loop.

'Ik moet met je praten. Zonder hem,' klinkt het kortaf.

'Het was heerlijk, babe. Tot vanavond.' Tyrone trekt me in zijn armen en zoent me uitgebreid zonder zich te bekommeren om de toeschouwer, die haar hoofd gegeneerd afwendt.

Hij kijkt naar de oprit.

'Wil je die invalidenwagen van je even wegzetten?'

Angel slaakt een geïrriteerde zucht loopt weer naar buiten.

60

‘Godverdomme Claire, wat ís dit? Waarom klaagt Cor me aan? Hij is míjn advocaat. Wat is dit voor naaistreek? Hebben jullie dit samen bekokstoofd?’

De voordeur is amper dicht of Angel barst los. Ze staat tegenover me met haar gezicht zo dicht bij het mijne dat de rand van haar pet mijn voorhoofd raakt en er een speekselspetter op mijn wang belandt. Ik zet meteen de tegenaanval in.

‘Volgens mij ben jij degene die ons heeft genaaid.’

‘Hoezo?’

‘Denk je dat ik gek ben? Ik ben er allang achter dat jij het filmpje van Jesse naar *De tafel van Tobias* hebt gestuurd. Je hebt Jesse kapotgemaakt. Je hebt Brenda en Rik kapotgemaakt. En ik weet niet of het al tot je is doorgedrongen, maar er is een baby doodgegaan door jouw achterlijke juice. Brenda en Rik komen hier nooit meer overheen, en Jesse krijgt doodsbedreigingen. Hoe durf jij je hier te vertonen om Cor en mij te beschuldigen? Ben je niet goed bij je hoofd?’

Ik zie dat ze schrikt, maar ze herstelt zich snel.

‘Ik heb niets te maken met dat filmpje,’ zegt ze koeltjes.

‘O nee? Ik was bij de uitzending en heb het van Tobias zelf gehoord. Wil je dat ik hem bel?’

Ik steek mijn telefoon in de lucht. Het is pure bluf.

‘Je kunt nu heel hoog van de toren blazen, Claire, maar jouw artiest heeft een minderjarige seksueel misbruikt, daarvan pornofilmpjes gemaakt en deze verspreid. Daar ben ik achter gekomen. Het is mijn plicht als journalist om dat aan de kaak te stellen.'

'Ach, hou toch op. Je weet net zo goed als ik dat Mike bijna meerderjarig was en alles uit vrije wil deed. Hij was bij zijn volle verstand en maakt nu zelf porno voor zijn fans.'

'Doet er niet toe.'

'Dat doet er wel toe. Dat zijn verzachtende omstandigheden. Maar los daarvan: jij hebt een overeenkomst getekend waarin staat dat je geen roddels zult verspreiden over mijn artiesten. Je hebt contractbreuk gepleegd.'

'Ik heb ze niet verspreid. Dat heeft Tobias gedaan. En terecht. We moeten onze kinderen beschermen tegen pedo's.' Angels stem klinkt schel en hoog.

Bij het horen van de woorden 'kinderen' en 'beschermen' uit Angels mond, slaan bij mij de stoppen door. Zonder na te denken haal ik uit en sla ik haar met mijn vlakke hand vol op haar linkerwang.

Ze kijkt stomverbaasd, voelt even aan de zere plek en mept me dan keihard terug.

Ik hap naar adem. Ga ik dit doen? Wordt dit een vechtpartij? Je kunt nog terug, Claire. Verlaag jezelf niet. Je bent vierenveertig jaar. Een beschaafd mens.

Het is te laat. Alle woede die ik de afgelopen tijd heb onderdrukt baant zich een weg naar buiten. Ik wil Angel pijn doen. Haar verwonden. Bloed zien.

Ik stomp haar vol op haar neus en geef haar een zet zodat ze met haar rug tegen de voordeur valt. Even is ze verbouwereerd, dan hervindt ze haar evenwicht, stormt schreeuwend naar voren, klauwt haar acrylnagels diep in mijn gezicht en trekt ze omlaag.

Jezus, dat doet zeer.

Ze duwt tegen mijn schouders, waardoor ik onderuit ga en tussen de jassen beland. Dan schopt ze me vol in mijn buik met de metalen punt van haar cowboylaars. Ik krimp ineen, houd mijn ene arm voor mijn buik en de andere voor mijn gezicht.

Wat bezielde me? Ze is veel sterker dan ik.

'Denk je nou echt dat jij van mij wint?' krijst ze terwijl ze blijft schoppen. 'Nooit, hoor je dat? Nooit. Ik heb jou wel door. Dit is vanaf dag één het plan geweest van jou en die domme advocaat van je. Denk je dat ik bang ben, door die dreigementjes van jullie? Wil je dood door schuld? Als het moet, schop ik jullie allebei dood. Je hebt geen idee met wie je maken hebt. Geen idee!'

Eindelijk houdt ze op. Ze buigt zich hijgend over me heen.

Ik kijk haar angstig aan.

'Ben ik duidelijk geweest?'

Ik knik.

Ze komt nog dichterbij.

Ik deins achteruit. Ze slaat me niet, maar plukt iets roods en hards uit mijn wang.

'Kut,' mompelt ze.

Het is een afgebroken stukje nagel, dat ze even bestudeert en dan achteloos weggooit.

Als bevroren lig ik op de grond. Ik durf niet te bewegen, niets te zeggen en bid in stilte dat ze zal vertrekken.

Angel zet haar pet recht en snuift.

Dan steekt ze haar hand uit en trekt me overeind.

'Zo. Dit moest er even uit. Ergens wel lekker. Vond jij ook, toch? Anders was je niet begonnen. Kunnen we nu praten. Heb je koffie?'

61

Het is vreemd om Angel in mijn keuken te zien. Ze zit onderuitgezakt en wijdbeens op een stoel en trommelt ongeduldig met haar vingers op het tafelblad. Ik zet twee dubbele espresso neer en voel voorzichtig aan mijn gezicht. Mijn wangen gloeien en voelen ruw aan. Ik heb nog niet in de spiegel durven kijken.

'Met een goede concealer zie je er niks van,' meldt Angel ongevraagd.

Ze drinkt haar koffie in één teug op.

'Hoelang weet je het al?' zegt ze.

'Wat?'

'Wat denk je?'

Ik voel geen behoefte om eerlijk te antwoorden.

'Wat maakt het uit?'

'Je bent mijn manager. Je hoort mijn belangen te behartigen. Ik vraag me af of je dat hebt gedaan.'

'Toen je Rik chanteerde, heb ik heel duidelijk laten weten dat ik dat niet verstandig vond. Je lachte me vierkant uit.'

Ze haalt een e-sigaret uit haar tas.

'Er wordt in dit huis niet gerookt,' zeg ik.

'Dit is vapen. Salted caramel-smaak. Mijn lievelings. Wil je proeven?'

'Nee, dank je. Die smaakjes zijn toch verboden?'

Ze begint te lachen.

'Denk jij dat ik me laat betuttelen door de overheid? Ik heb een loods gehuurd en daar een gigantische voorraad vapes opgeslagen. Alle populaire smaken voor bodemprijzen ingekocht. Reken maar dat die straks vijf keer over de kop gaan.'

Ze neemt een hijs en blaast tevreden een dampwolk de keuken in.

'Dus je hebt een illegale handel in e-sigaretten opgezet?'

'Illegale handel,' herhaalt ze hoofdschuddend. 'Zo extra. Het is een investering. Ik moet de abonneegelden van mijn Secret Juice Channel érgens aan besteden.'

Ik heb een donkerbruin vermoeden dat Angel de inkomsten uit haar Juice Channel niet allemaal netjes opgeeft.

'Hoelang is die foetus al dood?'

'Wat zeg je?'

'Dat embryo van Brenda en Vieze Rik. Wanneer heeft ze die miskraam gehad?'

Ik kan geen woord uitbrengen.

'Zet je ik-ben-in-shock-masker maar af, Claire. Ik weet precies hoe dit in elkaar steekt. Was ze eigenlijk wel zwanger?'

'Waar heb je het over?'

'Dit hele opzetje van jullie. Het is zo doorzichtig. Eerst gratis juridische hulp aanbieden. Me daarna voeden met een nepfilmpje uit een nachtclub over Rik. Hopen dat ik erin trap. En inderdaad, dat deed ik. Nog meer fake juice aanleveren over Rik die het zogenaamd doet met een vriendin van Brenda, die van de ene op de andere dag van Insta verdwijnt. Daarna moord en brand schreeuwen over een dode baby. Leuk bedacht hoor, heel dramatisch, maar totaal ongeloofwaardig.'

O mijn god. Ze is een complotdenker. Ik drink mijn espresso leeg en schraap mijn keel.

'Ik kan je verzekeren dat de aangifte klopt. S... ze leeft niet meer.' Gelukkig kan ik de naam nog net op tijd inslikken.

'Tuurlijk,' zegt ze schamper. 'En Brenda was 24 weken zwanger, toch? Laat dat nou precies de wettelijke grens zijn waarop er geen sprake meer is van een miskraam, maar van een doodgeborene. Dat treft, hè? Zo kunnen jullie de juicekoningin nog harder aanpakken. Geloof je het zelf?'

'Weet je nog dat je me 's nachts vóór het ultimatum belde omdat er een ambulance voor de deur stond?' zeg ik terwijl ik mijn ogen samenknijp. 'Waarom denk je dat die er was?'

'Voor Brenda's moeder!' schreeuwt ze.

'Nee, voor Brenda,' schreeuw ik terug. 'Ze had voortijdige weeën en moest naar het ziekenhuis. Dat over haar moeder was fake nieuws.'

Ze denkt er even over na en schudt dan van nee. 'Je lult. Het kwam van een zeer betrouwbare speurneus.'

Ik slaak een zucht.

'Het OM heeft de zaak in onderzoek genomen. Denk je dat ze dat zouden doen als dit allemaal verzonnen was?'

'Brenda en Rik hebben geld zat. Die kopen een paar artsen om en hup, ineens ligt er een medisch dossier dat mij een kopje kleiner kan maken.'

Dit gesprek is zinloos.

'Wat wil je van me?' vraag ik vermoeid.

'Ik wil dat je mijn manager blijft. Je moet me steunen, een persbericht opstellen. We hebben een nieuwe advocaat nodig. Een goeie, die door alle leugens heen prikt.'

'Er is geen "we" meer, Angel. Ik hoef niets meer voor jou te doen. Je hebt Jesse voor de bus gegooid. Wil je dat Cor je ook via een civiele procedure aanklaagt wegens contractbreuk?'

Ze neemt nog een trek van haar vaper en blaast de rook in mijn gezicht.

'Daar heb ik over nagedacht. Als jullie een zaak tegen me willen aanspannen, zal ons contract openbaar worden. Is dat wat je wilt, Claire?'

'Ook goed, dan doen we het anders. Ik laat jou met rust, jij laat mij met rust. We zetten een streep door de overeenkomst en gaan ieder onze eigen weg.'

Ze kijkt me koud aan.

'Als je me nu laat vallen, maak ik alles openbaar wat ik over jouw artiesten heb verzameld.'

'Als dat nu je prioriteit heeft, ga je gang.' Ik word roekeloos. Laila heeft ze al gehad, Jesse is kapot, Floris heeft weinig op zijn kerfstok. Aan Charly wil ik even niet denken. Ik wil dat Angel uit mijn leven verdwijnt.

Het scherm van mijn mobiel licht op. Dochterlief belt. Angel grijpt hem van tafel voordat ik het kan doen.

'Heb jij een dochter?' zegt ze verbaasd. 'Nog nooit iets moederlijks aan jou kunnen ontdekken.'

Ik wil de telefoon uit haar handen trekken, maar ze houdt hem omhoog, buiten mijn bereik.

'Hoe oud is ze?'

'Gaat je niks aan.'

'Schaam je je voor haar? Of zij zich voor jou?'

'Geef me mijn mobiel.' Ik schuif mijn stoel naar achteren en sta op.

'O, wil je weer vechten?' schatert Angel. 'Je weet dat je dat verliest, hè?'

De oproep eindigt, maar Chloe doet meteen een nieuwe poging me te bereiken. Ze heeft waarschijnlijk het nieuws over Brenda en Sarah gehoord.

'Waar hadden we het ook alweer over? O ja, weet Dochterlief dat moederlief de manager is van een seksueel roofdier?' vraagt Angel terwijl ze pesterig het scherm voor mijn gezicht heen en weer zwaait.

Mijn mond wordt droog.

'Over wie heb je het?'

'Charly natuurlijk.'

Het rinkelen stopt, blijkbaar heeft Chloe het opgegeven.

Angel geeft me mijn mobiel terug. Ik zet hem op de trilstand, stop hem in mijn broekzak en ga weer zitten.

'Ik heb een hele juicy story over hem ontvangen. Ik vraag me af of jij ervan op de hoogte bent.'

'Charly was vroeger vast een rokkenjager, maar zeker geen roofdier,' zeg ik nonchalant.

Ze pakt haar vaper van tafel, neemt een trekje en kijkt me onderzoekend aan.

'Dus jou is nooit ter ore gekomen dat hij eind jaren negentig een fan heeft verkracht? En dat zij zwanger van hem is geraakt terwijl ze minderjarig was?'

Ik weet niet of ik moet lachen of huilen. Angel heeft er geen benul van dat de fan in kwestie tegenover haar zit. In alle eerlijkheid dekt de term *groupie* de lading beter dan fan. Ik was het roofdier, en Charly de prooi. Het was een koud kunstje om hem te versieren, ik genoot er met volle teugen van en was trots op mijn prestatie. Iedereen wilde Charly, maar ik regelde hem.

Weer begint mijn mobiel te trillen. Ik tast in mijn zak en druk het gesprek weg. Er valt een merkwaardig kalmte over me heen.

'Stel dat dit waar zou zijn, dan zou deze vrouw zich allang hebben gemeld, denk je niet?' zeg ik luchtig.

'Dat ligt eraan. Misschien heeft hij haar afgekocht.'

'Als jij vindt dat je deze juice moet brengen, ga je gang maar. Kun je de volgende aanklacht wegens smaad en laster verwachten.'

Ze trekt haar wenkbrauwen omhoog. Ze lijkt ineens minder zeker van haar zaak.

'Ik ben klaar met je. Onze overeenkomst eindigt hier en nu.'

Ik kijkt haar recht aan terwijl ik de woorden uitspreek.

Ze snuift.

'Je bent nog niet van me af, Claire. Ik pak je terug. Jou en die advocaat van je.'

'Weet je het zeker?'

Ik pak mijn mobiel uit mijn zak en scrol door mijn fotoalbum.

'Kijk eens wat ik hier heb? Een prachtig plaatje.'

Ik laat Angel zien hoe ik haar naakt, gekneveld en geblinddoekt in de bouwkeet heb vastgelegd.

'Hoe zou je het vinden als deze foto viral gaat?'

Ze staart me sprakeloos aan.

'Dat zou je niet durven,' stottert ze dan.

'Echt wel,' verzeker ik haar. 'Ik zie de koppen al voor me: 'Roddelkoningin Angel vernederd! Uit de hand gelopen SM-spel of erger?'

'En hoe denk je mij daarmee te pakken?'

Ik zet een andere stem op en doe alsof ik een nieuwsbericht voorlees.

'Angel de Vos is onlangs naakt en gekneveld uit een bouwkeet bevrijd. Volgens een anonieme bron weet de juicevlogger wie haar heeft opgesloten en is zij van plan aangifte te doen. Aanvankelijk wilde ze geen ruchtbaarheid geven aan het bizarre voorval. Nu Angel zelf onder vuur ligt wegens het overlijden van de baby van Brenda van Hintum, heeft ze besloten om toch naar de politie te stappen en de dader aan te geven. Is dit een afleidingsmanoeuvre of een oprechte roep om gerechtigheid?'

Ik kan een triomfantelijk lachje niet onderdrukken.

'Vuil secreet,' sist ze. 'Je weet dat deze gasten gevaarlijk zijn. Als ze denken dat ik ze wil verraden, komen ze achter me aan.'

'Het is toch maar juice?' zeg ik sarrend. 'Het is amusement. Dat zeg je toch altijd? Wat maakt het nou uit wat de gevolgen zijn?'

Ze staat met een ruk op, buigt voorover en spuugt me in mijn gezicht. Dan stormt ze zonder wat te zeggen de keuken uit. Ik hoor de voordeur met een klap dichtgaan.

Met trillende handen pak ik een theedoek en dep mijn gezicht schoon. Mijn wangen branden. Ik loop naar de gang en kijk in de spiegel. Vuurrode krassen lopen over mijn gezicht met hier en daar wat geronnen bloed. Hopelijk hou ik er geen littekens aan over.

Mijn mobiel begint voor de zoveelste keer te trillen. Chloe. Ik zie ook twee gemiste oproepen van Laila.

'Sorry vrouwtje. Ik zat in een bespreking en…'

'Mam! We zijn onderweg naar het ziekenhuis.'

'Waarom? Is alles goed?'

'De bevalling is begonnen.'

'Wat? Nu al?'

Haar uitgerekende datum is over iets meer dan twee weken.

'Meneertje heeft besloten iets eerder te komen. Het doet fokking zeer, maar het gaat vlot. Ik heb al zes centimeter ontsluiting.'

Mijn dochter vloekt. Dat doet ze zelden.

'O mijn god, het is zover. Je wordt moeder. Wil je nog steeds dat ik kom?'

In plaats van antwoord te geven, begint Chloe weer te vloeken en te kreunen, gevolgd door pufgeluiden.

'We zitten midden in een weeënstorm, oma,' hoor ik Patrick roepen. 'Spring maar in de auto, we zien je daar.'

62

‘Kom op, je kunt het. Het gaat hartstikke goed.’

Mijn schoonzoon staat aan de ene kant van het bed en ik aan de andere, we houden Chloe’s handen vast.

Mijn dochter is vuurrood, het zweet gutst over haar gezicht.

‘Het doet zo zeer. Godverdomme. Niet normaal.’

‘Je bent er bijna. Nog een paar weeën, dan mag je persen,’ spreekt de verloskundige haar bemoedigend toe.

Patrick had me opgehaald bij de receptie omdat ik geregeld in ziekenhuizen verdwaal en al helemaal als ik nerveus ben. Hij keek verbaasd naar mijn gezicht. Blijkbaar was de camouflagestick niet zo dekkend als de verpakking beloofde. Ik verzon snel iets over de kat van de buren, die me krabde toen ik hem over de schutting zette.

‘Heb je het nieuws over de baby van Brenda gehoord?’ vroeg ik toen we in de lift stonden. ‘Ik dacht even dat Chloe daarover belde.’

‘Verschrikkelijk. Echt zo triest,’ antwoordde hij hoofdschuddend. ‘Door het gesar van dat roddelwijf zijn Brenda en Rik hun kind verloren. Ze moet zich kapot schamen. Is ze al opgepakt?’

‘Ik weet niet. Ik geloof niet dat dat zo snel gaat. Weet Chloe ervan?’

‘Gelukkig niet,’ zei hij terwijl we de lift uit stapten. ‘Ik hou het bij haar vandaan, ze heeft al genoeg stress. De verloskundige is een invaller. Onze eigen is geveld door de griep. Nu zit ze opgescheept met een vreemde.’

De invaller heet Loes. Ze is een doorgewinterde verloskundige die al meer dan duizend bevallingen begeleidde, vertelde ze me toen ik haar de hand schudde. 'En er is er nog nooit eentje blijven zitten.'

'Ik kan niet meer,' jammert Chloe. 'Laat het ophouden.'

'We zijn bij je, bikkel,' zegt Patrick. 'Nog even doorpakken. Dit zijn de laatste loodjes.'

'Flikker op met je loodjes,' snauwt Chloe. 'Als je dat nog één keer zegt, kun je vertrekken.'

Ik wissel een snelle blik van verstandhouding met Patrick. Onze zachtmoedige Chloe is veranderd in een tierende helleveeg. Ik moet mijn best doen om niet te lachen.

'Ook deze wee gaat weer voorbij, ook deze wee gaat weer voorbij,' kreunt ze.

Nadat de golf met orkaankracht over haar heen is gerold, is ze het echt zat.

'Dit is niet te doen. Ik wil een ruggenprik,' zegt ze hijgend.

'Dat staat niet in ons geboorteplan,' zegt Patrick zacht. 'Je wilde het op eigen kracht proberen, zonder pijnbestrijding.'

'Toen wist ik toch niet hoe ik me zou voelen? Geef me die ruggenprik. En snel een beetje.'

Haar gezicht vertrekt. De volgende wee dient zich aan.

'Het is hoe dan ook te laat voor een ruggenprik,' zegt Loes monter. 'Voordat de anesthesist hier is, de prik is gezet en de werking optimaal is, ben jij waarschijnlijk al bevallen. Bovendien word je dan medisch en kan ik het niet meer afmaken met je.'

Chloe's ogen spuwen vuur. Haar gepuf wisselt ze af met hartgrondig vloeken.

'Dit is topsport, bikkel. Blijf kalm. Jij kan dit.'

Als de wee voorbij is, grijpt ze hem bij zijn shirt.

'Dit nooit meer! Hoor je me? Nooit meer! Voor mijn part ga je voortaan naar de hoeren.'

'Chloe,' zeg ik licht vermanend. 'De hele afdeling kan je horen. Straks beland je nog op een juicekanaal.'

'Kan me niet schelen,' bijt ze me toe.

'Je moeder heeft wel gelijk,' zegt Loes. 'Wij hebben het laatst ook meegemaakt dat er informatie over een BN'er die hier lag naar buiten is gekomen. Heel vervelend. Maar moet ik jou ergens van kennen?'

Mijn dochter schudt haar hoofd.

'Ze is een wielrenner,' legt Patrick uit. 'En komt in die hoedanigheid weleens op tv.'

'O, ik heb helemaal geen verstand van sport, laat staan van wielersport. Ik ken alleen Lance Armstrong. Dat was een oplichter, toch? Met al zijn doping. Maak je geen zorgen lieverd, Loes vertelt niemand iets. Ik zal je zo nog even toucheren. Dan weten we hoe de vlag erbij hangt.'

Terwijl Loes er lustig op los kwebbelt, zet Chloe zich schrap voor de volgende wee.

'Dit gaat niet goed,' roept ze na een paar seconden. 'Ik moet poepen.'

Ze kijkt verwilderd om zich heen en maakt aanstalten om uit bed te stappen.

'Waar is de wc?'

'Blijf liggen,' maant Loes. 'Waarschijnlijk heb je persdrang.'

'Kan me niet schelen, Loes. Ik heb geen zin om mijn darmen hier te legen.'

'Rustig nou maar. Als er wat ontlasting vrijkomt, vangen we dat wel op. Je gaat nu nergens heen. Ik ga je eerst toucheren.'

De rechterhand van Loes verdwijnt in de vagina van mijn dochter.

'Er zit nog een klein randje,' zegt ze. 'Als je het goed vindt, probeer ik het weg te masseren.'

Mijn dochter knikt en sluit haar ogen. Wanneer Loes in haar binnenste rommelt, kreunt ze zachtjes. Ze ligt er hulpeloos bij, overgeleverd aan iets dat groter en sterker is dan zij. Miljarden vrouwen zijn haar voorgegaan en nu is zij aan de beurt. Ik bid in stilte voor een goede afloop.

De verloskundige spreekt het verlossende woord: Chloe heeft volledige ontsluiting.

'Als je bij de volgende wee weer die drang voelt, mag je persen. Je kunt dan je knieën optrekken en je benen vasthouden.'

Het wachten is op de volgende wee. Chloe zoekt steun bij Patrick. Hij veegt een natte pluk haar weg van haar voorhoofd en fluistert iets in haar oor.

63

Toen ik van mijn dochter beviel, zat Charly niet naast mijn bed. Hij trad die avond op in Volendam, een onbenullig detail dat ik nooit zal vergeten. Het was van meet af aan duidelijk dat hij er niet bij zou zijn. Charly was een bekende artiest, had een vrouw en twee kinderen en kon zich moeilijk ongezien op de afdeling verloskunde van een ziekenhuis vertonen. Ik had hem wel verteld over de gevolgen van ons avontuurtje. Na lang aarzelen en twee positieve tests was ik tot de conclusie gekomen dat hij het recht had om te weten dat hij weer vader zou worden. Ik belde naar zijn 06-nummer. Op Charly na kende ik niemand met een mobiele telefoon. Hij was apetrots op zijn Nokia, al vond hij de bediening soms lastig. Hij stemde ermee in dat we elkaar zouden ontmoeten. Ik had geen reden gegeven.

We spraken af bij de chinees waar Charly graag kwam. De ober bracht ons naar een tafeltje achter in het restaurant dat was afgeschermd van pottenkijkers door een langwerpige plantenbak met hoge, plastic palmbomen. Hij zette een biertje voor Charly neer, een kop thee voor mij en liet ons daarna met rust.

Heb je hier al vaker gezeten met andere vrouwen, wilde ik vragen. Maar ik durfde niet. In plaats daarvan vroeg ik: 'Groeien er eigenlijk palmbomen in China?'

'Geen idee,' antwoordde hij met een verbaasde frons. 'Ik ben nooit zo ver van huis geweest.'

Ik nam een slok. Mijn hand trilde zo dat ik thee over het schoteltje morste. Met Charly praten was enger dan ik had verwacht. Toen ik het aan mijn ouders vertelde, had ik de voorspelbare reactie gekregen: ik was zeventien jaar, veel te jong om moeder te worden, hun afschuw was ingecalculeerd. Met deze man kon het alle kanten op. Ineens drong het ten volle tot me door: hier tegenover me zit de vader van mijn kind. Eentje die ik niet met zorg heb uitgekozen. Die ik nauwelijks ken, op zijn liedjes na. Doe ik hier goed aan?

'Zeg het maar.'

Charly voelde de bui al hangen.

'Ik ben zwanger.'

Drie woorden. Geen weg terug.

Hij zuchtte diep.

'Weet je het zeker, Klaartje?'

Charly had me nog nooit Claire genoemd. Klaartje vond hij leuker.

Ik knikte.

We hadden een condoom gebruikt. Ik was niet aan de pil.

'Hoe voel je je?' vroeg hij terwijl hij mijn hand in de zijne nam.

Die blijk van genegenheid was raar en prettig tegelijk.

'Een beetje moe. Maar verder oké.'

'Heb je het al aan je ouders verteld?'

Ik knikte.

'Weten ze dat het van mij is?'

Ik schudde van nee.

'Hoe reageerden ze?'

'Geschokt.'

'Tja.' Charly knikte zijn hoofd een tikje naar links. 'Als er eentje van mij over twee jaar thuiskomt en vertelt dat hij een meissie met jong heeft geschopt, dan hang ik de vlag ook niet uit.'

'Met jong heeft geschopt? Doe even normaal.'

Mijn stem schoot uit.

'Uitdrukking van mijn pa,' zei Charly verontschuldigend,

waarna hij weer in mijn hand kneep en me met zachte ogen aankeek.

'Wat wil je?'

'Van jou, bedoel je?' vroeg ik achterdochtig.

'Nee, wat wil je met de baby. Wil je hem houden?'

De baby. Hij noemde het dé baby. Niet onze baby. Dat is dan maar duidelijk.

'Hoe weet je dat het een hij is?'

'Tot nu toe heb ik alleen maar jongens gemaakt,' zei hij met een grijns.

'Voor zover je dat weet, bedoel je.'

Even sloeg hij zijn ogen neer.

Toen hij me weer aankeek, sprak ik zorgvuldig de zinnen uit die ik had gerepeteerd.

'Dit kindje mag dan niet gepland zijn, het is wat mij betreft wel gewenst. Ik heb altijd al moeder willen worden. Maak je geen zorgen, ik hoef niets van jou. Ik vind alleen dat je moet weten dat er straks nog een zoon of dochter van je rondloopt. Mocht hij of zij ooit de behoefte krijgen om jou te zien, dan hoop ik dat je dat toestaat. Het omgekeerde geldt natuurlijk ook.'

Tot mijn verbazing zag ik zijn ogen vochtig worden. Hij poogde zich te herpakken, sloeg de rest van zijn biertje in één teug achterover, maar de tranen bleven komen. Hij pakte het linnen servet van tafel om zijn ogen mee te deppen en snoot er vervolgens zijn neus in.

Je vader moest huilen toen hij hoorde dat jij in aantocht was.

'Ik heb dit nog nooit aan de hand gehad, eerlijk niet,' zei hij met schorre stem.

Ik geloofde hem.

Hij keek vertwijfeld om zich heen, zoekend naar de juiste woorden.

'Luister Klaartje, jij bent de baas. Als jij ons kindje wilt houden, dan kan ik alleen maar hopen dat jullie samen gelukkig worden.

Ik kan alleen niet de vader zijn die ik zou moeten zijn. Zou willen zijn. Ik zou niet weten hoe.'

Ons kindje. Hij zei het.

Je vader wilde wel voor je zorgen, maar door omstandigheden kon hij dat niet.

'Je bent nog zo jong. Het zal niet makkelijk zijn in je eentje. Denk je dat je ouders zullen helpen?'

'Mijn moeder hopelijk wel.'

'Als je ooit ergens om verlegen zit, bel me dan. Beloof me dat je dat doet.'

Ik knikte.

'Ik meen het, hè?'

Hij trok zijn portemonnee uit zijn achterzak, frummelde er een stapeltje bankbiljetten uit en legde ze voor me neer.

Ik maakte een afwerend gebaar.

'Neem het nou maar. Koop er wat kleertjes voor, voor de kleine.'

Hij pakte mijn handtas die over de stoel hing en stopte de biljetten erin. Ik liet het maar zo.

'Wil je op de hoogte blijven? Wil je de baby zien, als hij er is?'

Ik moest het vragen.

Charly schoot weer vol. Het duurde even voor hij wat kon uitbrengen.

'Gun me wat tijd. Ik moet dit eerst verwerken.'

'Oké. Dan ga ik nu.'

Ik stond op, Charly bleef verslagen zitten. Hij leek in niets meer op mijn idool, op het podiumbeest dat ik had verleid. Ons avontuurtje zou eenmalig blijven, besefte ik. *This is not a love song.* Die gedachte luchtte me op. Ik graaide in mijn tas en legde de positieve zwangerschapstest op tafel, die ik had meegenomen voor het geval hij me niet zou geloven.

'Ach meissie,' zuchtte hij.

Ik hing de tas over mijn schouders en liep het restaurant uit, met mijn rechterhand tegen mijn buik.

Ik hou van je kleintje, al vanaf de eerste seconde. Mijn liefde voor jou groeit elke dag. Wij gaan het redden samen. We hebben niemand nodig, alleen elkaar.

64

De eerste perswee dient zich aan. Loes geeft instructies.

'Ga rechterop zitten. Trek je knieën op en houd je benen vast. Neem een hap lucht. En duw zo hard als je kunt.'

Chloe doet wat ze zegt. Ze concentreert zich, ademt diep in en zet kracht.

'Goed zo. Duw maar, duw maar, duw maar.'

Ik kijk gespannen toe.

Patrick wil zijn hand op haar schouder leggen. Chloe gromt en schudt van nee. Ze loopt rood aan. Dan laat ze haar adem ontsnappen.

'Au!' roept ze. 'Wat een kutpijn.'

'Pers door de pijn heen,' raadt Loes haar aan. 'Pas als je echt niet meer kan, dan blaas je uit. Neem dan een nieuwe hap en ga nog een keer.'

Mijn moeder kwam naar het ziekenhuis toen ik van Chloe beviel en Charly in Volendam stond te zingen. Ik woonde niet meer thuis, al maanden niet. De spanningen waren hoog opgelopen: mijn vader kon de aanblik van zijn tienerdochter met een groeiende buik amper verdragen en negeerde me. Hij was boos omdat ik weigerde te vertellen wie me zwanger had gemaakt. Mijn moeder en hij kregen steeds vaker ruzie. Zij vond hem te hard, hij vond haar te soft. Ik hield het niet meer uit en hoewel ik het vreselijk vond, vroeg ik Charly om hulp. Hij regelde een appartementje voor me waar de baby en ik konden wonen. Hij drong erop aan dat ik mijn school zou afmaken en een avondstudie zou gaan volgen en hij beloofde dat hij mij en de baby financieel zou steunen. Omdat ik me bezwaard voelde, liet hij me in ruil wat administratieve klussen voor hem doen. Hij had een hekel aan papierwerk, ik was er goed in. Beter dan zijn boekhouder Kees, vond Charly, en uiteindelijk nam ik al het werk van Kees over.

'Duwen, duwen, duwen,' zegt Loes. 'Gebruik de hele wee. Het is zonde als je het laatste stukje verloren laat gaan.'

'Chloe! Ik zie de haartjes al!' roep ik opgetogen. 'O, nu zijn ze weer verdwenen.'

Het zwarte dotje glijdt terug de diepte in.

'Bedankt mam,' zegt Chloe sarcastisch. 'Je jaagt hem weg.'

'Sorry schat. Ik zag ze echt.'

'Hoort er allemaal bij,' stelt Loes ons gerust. 'Het hoofdje zakt steeds een stukje terug, maar we gaan de goede kant op. Dit zijn de laatste loodjes. Niet meer praten. Spaar je energie voor de volgende wee.'

Patrick pakt een washandje, veegt het gezicht van Chloe af en drukt een kus op haar drijfnatte haar.

'Vergeet je niet om foto's te maken?' vraagt mijn dochter.

O ja. Dat was mijn taak.

Chloe kwam zonder knippen of scheuren ter wereld. Voor zover ik me herinner ging de bevalling vlot, maar het kan ook zijn dat ik hem grotendeels heb verdrongen. Er zijn vrouwen die hun baringsproces van minuut tot minuut kunnen navertellen en dat ook in geuren en kleuren doen, terwijl de kraamvisite beleefd knikkend een beschuitje probeert te eten zonder dat de muisjes als een kapotgetrokken parelketting over de visgraatvloer rollen. Ik had amper kraamvisite. Mijn tante kwam één keer. En een klasgenootje. Mijn leeftijd in combinatie met het ontbreken van een biologische vader zorgde voor een diffuse wolk van ongepastheid en ongemakkelijkheid boven Chloe's wieg. Niemand durfde het nieuwe leven voluit te vieren. Er stond geen ooievaar op het balkon.

'Duwen, duwen, duwen! Hartstikke goed. Blijven duwen.'

Bij elke perswee doet Loes alsof ze Max Verstappen instrueert via de boordradio.

Ik probeer esthetisch verantwoorde foto's te maken en stukjes te filmen, al ligt Chloe er weinig charmant bij.

'Wil je tussen de benen shots?' fluister ik tegen Patrick.

Hij haalt zijn schouders op.

Ik besluit ze te maken. Weggooien kan altijd.

Het dotje haar is terug. Het is een dot geworden. Ik durf niks te zeggen.

'Komt er schot in?' vraagt Patrick als Chloe mag uitblazen.

Loes knikt tevreden. 'Nog even en het hoofdje staat.'

Chloe was tien dagen oud toen Charly voor de deur stond. Hij hield een enorme roze pluchen beer voor zich uit. Het beest sleepte met zijn poten over het laminaat toen hij hem naar binnen droeg.

'De grootste die ik kon vinden,' zei hij trots. 'Voor mijn kleine meid. Waar is ze?'

Ik had hem een dag na de bevalling gebeld. Zodra hij hoorde dat hij een dochter had gekregen, begon hij te snikken. Charly huilde snel, daar was ik inmiddels achter. Hij vond Chloe een prachtige naam, al duurde het even voor hij hem kon uitspreken.

'Kloe?'

'Kloo-wie.'

'Kloo-wee?'

'Nee, Kloo-wie, net als Tsjar-lie. Op z'n Engels.'

'Mooi dat onze namen allemaal met een C beginnen, Klaartje. Zo horen we toch een beetje bij elkaar. Dat heb je goed bedacht.'

Ik liet hem maar in de waan. Toen ik jaar of acht was, speelde ik een zomer lang met een meisje dat Chloe heette. Chloe had donker haar en grote bruine ogen. Haar jurkjes waren smoezelig en gekreukt en er zat steevast een groot gat in haar maillot. Chloe zei weinig, maar lachte lief en bakte prachtige zandtaarten. Mijn moeder bracht limonade en koekjes die door Chloe gretig werden verorberd. Aan het einde van de zomer verhuisde mijn speelkameraadje naar de andere kant van het land. Ik nam me voor dat als ik ooit een dochter kreeg, zij Chloe zou heten.

'Au! Au! Au!' roept Chloe. 'Jezus. Mijn kut staat in fik.'

Patrick schudt zijn hoofd. Ik zie hem denken: dit wordt ons eerste én ons laatste kind.

'Rustig maar,' sust Loes. 'Het hoofdje staat. Dat geeft een branderig gevoel. Als je de boel beneden heel wilt houden, is het belangrijk dat je nu precies doet wat ik zeg.'

'Goed naar Loes luisteren, bikkel,' dringt Patrick aan.

Mijn schoonzoon durft niet meer te kijken. Ik wel. Ik staar gefascineerd tussen de benen van mijn dochter. Haar vagina is volledig opgerekt als een grote letter o en lijkt op knappen te staan. De o omspant een schedeldak met natte, zwarte haartjes. Zo moet het er bij mij ook hebben uitgezien toen ik beviel. Ineens herinner ik me het gevoel van iets enorms dat naar buiten moest. Iets dat zich uit je wringt, goedschiks of kwaadschiks, met of zonder kleerscheuren.

'Er komt weer een wee,' waarschuwt Chloe.

'Heel klein beetje persen nu. Tot ik stop zeg,' beveelt Loes.

Chloe perst.

'Stop! Niet persen nu, niet persen, alleen wegzuchten.'

Loes begeleidt het hoofdje voorzichtig terwijl het uit de vagina plopt.

Mijn dochter is afgepeigerd door het natuurgeweld. Ze hangt achterover, met haar ogen gesloten en haar tong uit haar mond.

'Alleen zuchten nu,' herhaalt de verloskundige.

De navelstreng zit om het nekje. Ze wikkelt hem er net op tijd vanaf, want de persdrang wordt te sterk voor Chloe die ineens overeind schiet.

'Ik hou het niet meer!' roept ze.

De rest van het lijfje floept naar buiten alsof het uit de glijbaan van een waterpark wordt gelanceerd. Ineens ligt er een baby, die zijn armpjes schrikkerig uiteen spreidt.

65

Loes voert wat snelle checks uit en geeft Patrick een schaar waarmee hij trots de navelstreng doorknipt. Dan volgt het *Lion King*-moment waarop we allemaal zitten te wachten. De verloskunde tilt de pasgeborene in de lucht zoals de aap van wie ik de naam altijd vergeet Simba omhooghoudt, op die schuine rots. Patrick en ik staren vol ongeloof naar het glibberige wezentje en kijken elkaar opgelucht aan zodra de eerste kreetjes weerklinken.

'Mag ik hem alsjeblieft...' Chloe strekt haar armen verlangend naar haar kind uit.

Ik vang een glimp op van een gezichtje dat ik nog niet ken en klik haastig om het moment vast te leggen. Daar hij is dan. De zoon van Chloe, mijn kleinzoon.

De verloskundige legt de baby op Chloe's blote borst. Huid-op-huidcontact voor de eerste kennismaking.

'Hallo mannetje.'

Patrick streelt Chloe over haar hoofd. Loes bedekt het lijfje van de baby met een hydrofiele doek en zet hem een mutsje op.

'Ik kan hem niet goed zien.' Chloe klinkt paniekerig.

Ze trekt de baby naar zich toe en houdt hem zo dicht mogelijk voor haar gezicht. Ze probeert te focussen. De baby begint harder te huilen waardoor ze nog meer in de stress schiet.

'Hij heeft een klein, rond koppie, bikkel.' Patrick schiet haar te hulp. 'Zijn neus en mond lijken op die van jou, maar hij heeft mijn wangen en ogen.'

'Ik z-zie niets,' stottert ze. 'Hij m-moet even stil zijn en niet zo bewegen.' Haar handen trillen terwijl ze haar krijsende zoon klunzig tot bedaren probeert te brengen.

Loes legt de baby rustig terug op Chloe's borst.

'Hier hoort hij jouw hartslag. Dat vindt hij fijn, dat is hij gewend.' De kleine kalmeert meteen. 'Eerst even rustig bijkomen jullie twee, de nadere kennismaking komt vanzelf.'

'Zo is het,' zegt Patrick. 'Je hebt nog alle tijd om hem rustig te bekijken.'

'Nee, het moet nu. Ik moet me zijn gezicht inprenten,' zegt ze geagiteerd. Ze knijpt haar ogen tot spleetjes en probeert de baby opnieuw naar zich toe te trekken. Die zet het prompt weer op een krijsen. 'Ik zou hem nu niet kunnen herkennen. Straks wordt hij verwisseld en dan heb ik het niet door.'

'Ach vrouwtje,' zeg ik. 'Niemand neemt hem mee. Hij blijft eerst een uur bij jou liggen. Dat is toch de bedoeling?'

'Jazeker,' zegt Patrick, terwijl hij zijn zoon voorzichtig aait. Het huilen verstomt.

'Mijn dochter kan niet goed zien,' fluister ik tegen de verloskundige.

'Ach natuurlijk, stom van me.'

Ze pakt een pen uit haar borstzakje.

'Hebben jullie al een naam?' vraagt ze. 'Dan maak ik zijn polsbandje vast klaar.'

'Jack!' zeggen Chloe en Patrick in koor.

Ik glimlach. Mijn kleinzoon heet Jack.

'Leuke naam,' zegt Loes. 'Ik hoor hem vaak de laatste tijd.'

Onmerkbaar schud ik mijn hoofd. Loes was net zo lekker bezig en dan dit. Precies wat je niet wilt horen als kersverse ouders.

'Geweldige naam,' zeg ik gemeend. 'Stoer en krachtig.'

'Wat ruikt hij heerlijk,' zegt Chloe terwijl ze aan het hoofdje van Jack snuffelt.

66

Loes heeft Jack aangekleed. Hij ligt weer op Chloe's borst. Ze streelt met haar wijsvinger over zijn wangetje. Hij oogt helemaal zen in zijn witte geboortepakje.

'Ik heb even overlegd met het hoofd van de afdeling,' zegt Loes. 'Het lijkt ons een goed idee als jullie drietjes hier een nachtje blijven. Er komt een kraamverpleegkundige om te helpen met Jack. Op die manier hebben jullie wat meer tijd om in alle rust aan elkaar te wennen. Als jullie dat willen, tenminste.'

'Uitstekend plan,' zegt Patrick snel. 'We zijn een beetje overdonderd. We hadden Jack pas over twee weken verwacht. Wat vind jij?'

Chloe knikt instemmend.

'Je hebt het geweldig gedaan, vrouwtje,' zeg ik terwijl ik haar omhels.

Terwijl ik haar haren tegen mijn wang voel kriebelen, schiet me iets te binnen. Stom dat ik daar niet eerder aan heb gedacht. Ik pak de polaroidcamera die ik in mijn tas heb gegooid en maak een paar foto's van het gezicht van Jack. Daarna doe ik hetzelfde met Chloe's mobiel.

'Nu heb je echte beelden én digitale die je kunt inzoomen.'

Chloe knikt me dankbaar toe.

'Zo kun je je zijn gezicht inprenten zonder hem te hoeven storen.'

'Wat is hij mooi,' zegt ze ontroerd terwijl ze de foto's bestudeert. 'Hij heeft zo'n schattig koppie.'

‘Ik heb een liedje voor haar geschreven,’ fluisterde Charly.

We hingen samen boven de wieg. Zijn komst was een cadeau waarop ik niet had durven rekenen.

Je vader zei dat jij het mooiste babymeisje was dat hij ooit had gezien.

‘Denk je dat ze wakker wordt als ik het haar laat horen?’

Ik keek op mijn horloge. Over een halfuur was het tijd voor haar voeding. Het kon geen kwaad.

Charly legde zijn rechterhand op zijn hart en zong ‘Een roze teddybeer’ voor de allereerste keer. Het nummer zou op elk ander moment het glazuur van mijn tanden doen springen, maar mijn hormonen speelden op en de kraamtranen biggelden over mijn wangen terwijl Chloe ongestoord verder sliep. Toen Charly een paar jaar later in scheiding lag met zijn eerste vrouw, bracht hij het nummer officieel uit. Het werd zijn allergrootste hit.

67

'Red jij het zo? Ik moet naar een afspraak.'

Mijn schoonzoon is met me mee de gang op gelopen.

'Natuurlijk, ga gerust,' antwoordt hij.

'Kan ik jullie verder nog ergens bij helpen? Is alles voor het gala geregeld?

Zijn gezicht betrekt.

'Misschien kun je op Jack passen die avond? Chloe moet erbij zijn. Sommige gasten hebben duizend euro gedoneerd om bij haar aan tafel te mogen zitten.'

Ik leg mijn hand op zijn onderarm.

'Het is eind volgende week, Pat. Dan kan Chloe zich nog niet in een galajurk hijsen.'

'Denk je?' vraagt hij fronsend.

'En ze wil Jack vast niet achterlaten, zelfs al is het bij mij. Dat moet je ook helemaal niet willen. Hebben jullie al een presentator?'

Hij schudt zijn hoofd.

'We bleven te lang hopen op Brenda. Die kans is nu helemaal verkeken. Met dank aan dat roddelwijf. Misschien moet ik het zelf doen.'

'Wil je dat ik wat voor je rondvraag?'

Patrick en een podium is een combinatie waar niemand blij van wordt, laat staan vrijgevig.

'Heel graag,' antwoordt hij opgelucht.

68

Onderweg naar Jesse zie ik dat Laila een spraakbericht heeft ingesproken van twee minuten en vijftien seconden. Ik heb geen zin om het af te luisteren en bel Charly. Yaprak neemt op. Laat ze die man ooit iets zelf doen?!

'Is Charly in de buurt?'

'Waar gaat het over?'

Waarom doet zij altijd alsof zij zijn manager is?

'Het is privé.'

Ze zucht en roept zijn naam.

Na enig gerommel krijg ik hem aan de lijn.

'Gefeliciteerd, je bent opa geworden!'

De zoons van Charly hebben geen kinderen.

'Wat zeg je? Nu al?'

'Ja, hij besloot wat eerder te komen.'

'Och hemel, Klaartje...'

Zijn stem breekt. Hij probeert zich te vermannen. Yaprak vraagt op de achtergrond wat er aan de hand is.

'Haal even een glaasje water voor me,' zegt hij tegen haar. En tegen mij: 'Hoe is met onze dochter?'

Onze dochter. Dat zegt hij zelden. Baby's maken hem sentimenteel.

'Naar omstandigheden goed. Ze is heel blij. Hij heet Jack.'

'Jack. Jack.' Hij proeft de naam op zijn tong. 'Geweldig. Die heb ik lang niet gehoord.'

'Denk je dat ik op kraamvisite mag komen?'

'Natuurlijk. Dat zal ze fijn vinden.'

'Ach dat meiske, toch,' zucht Charly. 'Yaprak! We moeten bloemen sturen naar Chloe. Ze is bevallen. Ik heb een kleinzoon. Hij heet Jack.'

'Gefeliciteerd. Jij ook, Claire!' hoor ik haar roepen.

Of het gemeend is, weet je nooit bij Yaprak. Charly heeft haar op de hoogte gebracht van de familieverhoudingen. Ik was daar niet blij mee, maar hij bezwoer me dat ze er met niemand over zou praten. Ik hoop dat dat nog steeds zo is.

'Raad eens wie er naast zijn wiegje zit te wachten, opa?'

Charly heeft geen idee.

'Een hele grote roze beer.'

'Dat meen je niet.'

De beer is de druppel. Charly barst in huilen uit.

'Hij is bij elke verhuizing met haar meegegaan. Ze heeft hem goed bewaard.'

69

Wanneer ik de straat van Jesse in rij, zie ik een surveillancewagen met twee agenten staan. Zou dat voor hem zijn? Ik parkeer in het begin van de straat en blijf nog even in de auto zitten om Tyrone te bellen.

'Ik heb een kleinzoon!

'Gefeliciteerd, babe! Wat een mooi nieuws.'

'Ik was bij de bevalling. Het was zo bijzonder.'

'Ik voel je! Als ik weer denk aan de geboorte van mijn zoontje... De oerkracht die dan bovenkomt bij een vrouw. Niet normaal. Diep respect. Hoe heet hij?'

'Jack.'

'Tof, heel trendy,' is het commentaar van Tyrone, waarna hij vier spelers uit de eredivisie opsomt die ook een zoontje hebben dat Jack heet.

'Ben je nu hun huis aan het versieren?'

'Eh, nee,' zeg ik afwezig.

De agenten lijken me nauwlettend in de gaten te houden. Ik word er een tikje nerveus van. Zie ik er zo verdacht uit? Ik wil nog even langs de bakker om de hoek, voordat ik bij Jesse aanbel. Misschien moet ik doorgeven dat ik zijn manager ben. Of zouden ze dat niet geloven?

'Gaat iemand anders het doen?'

'Wat?'

'Het huis versieren!'

'Volgens mij niet.'
'Maar dat moet, babe. Je moet hun hele hut verbouwen. Opblaasbare ooievaar voor de deur. Ballonnenboog, slingers, luiertaart. De buurt moet het weten. Is bij al mijn maten gebeurd toen ze een kleine kregen. Toen Djaivy werd geboren, hebben ze het voor mij ook gedaan.'
'Schat, ze komen morgen alweer thuis. Ik sta nu bij Jesse voor de deur. Ik heb er geen tijd voor.'
'Dan doen we het morgenochtend samen.'
'Ik heb geen versieringen, niets.'
'Regel ik.'
'Hoe dan?'
'Ik ben keeper van Ajax. Hoe hoog wil je die ooievaar? Tot aan het dak?'

70

De surveillanten laten me met rust. Ik hou het zakje met koekjes voor Jesse opzichtig in de lucht terwijl ik langs de politiewagen loop, zodat ze kunnen zien dat ik geen kwaad in de zin heb. Boven de voordeur van Jesse en Brian is nu een beveiligingscamera geïnstalleerd. Naast de bel hangt een metalen schild met daarop de waarschuwing dat het pand is voorzien van camerabewaking en een inbraakalarm. Heftig.

Brian doet open.

'Zijn die agenten voor jullie?' vraag ik.

'Helaas wel. Welkom in Fort Knox,' zegt hij terwijl hij me uit mijn jas helpt. 'Wat is er met jou gebeurd?'

'Ik ben oma geworden!' antwoord ik opgetogen. 'Chloe is net bevallen.'

'Gefeliciteerd, maar ik bedoel je gezicht. Wie heeft je zo toegetakeld?'

O ja. Ik strijk met mijn hand langs mijn wang.

'Angel en ik hebben gevochten.' Tegen Brian kan ik eerlijk zijn.

Met grote ogen kijkt hij me aan.

'Ze is woedend omdat ze wordt aangeklaagd. Ze voelt zich verraden door Cor en mij omdat hij nu de advocaat van Rik en Brenda is. Het liep uit de hand. Ik heb onze samenwerking beeindigd.'

'Dat werd tijd.'

'Ben je niet blij? Cor verwacht dat het OM haar keihard zal

aanpakken. Ze komt waarschijnlijk niet weg met een taakstraf, de kans bestaat dat ze in de cel belandt.'

'Blij is niet het juiste woord, Claire. Heb je enig idee wat wij hier doormaken?'

Ik sla mijn ogen neer.

'Kom maar mee, de patiënt heeft zich teruggetrokken in het souterrain.'

We lopen een trap af en belanden in een donkere gang. Brian klopt zacht op een deur.

'Schat, er is bezoek voor je.'

Het blijft even stil.

'Schat! Ben je wakker?'

Hij klopt nogmaals.

'Ik wil niemand zien,' klinkt het gesmoord.

'Het is Claire.'

'Die al helemaal niet.'

Brian haalt zijn schouders op.

'Waarom zit hij hier?' fluister ik.

'Hij is bang dat er stenen door de ramen worden gegooid als iemand hem boven ziet.'

'Jesse, alsjeblieft,' probeer ik. 'Mag ik binnenkomen?'

'Rot op.'

71

In de kelder hangt een muffe geur. In het midden van de ruimte staat een metalen bed met spijlen. Jesse ligt half verstopt onder een mosterdgele sprei. Naast het bed staat een dekenkist met daarop smerige glazen, een asbak vol peuken, een halflege fles whisky en een paar brandende kaarsen.

'Wat begrijp je niet aan ROT OP?'

Jesse komt onder de sprei vandaan en gaat rechtop zitten. Hij draagt, zoals gewoonlijk, geen shirt en zijn halflange haar zit in de war. Weinig mensen zien er nog zo goed uit als de maatschappij ze net heeft uitgekotst. Als hij maar niet verder in een neerwaartse spiraal belandt – dat zou eeuwig zonde zijn.

'Het spijt me dat alles zo uit de hand is gelopen,' begin ik.

'Spijt je dat? Werkelijk? Brian vertelde me dat dat kutwijf het filmpje aan Tobias heeft doorgespeeld. Ik heb je van begin af aan gezegd dat ik haar niet vertrouwde. Je hebt een doelwit van me gemaakt, van ons allemaal.'

Hij pakt de fles whisky en zet hem theatraal aan zijn mond.

Brian slaakt een zucht.

Iets zegt me dat de acteur in hem het drama op dit moment enigszins uitvergroot.

'Luister, het is vreselijk wat er is gebeurd, maar dat filmpje was vroeg of laat uitgelekt. Stel dat je toen midden in de opnames van *The Crown* had gezeten. Dan was het nog veel erger geweest.'

'Probeer jezelf niet goed te praten,' zegt Jesse fel. 'Er is iets heel anders aan de hand. Jij en Angel zijn in een raar machtsspel verwikkeld en die strijd wordt over mijn rug uitgevochten. Jullie lijken meer op elkaar dan je denkt.'

Au, dat doet pijn. Vooral omdat zijn observatie niet geheel bezijden de waarheid is.

'Wat dacht je van Brenda?' probeer ik mezelf te verdedigen. 'Wat heeft zij met ons zogenaamde machtsspel te maken? Angel heeft haar finaal kapotgemaakt. Zij komt dit nooit meer te boven.'

'*Whataboutism* is geen sterke argumentatie, Claire,' mengt Brian zich in het gesprek. 'Het zijn onvergelijkbare grootheden. Ja, een kind verliezen is verschrikkelijk. Maar dat maakt de klap voor Jesse niet minder hard. Die rol is hij kwijt, hij komt misschien nooit meer aan de bak als acteur. Hij durft letterlijk de straat niet meer op omdat er allerlei idioten zijn die dreigen hem iets aan te doen.'

'Ze hebben me berichten gestuurd waarin ze uitvoerig vertellen hoe ze me willen gaan martelen als ze me te pakken krijgen,' zegt Jesse somber. 'Met foto's van verminkte lichamen erbij.'

'Het spijt me heel erg, schat... Het is afschuwelijk. Ik snap dat je door een hel gaat. Ik wou dat ik je beter had kunnen beschermen.'

Jesse neemt weer een veel te grote slok uit de rechthoekige fles en trekt een vies gezicht.

'Heb je zin in iets lekkers? Ik heb verse bokkenpootjes gehaald bij je favoriete patisserie.'

Ik haal het zakje uit mijn tas, maak het open en hou het hem voor. Jesse aarzelt geen moment en vist er meteen eentje uit.

'Lief van je.' Hij lijkt enigszins te kalmeren.

'Jij ook een?' vraag ik aan Brian.

Hij schudt van nee.

'Brian doet dertig dagen zonder suiker,' legt Jesse uit.

Bij gebrek aan een stoel in de kelder, ga ik op het voeteneinde van het bed zitten. Zodra ik dat doe, piepen de spiralen van de bedbodem. Ik durf er niet om te lachen.

'Weet je wat ook zo erg is,' zegt Jesse terwijl hij in het bokkenpootje bijt. 'Alle nieuwssites publiceren dezelfde foto van me. Die ene lelijke, die bij de première van de Tina Turner-musical is genomen toen het zo waaide. Verschrikkelijke foto, ik zie er niet uit. Kun je daar iets aan doen?'

Ik schud mijn hoofd.

'Hoe was het bij de politie?' vraag ik.

'Hij vond het doodeng om naar het bureau te gaan,' zegt Brian.

'Ik heb me vermomd,' vult Jesse aan. 'Pruik op, muts op, grote zonnebril. Heel snel in een Uber gestapt.'

'Maar ik moet eerlijk zeggen, ze waren bijzonder meelevend en aardig – toch?' zegt Brian.

Jesse knikt heftig en pakt nog een bokkenpootje.

'Ze namen de tijd voor ons,' gaat Brian verder. 'Ze hebben alles genoteerd en de bedreigingen bestudeerd. Ze kunnen de digitale sporen van al die idioten traceren. Ze houden ons huis nu extra in de gaten via cameratoezicht en surveilleren zoals je zag in de straat.'

'Dat geeft me wel een rustig gevoel,' zegt mijn artiest. 'Het enige jammere is dat ze lang niet alle gekken die me lastigvallen kunnen aanpakken. Een bedreiging moet echt heel heftig zijn, anders telt hij niet. Ze verwachten wel een paar aanhoudingen te kunnen verrichten.'

'Fijn dat ze het zo serieus nemen.'

Ik durf niet te vragen of ze nog over het pornofilmpje met Mike zijn begonnen. Is waarschijnlijk niet het goede moment, al brandt de vraag op mijn lippen.

Jesse steekt nog een bokkenpootje in zijn mond, kauwt er haastig op en spoelt het weg met whisky.

'Wat is er met je gezicht gebeurd?' vraagt hij dan.

Zo. Dat duurde even.

'Ze heeft gevochten met Angel,' verklapt Brian.

'Dan hoop ik dat zij er erger uitziet.'

‘Laten we het niet meer over haar hebben,’ zeg ik met een zucht. ‘Het tijdperk Angel is voorbij. Als het aan Cor ligt, mag ze vast een oranje overall gaan shoppen.’

Voor het eerst glimlacht Jesse.

‘Oranje vloekt bij haar haren, hoewel ze er waarschijnlijk mee wegkomt. Die vrouw kan veel hebben.’

Hij kijkt me warm aan en even lijkt hij weer de oude.

‘Ik ben blij je te zien,’ zegt hij met een lichte zucht. ‘Voor hetzelfde geld had je me laten vallen. Zoals alle castingbureaus en agenten die me al hebben laten weten niet meer met me te willen werken.’

‘Dat filmpje interesseert ze geen klap,’ zegt Brian geïrriteerd. ‘Het gaat ze alleen om hun eigen imago. Jesse is besmet.’

Het frustreert me dat ik mijn artiest niet kan helpen. Er moet toch een uitweg zijn, een manier om het tij te keren. Ineens heb ik een idee.

‘Hoe zou je het vinden om het liefdadigheidsgala voor de oogstichting van Chloe en Patrick te presenteren? Het is eind volgende week.’

Jesse kijkt me niet-begrijpend aan.

‘Brenda zou dat doen. Dat gaat uiteraard niet door. Chloe is net bevallen, Patrick zit met de handen in het haar. Waarom doe jij het niet?’

‘Ik ben gecanceld, Claire.’

‘Je bent online gestenigd door een hysterische meute. Die horen de woorden “minderjarig” en “seks” en hebben hun oordeel al klaar.’

‘Je loopt veel te hard van stapel,’ zegt Brian. ‘Jesse is nergens toe in staat, dat zie je toch?’

‘Is Chloe bevallen?!’ vraagt Jesse nu.

Ook dat kwartje valt laat.

‘Wat is het? Is alles goed gegaan?’

‘Heel goed. Het is een jongetje. Hij heet Jack.’

‘Enige naam,’ vindt Jesse.

Hij snapt het.

'Je kunt je toch niet de rest van je leven in deze kelder blijven verstoppen? Als je hier blijft zitten, laat je Angel winnen, samen met alle idioten die jou met de dood hebben bedreigd.'

Jesse denkt even na.

'Zij heeft gelijk, Brian. Ik moet terug in mijn kracht komen.'

Hij springt uit bed, waardoor ik er bijna vanaf val.

Brian schudt ongelovig zijn hoofd.

'Schat, ik kan je niet meer volgen. Gisteren durfde je niet zonder vermomming naar buiten en nu vind je het een goed idee om een gala te presenteren? Op een podium? In een zaal vol mensen?'

Jesse begint te ijsberen door het souterrain.

'De politie heeft gezegd dat als ik een belangrijke afspraak heb, ik daar heus wel heen kan. Er is geen acuut gevaar voor zover ze dat kunnen inschatten. Het lijken vooralsnog loze dreigementen.'

'Er is geen gage,' waarschuw ik hem. 'Heb je een smoking?'

'Niet eentje die past. Door al het trainen ben ik breder geworden.'

Hij knikt naar zijn rek met gewichten in de hoek.

'Als je het doet, regel ik een smoking voor je,' beloof ik.

'Ho ho ho, Jesse doet helemaal niets, tenzij hij beveiliging krijgt,' zegt Brian.

'Je hebt gelijk, schat,' roept Jesse opgetogen. 'Ik heb een smoking en een kleerkast nodig. Zoek maar een knappe spierbundel voor me uit, Claire. Met een lekker kontje. Het mogen er ook twee zijn. Is een fantasie van me. Gesandwicht worden door twee mannen in uniform.'

'Is het echt nodig?' Ik betwijfel of Patrick geld wil uitgeven aan een fantasie van Jesse.

'Zonder beveiliging gaat het feest niet door,' antwoordt Brian beslist.

'Denk je dat jouw schoonzoon het wel ziet zitten met mij?' vraagt Jesse.

'Patrick heeft een bloedhekel aan de cancelcultuur. Maar los daarvan: de stichting is zijn levenswerk en dat van Chloe. Het gala móét doorgaan.'

72

'Ik heb een presentator voor je gevonden.'

Zodra ik in de auto zit, bel ik mijn schoonzoon.

'Nu al?' klinkt het verrast.

Ik hoor het gemurmel van een baby op de achtergrond.

'Is dat Jack?' vraag ik vertederd.

'Jazeker.'

'Gaat het goed?'

'Heel goed. Chloe heeft een uurtje geslapen. Jack ook. We gaan hem straks weer even aanleggen.'

'Hoe laat mogen jullie morgen naar huis?'

'Waarschijnlijk om een uur of twaalf. Maar vertel, welke presentator?'

'Jesse van Leeuwen.'

'Jouw Jesse?' echoot Patrick verbaasd. 'O god ja, dat wilde ik je nog vragen. Wat is dat voor verhaal? Heeft je artiest een puber verkracht?'

'Natuurlijk niet,' zeg ik met een zucht. 'Er is een oud OnlyFans-filmpje van hem opgedoken waarin hij aan het zoenen is met een gast die op dat moment net geen achttien was. Hoop gedoe om niks, maar sindsdien krijgt hij doodsbedreigingen en wordt hij door iedereen gecanceld.'

'Wat heftig.'

'Het is volslagen idioot. Jesse verdient eerherstel. Hij wil de presentatie graag op zich nemen en hoeft geen gage. Ik heb Brian wel moeten beloven dat hij beveiliging krijgt en dat we hem niet aankondigen. Zijn komst moet strikt geheim blijven.'

'Je hebt het al helemaal uitgedacht, hoor ik.'

Ik kan niet inschatten of hij dat irritant vindt of juist prettig.

'Alleen als jullie het zien zitten, hè?' zeg ik nadrukkelijk. 'Voel je nergens toe verplicht.'

Patrick is even stil.

'Het klinkt inderdaad als een idioot verhaal. Ik zal het nog even overleggen met Chloe. Als zij er net zo over denkt als jij, en Jesse ons uit de brand wil helpen, is hij van harte welkom.'

73

'Juicekoningin verweert zich tegen aantijgingen.'

Ik had me voorgenomen al het nieuws over Angel links te laten liggen, maar dit pushbericht kan ik niet weerstaan.

> Angel de Vos heeft op haar juicekanaal commentaar gegeven op de aangiftes die tegen haar zijn gedaan wegens dood door schuld, smaad en afdreiging. Ze is verbijsterd en zegt de aantijgingen naast zich neer te leggen.

Ik klik op de video. Angel staat in haar Juicestudio en houdt een A4'tje voor zich. Ze heeft haar leesbril op en een legergroen mantelpakje aan. Haar rode haar is opgestoken.

'Naar aanleiding van de recente berichten over Brenda van Hintum wil ik een verklaring afleggen. Het is zeer verdrietig dat de zwangerschap van Brenda in een miskraam is geëindigd, maar zoals iedereen zal begrijpen en beamen, heb ik hier geen enkele invloed op gehad. Ik heb de presentatrice nooit ontmoet en haar reputatie nooit geschaad. Alle aantijgingen aan mijn adres zijn aantoonbaar onjuist en onrechtmatig.'

Ze laat een stilte vallen, blijft strak in de camera kijken en hervat haar betoog.

'Brenda van Hintum is een publiek persoon. Ze is zeer actief op social media en deelt met haar volgers talloze details over haar privéleven, zoals haar vermeende sprookjeshuwelijk en haar zwangerschap. Deze zelfverkozen schijnwerpers kunnen ook zaken aan het licht brengen die minder rooskleurig zijn. De afgelopen maanden is duidelijk geworden dat haar man Rik een reeks misstappen heeft begaan. Hij heeft een bom onder hun relatie gelegd door seksuele uitspattingen met andere vrouwen en een gebrek aan discretie. Als Rik zich fatsoenlijk had gedragen, zou er geen vuiltje aan de lucht zijn geweest. Het is begrijpelijk dat Brenda een zondebok zoekt voor wat haar is overkomen, maar als ze diep in haar hart kijkt, dan weet ze heel goed wie haar dit heeft aangedaan. Ze is getrouwd met een notoire vreemdganger. Hij is de as van het kwaad. Hij heeft haar onnodig veel stress bezorgd en door hem is ze haar kind verloren.'

Opnieuw laat ze een korte pauze vallen om haar laatste woorden een extra lading te geven.

'Het is spijtig dat Brenda en Rik ons rechtssysteem willen belasten met een uit de hand gelopen privédrama. Ik heb vanmiddag een advocaat in de arm genomen. Hij heeft alle vertrouwen in een goede afloop. Als jij mij wilt steunen in mijn juridische strijd tegen Vieze Rik, dan kan dat. Klik op de link en doe een donatie. Ik wens Brenda veel wijsheid en kracht en wil haar nog één ding meegeven: eens een *cheater*, altijd een *cheater*. Dump die eikel.'

De meeste volgers van Angel juichen haar statement toe.

'Goed gesproken Angel! Jij bent niet de Vieze Rik. Dat is hij. Als Brenda naar jou zou hebben geluisterd, was dit niet gebeurd. *You rock*, blijf juicen!'

De reactie heeft meer dan tweehonderd likes.

'Ik heb twintig euro gedoneerd. Aanpakken die smeerpijp.'

'Het is heel triest voor Brenda, maar ze is inderdaad beter af zonder deze gast. Jammer dat ze dat zelf nog niet inziet en jou aanvalt.'

'Ik vond dat jij in dit geval een beetje te ver ging, Angel.'

De dame die deze reactie durfde te plaatsen krijgt slechts drie likes, en een reeks hatelijke commentaren van Angels trouwe volgelingen.

74

'Welkom allemaal, fijn dat jullie deze meeting op zo'n korte termijn konden inplannen. Excuses voor het vroege tijdstip.'

Het mag een wonder heten. Mijn artiesten hebben zich op tijd gemeld voor de vergadering die ik met spoed heb belegd. Charly zit aan de bar van zijn woonkeuken. Laila ligt in bed met de kat naast zich. Floris bevindt zich in de businessclass lounge van een luchthaven. Hij draagt een headset met microfoon. Achter hem staat een Indiase zakenman schreeuwend te facetimen, hij houdt zijn mobiel hoog in de lucht.

Ik heb met een dikke laag concealer en daaroverheen foundation geprobeerd de krassen van Angel te camoufleren.

'Komt Jesse nog?' vraagt Laila. Ze ziet witjes en heeft donkere kringen onder haar ogen.

'Misschien wel, het hangt ervan af. Ik wil eerst iets met jullie bespreken zonder dat hij erbij is.'

Yaprak verschijnt in beeld. Ze zet een uitsmijter en een kop koffie voor Charly neer en zwaait in de camera.

Koekoek! Daar is ze weer.

'Laat ik beginnen met leuk nieuws. Mijn dochter Chloe is gisteren bevallen van een gezonde zoon, ze mogen vanmiddag naar huis. Moeder en kind maken het goed.'

'Gefeliciteerd,' zegt Laila lauwtjes. 'Hoe heet hij?'

'Jack.'

Ik zet me schrap, maar er volgt geen reactie.

Floris feliciteert me zonder enig vertoon van emotie. Charly neemt een hap van zijn uitsmijter.

'Vandaar dat je niet opnam,' mompelt Laila. 'Ik had je een paar keer gebeld.'

'Ja, ik was bij de bevalling. En daarna bij Jesse. Een tekstbericht lees ik altijd sneller. Was het dringend?'

'Nu niet meer.' Ze wendt haar blik af en aait de kat.

'Is er iets wat ik moet weten? Iets met…'

Hoe heet die kutkat ook alweer.

'… Bink?'

'Mink,' verbetert Floris me.

Laila zwijgt.

'Is er iets met Mink?'

Floris schudt zijn hoofd.

'Kom op, jongens,' zegt Charly geïrriteerd. 'Ik ben niet zo vroeg uit mijn nest gekomen om over een kat te lullen.'

'Floris heeft het uitgemaakt,' zegt Laila met een snik. 'En nu wil hij Mink ook nog hebben, terwijl ik altijd voor hem zorg. Floris zegt dat het zijn kat is omdat hij hem uit het asiel heeft gehaald, maar ik vind…'

'Wat jij vindt doet niet ter zake,' onderbreekt Floris haar. 'Het is mijn kat.'

'Jij bent altijd op reis. Jij bent geen goed baasje. Op dit moment heb ik geen man en straks ook geen kat meer.'

O god, waarom nu? Van alle vergaderingen, waarom tijdens deze?

'Misschien moet je ook even de oorzaak van onze breuk noemen,' zegt Floris afgemeten.

Laila verbergt haar gezicht in de vacht van Mink.

'Ze eet nog steeds stiekem vlees als ik er niet ben. Ik heb verpakkingen gevonden in de PMD-bak.'

Mijn niet-zo-vega-vlogger komt achter de kat vandaan.

'Ik scheid tenminste ons afval, dat kan ik van jou niet zeggen.'

'Jongens, alsjeblieft. Niet nu ruziemaken. Dat lost niets op. Ik vind het heel verdrietig dat jullie uit elkaar zijn, maar ik heb deze vergadering belegd omdat ik een belangrijke mededeling en een vraag heb.'

'Kun je iets harder praten, Claire?' Floris gebaart naar de Indiase zakenman achter hem die de deal blijkbaar nog steeds niet heeft gesloten.

'Kun jij niet ergens anders gaan zitten, die Indiër is heel irritant.' Yaprak blijkt buiten beeld mee te luisteren. Natuurlijk.

Ik verhef mijn stem.

'Ten eerste wil ik laten weten dat ik Angel niet langer vertegenwoordig. Haar handelswijze gaat mij veel te ver. Cor was al tot dezelfde conclusie gekomen. Hij staat nu Brenda van Hintum en haar man Rik bij, die aangifte hebben gedaan tegen Angel.'

'Je had nooit aan die samenwerking moeten beginnen,' vindt Floris.

'Dat is wijsheid achteraf,' werp ik tegen. 'Het leek me een slimme manier om jullie te beschermen, maar het heeft helaas averechts uitgepakt. Ik ben erachter gekomen dat Angel dat filmpje van Jesse naar *De tafel van Tobias* heeft gestuurd.'

'Wat een walgelijk, achterbaks wijf,' zegt Laila.

'Zoals jullie waarschijnlijk wel weten, heeft Jesse tal van bedreigingen gekregen, hij is zijn rol in *The Crown* kwijt en ook Nederlandse castingbureaus willen niet langer met hem werken.'

Charly slaakt een diepe zucht en schudt langzaam zijn hoofd.

'Ik vind alle reacties zwaar overtrokken, ze staan niet in verhouding tot de vergissing die hij heeft begaan. Ik blijf hem vertegenwoordigen.'

'Goed zo, Claire. Fuck de haters!' Laila klapt in haar handen.

'En dan nog een ding,' zeg ik langzaam. 'Ik heb erover getwijfeld of ik dit zou vertellen, maar ik vertrouw jullie en ik weet dat jullie Jesse een warm hart toedragen.'

Ik laat een stilte vallen.

'Jesse zal volgende week het benefietgala voor de oogstichting van Chloe presenteren. Brenda van Hintum zou dat doen, dat gaat uiteraard niet door. Ik heb het hem gevraagd, hij heeft ja gezegd. Charly, jij treedt op tijdens het gala. Laila en Floris, kan ik rekenen op jullie komst? Het zou mooi zijn om een gezamenlijk statement te maken. Als wij aangeven dat we achter Jesse blijven staan, vormt dat een krachtig signaal.'

Yaprak steekt haar hoofd in beeld.

'Charly en ik zullen eerst samen bespreken wat we met dit optreden doen. Als een omstreden figuur het gala presenteert, kan die negativiteit ook op hem uitstralen.'

Het duizenddingendoekje wil zich laten gelden. Ze zal eens gewoon meewerken.

'Een omstreden figuur? Je hebt het over Jesse. Charly is mans genoeg om zelf te bepalen wat hij doet. Hij heeft al toegezegd dat hij zal zingen. Voor Chloe,' voeg ik er nadrukkelijk aan toe.

Charly neemt op zijn gemak een slok koffie. Door ervaring wijs geworden houdt hij zich buiten onze discussies.

'Nogmaals: wij overleggen dit en daarna hoor je van ons.' Yaprak wil het laatste woord hebben.

'Ik zal er zijn,' zegt Laila. 'Jesse verdient onze steun. Trouwens, zijn zogenaamde slachtoffer Mike vindt het maar wat prachtig, al die aandacht. Zijn aantal volgers op Insta is geëxplodeerd, hij post daar voortdurend promofilmpjes voor zijn OnlyFans-account. Met hem hoef je geen medelijden te hebben.'

'Lief van je, Lai. Hoe denk jij erover, Floris?'

Floris kijkt op zijn horloge.

'Ik moet zo boarden. Het spijt me voor Jesse, maar pornofilmpjes met minderjarigen zijn geen zaken waarmee ik me wil associëren. Reken niet op mijn komst.'

'Heeft dit met mij te maken?' vraagt Laila. 'Dat zou ik ontzettend kinderachtig vinden. Jesse en Brian zijn onze vrienden. Ze zorgen altijd voor Mink en jouw vleesetende planten als wij op vakantie zijn.'

'Niet alles draait om jou, Laila.'

Charly barst in lachen uit.

'Dus jouw planten eten wel vlees, maar jij niet, Floris?'

Floris staat op.

'Blijf nog even, Floris,' zeg ik snel. 'Blijf allemaal nog even. Ik heb nog één belangrijke mededeling: de politie heeft ons geadviseerd de komst van Jesse naar het gala strikt geheim te houden vanwege de bedreigingen aan zijn adres. Er zal ook extra beveiliging zijn voor hem en alle aanwezigen. Kan ik erop rekenen dat jullie het aan niemand vertellen?'

75

'Wat wil je: ooievaar, baby, of aap? Ik sta bij het partybedrijf.'

Tyrone belt me. Hij klinkt hyper.

'Hoe zien ze eruit?'

'Ik stuur je foto's.'

'Ik kan niet kijken, schat, ik ben al onderweg naar hun huis. Ik heb je het adres geappt.'

'Oké, ze hebben dus allerlei figuren. Je kunt een blauwe of gele opblaasbare baby huren met een speen in zijn mond. Die zet je dan voor hun huis. Hij draagt een slab met de tekst HOERA, EEN JONGEN! Als je hem op de stroom aansluit, geeft hij 's nachts licht. Ik denk dat overkomende vliegtuigen hem kunnen zien. Echt geweldig. Er is ook een baby met een slab in een kinderwagen. Die zwaait naar voorbijgangers en is twee meter hoog. De kap van de wagen is blauw of roze. Als je geen baby wilt, hebben ze dus ook nog een ooievaar of een aap.'

Tyrone is er diep in gedoken. Ik ben onder de indruk.

'De ooievaar is klassiek: rood, wit en zwart. Drie meter hoog. Hij wordt geleverd met een blower, grondharingen en spantouwen. De aap is wel apart. Dat is een lange, blauwe zuil met daarboven een apenkop. Die aap draagt een hoedje en een gele vlinderstrik met gekleurde stippen. Hij is drieënhalve meter hoog. Op de zuil staat: WIJ ZIJN APENTROTS OP ONZE JONGEN. Wat zullen we doen?'

'Je overdondert me,' begin ik voorzichtig.

'O wacht, ik vergeet de Skydancer. Deze baby heeft een speen in, een luier om, is ook drieënhalve meter hoog en staat te dansen. Die beweegt dus! Hij is verlicht en heel makkelijk aan te sluiten.'

'Schat, ontzettend lief van je dat je dit allemaal hebt uitgezocht, maar ik ben bang dat Chloe en Patrick dit vreselijk gaan vinden. Het is niets voor hen.'

'Maar dit is gewéldig voor je dochter! Al ziet ze maar de helft, dan is het nog enorm. Weet je wat we ook kunnen doen? Verschillende figuren bij elkaar zetten. Hebben ze een voortuin?'

'Ja.'

'Met een stroomaansluiting?'

'Ik geloof het wel.'

'We janken ze er allemaal in. Krijg je een soort pretpark. Die verhuurder is fan van me. Echt een wereldgozer. Ik mag ze drie weken gratis huren in ruil voor een Insta-story.'

'Ben jij weleens getest op ADHD?' vraag ik lachend.

'Wilde mijn moeder niet. Maar even serieus: hij gooit er ook nog een opblaasbare hand met een beschuit met blauwe muisjes bij. En een vlaggenlijn en ballonnen. Het komt helemaal goed. Even de boel inladen, over een halfuurtje ben ik er.'

76

'Als je zo doorgaat, word ik alleen maar meer verliefd op je,' zeg ik tegen mijn minnaar.

De voortuin van Chloe en Patrick ziet er krankzinnig uit. Ze zullen me haten. Tyrone heeft er twee ooievaars, de kinderwagen met baby en de blauwe zuil met de apenkop neergezet. Voor de garage trekt de dansende baby alle aandacht. Ik vraag me af waar Patrick zijn auto straks moet parkeren. We hebben extra stroom bij de buren geleend om de boel opgetuigd te krijgen. De halve straat liep uit toen Tyrone bezig was. Zowel kinderen als volwassenen wilden met hem op de foto. Sommige mannen hielpen hem een handje bij het spannen van de ooievaars. Ik bleef binnen en versierde de woonkeuken met ballonnen, slingers en een spandoek met *Welkom thuis, Jack*. Op tafel prijkt een grote bos klaprozen, Chloe's lievelingsbloemen.

'*Go big or go home*,' zegt Tyrone tevreden.

'Het is zo lelijk dat het mooi wordt,' concludeer ik.

Hij slaat zijn armen om me heen en ruikt in mijn nek.

Mijn tepels reageren.

'Ik heb zin in seks,' fluister ik.

'Waarom zeg je dat nu pas?'

We besluiten om in zijn auto naar mijn huis te rijden. We kunnen het moeilijk bij Chloe op de bank doen. Of erger: in haar bed op klossen.

'Ik breng je straks weer terug,' belooft Tyrone. 'En als het mag, wil ik je kleinzoon graag ontmoeten. Ik ben dol op baby's.'

'Zou je er nóg eentje willen?' Het floept eruit voor ik er erg in heb.

'Geen idee. Het gedeeld ouderschap vind ik behoorlijk ingewikkeld. Ik zou mijn zoontje het liefst de hele week bij me hebben. Jij?'

'In mijn hoofd is dat boek allang gesloten,' antwoord ik na enig nadenken. 'Biologisch gezien kan het misschien nog wel. Maar om nu nog zwanger te worden, lijkt me raar. Ik ben net oma. Dat kan ik al nauwelijks bevatten.'

'Het zou wel een mooi kindje zijn.' Tyrone begint vast hardop te dromen.

Ik geef hem een por in zijn zij.

77

'Proost, babe.'

We liggen naakt en innig verstrengeld in bed. De seks was hard, snel en lekker. Tyrone heeft een fles champagne opengetrokken en de kurk tegen het plafond geschoten. Terwijl het schuim over de hals druipt, zet hij de fles aan zijn mond, neemt een slok en geeft hem daarna aan mij.

Ik drink gulzig op het nieuwe leven. Eindelijk een moment van ontspanning. Chloe, Patrick en Jack zijn onderweg naar huis. Vanmiddag kan ik mijn kleinzoon voor het eerst in mijn armen sluiten. Dat is er gisteren niet eens van gekomen door alle stress.

'Ik ben zo blij dat Jack gezond en wel ter wereld is gekomen,' zeg ik terwijl ik me uitrek. 'Stiekem toch zenuwslopend als je dochter moet bevallen. En al die ellende met Angel. Hopelijk is het ergste nu achter de rug.'

'Hoe gaat het met die acteur? Ik las iets over doodsbedreigingen?'

'Naar omstandigheden redelijk. Ik ben iets aan het regelen waardoor hij hopelijk weer positief in het nieuws komt.'

'Lekker bezig,' vindt Tyrone. 'Je hebt me nog steeds niet verteld hoe je aan die krassen op je wang komt.'

'Toen jij vertrokken was, liep het uit de hand met Angel. We hebben gevochten.'

'Je maakt een grap, toch?'

'Nee, echt. Ik begon zelfs.'

Tyrone klakt met zijn tong. 'Een *catfight*.'

'Ja, dat.'
Tyrone begint me weer te zoenen. Zijn hand glijdt tussen mijn benen.
'Denk je dat ik je nog gelukkiger kan maken?'
'Misschien,' grinnik ik.
'Hoe dan? Zeg me wat je wilt...'
Hij bijt zacht in mijn oor.
'Sinds je me dat pornofilmpje van Mr. PussyLicking hebt laten zien, denk ik steeds vaker aan squirten als we seks hebben.'
Ik durf hem amper aan te kijken. Tyrone verblikt of verbloost niet.
'Dus mevrouw wil spuiten.'
'Ik ben gewoon benieuwd hoe dat voelt.'
'Dan gaan we dat regelen.'
Zijn middelvinger draait een paar rondjes om mijn clit en opent dan mijn schaamlippen.
'Al aardig juicy hier,' mompelt hij.
'Niet vandaag,' zeg ik snel. 'We moeten zo naar Chloe. Ik kan me er nu niet op concentreren.'
'Weet je het zeker?' mompelt hij, terwijl hij mijn clit blijft masseren.
Hij is zo moeilijk te weerstaan, deze man. Toch duw ik zijn hand weg en ga ik wat meer rechtop zitten.
'Heb jij het weleens meegemaakt, dat een vrouw... eh...'
'Squirtte? Nee. Wel een keer een chick gehad die in haar bed plaste. Die verloor de controle over haar sluitspier. Was gelukkig haar bed en niet het mijne.'
Tyrone praat zo makkelijk over seks. Ik hou ervan.
'Denk je dat het zal lukken? Misschien ben ik te oud.'
'Babe. Laat dat aan mij over. Er zijn vast online tutorials.'
'Misschien heeft Mr. PussyLicking himself er wel een filmpje over gemaakt.'
'O, daar zie ik hem wel voor aan,' beaamt Tyrone. 'Er is maar één manier om erachter te komen.'

Hij grist zijn mobiel van het nachtkastje. Een paar seconden later toont hij me het resultaat.

Hoe te squirten? Snel uitgelegd door Mr. PussyLicking alias Björn. Hij heeft voor de gelegenheid een keurig wit overhemd met een blauw-roze lijnenpatroon aangetrokken. Wat een schat is het toch. Hij is zo clean en knap. Dat blonde warrige haar, die helderblauwe ogen. En zijn lange, slanke vingers. Oef. Ik zou hem zo in mijn stal willen hebben.

'De video duurt maar achtenhalve minuut,' zegt Tyrone met een grijns. 'Kijken kan geen kwaad, toch?'

78

‘Ik ga je de techniek van het squirten laten zien,’ vertelt Björn. Hij kijkt ernstig in de camera. Naast hem ligt een vrouw op haar rug alsof ze bij de gynaecoloog is. Benen gespreid, knieën opgetrokken.

Tyrone en ik hebben ons op onze buik gedraaid met de telefoon tussen ons in.

‘Ik heb dit kutje al meer dan twintig minuten gestimuleerd door het topje van haar clitoris te likken en haar te vingeren zodat we deze tutorial kunnen maken.’

Björn wijst naar de vagina en wrijft er zachtjes overheen. De vrouw giechelt en vingert zichzelf een beetje. Ze heeft korte nagels met gele nagellak. Als je zo jeugdig bent als zij staat dat heel speels. Björn lacht terug. Hij heeft een perfect gebit. Björn vertelt dat hij de vagina van binnenuit heeft gestimuleerd en dan met name de urethrale spons. Zodra hij dat woord opgooit, wordt duidelijk dat we hier met een deskundige te maken hebben en niet met een willekeurige pornoster die het ene na het andere kutje aanstampt om de dag door te komen.

Ik zet de video op pauze.

‘Hey Siri! Googel urethrale spons,’ commandeer ik.

Het antwoord volgt vlot: de urethrale spons is een sponsachtig weefsel dat zich tegen de vaginale wand en het schaambeen bevindt en rond de urethra of urinewegen. Het bestaat uit erectiel weefsel. Dit weefsel vult zich met bloed en wordt gezwollen en gevoelig wanneer het wordt gestimuleerd.

'Wist jij van het bestaan hiervan?' vraag ik aan Tyrone.

Hij schudt van nee.

'Ik ook niet. De clitoris oké, dat is een eitje. Schijnt ook allemaal tentakels te hebben die naar binnen toe doorlopen. De G-spot, ik heb een vermoeden dat ik ongeveer weet waar hij zit, maar deze spons, al sla je me dood.'

Google helpt ons verder op weg: de eenvoudigste manier om de urethrale spons te stimuleren is via de G-spot, een gebied op het dak van de vagina. De zogenoemde klieren van Skene bevinden zich in de urethrale spons en kunnen bij sommige vrouwen helpen bij het veroorzaken van vrouwelijke ejaculatie.

Daar zul je het hebben. We knikken naar elkaar. Tyrone drukt op play.

Björn zet zijn college voort.

'Door mijn stimulatie is de hoeveelheid vloeistof in de blaas toegenomen,' legt hij uit. 'En nu is ze klaar om te squirten. Eigenlijk is ze overgestimuleerd, dus het zal makkelijk zijn om haar te laten ejaculeren. Ik zal je laten zien hoe je dat kunt doen.'

Hij zit met zijn gezicht vlak boven de vagina van de vrouw. En terwijl hij vertelt hoe je die stimulatie uitvoert, maakt hij het bijbehorende gebaar van de naar boven gekrulde wijsvinger. Zijn hand tikt haar steeds bijna aan. Ik zou best Björns proefkonijn willen zijn.

'Als je naar binnen gaat, zul je een sponsachtig oppervlakte voelen, dit is de urethrale spons. Daar wil je druk op uitoefenen in een bepaald ritme. Laten we het proberen. Onthoud dat je vinger altijd nat moet zijn, niet met een droge vinger naar binnen, dat krast.'

Hij bevochtigt zijn vinger en duwt deze voorzichtig naar binnen. De vrouw begint meteen zachtjes te kreunen. Björn legt uit dat je op en neer moet gaan met een gebogen vinger en dat je niet te hard moet drukken.

Ineens wordt de video onderbroken door een geprojecteerde tekening van het vrouwelijk geslachtsdeel. De armen en handen van Björn bevinden zich voor de projectie. Als een schoolmeester laat hij op het bord zien wat hij allemaal in dat vaginale kanaal uitspookt. Hij noemt het sponzige weefsel de G-spot en zegt dat je die moet masseren, dat je de druk geleidelijk moet laten toenemen, iets harder, iets sneller. Eerst laat hij het op de tekening zien, vervolgens schakelen we terug naar de vrouw. Zijn vinger is daar ook nog druk bezig en zij kreunt al harder.

'Haar kutje is heel erg gezwollen door het langdurige likken en vingeren. Het is nu heel makkelijk om met de urethrale spons te spelen.'

De opwinding van de vrouw neemt hoorbaar toe. Hij likt af en toe over haar clitoris wat ze erg aangenaam lijkt te vinden.

'Als ze zo begint met squirten, is het belangrijk dat je dat niet blokkeert, oké?' zegt hij tegen de kijkers.

Björn voert het tempo op. De vrouw pakt haar knieholtes en kermt. Het doet me aan de bevalling van Chloe denken.

Hij vingert en likt afwisselend, de vrouw nadert haar hoogtepunt, er druipt een waterige vloeistof uit haar vagina. Ze schreeuwt het uit, Björn trekt zijn gekromde wijsvinger snel terug precies op het moment dat de fontein begint te spuiten. Het is een waterval. Een seconde later duwt hij zijn vinger er weer in, de vrouw blijft kreunen en het water blijft stromen. Hij zoent en likt haar terwijl het kreunen langzaam afneemt.

Daarna volgt weer een mondelinge toelichting.

'Zodra de squirt begint, trek je je vinger eruit. Zodra de vloeistof spuit, is het goed om je vinger er weer in te stoppen, zodat je haar orgasme niet verruïneert. Je geeft druk, maar niet te veel druk.'

Hij doet het nogmaals voor, deze keer zonder dat ze spuit, de vrouw kreunt instemmend.

'Niet met een gekromde vinger, maar met een platte vinger. Je moet de ruimte vrijlaten. Je kunt ook als ze eenmaal squirt, je vinger omlaaghouden. Het belangrijkste is om de squirt niet te blokkeren, maar tegelijkertijd haar orgasme niet te verknallen,' vat hij de les samen.

Weer een kreuntje van de vrouw.

Björn strijkt liefkozend over de vagina en besluit dat het tijd wordt om de anatomische les te beëindigen.

'Ik moet nu andere kleren aantrekken, want de mijne zijn helemaal nat,' zegt hij lachend.

De squirt-professor drukt nog een laatste kusje op het demokutje, staat op om te laten zien dat zijn overhemd en kaki broek inderdaad drijfnat zijn en loopt uit beeld. Zijn proefkonijntje slaakt bij wijze van afscheid nog een paar blije kreetjes. Ze heeft achtenhalve minuut lang geen woord gezegd.

79

Het is alsof de tijd even stilstaat. Jack ligt op mijn arm. Hij is zo ontzettend schattig. Ik moet al een halfuur heel nodig plassen, maar ik hou het op omdat hij zo lief slaapt. Chloe is boven aan het rusten, Patrick en Tyrone praten over voetbal. De kraamverzorgster heeft thee en beschuit met muisjes geserveerd en is daarna vertrokken. Het huis ruikt naar schone was.

'Nog ontzettend bedankt voor alle versieringen, Claire. Jammer dat je geen grotere opblaasfiguren kon vinden,' zegt Patrick met een knipoog.

'Tyrone verdient alle credits,' antwoord ik. 'Hij heeft het geregeld. Kosten noch moeite gespaard.'

Mijn mobiel trilt in mijn zak. Ik negeer het. Ik ben net oma geworden. Vandaag ben ik vrij.

'Bedankt man.' Patrick lacht en slaat Tyrone op zijn schouder. 'Biertje?'

Wanneer hij de koelkast opentrekt, gaat zijn mobiel af.

'Hee Sjors, alles goed?'

Hij drukt de telefoon tussen zijn oor en schouder terwijl hij twee blikjes uit de groentela pakt.

Sjors is de CEO van een grote keten van opticiens, die Stichting Beter Zicht en het benefietgala sponsort.

'Wat? Hoe weet je dat?'

Patrick laat de koelkast openstaan, zet de biertjes op het aanrecht en beent de keuken uit, de tuin in. Het gesprek is niet meer te volgen, ik kan alleen nog zien hoe Patrick heen en weer loopt en met een hand door zijn haar woelt.

Er is iets mis.

'Wil jij Jack even vasthouden?'

Ik sta behoedzaam op en overhandig Jack aan Tyrone, die hem geroutineerd tegen zijn schouder legt. Hij slaapt rustig door.

Nadat ik eindelijk naar de wc ben geweest, check ik mijn mobiel. Vier gemiste oproepen van Brian. Net wanneer ik hem terug wil bellen, belt hij weer. Ik sta nog in de hal.

'Wat is er, Brian?' vraag ik.

'Waarom ben je onbereikbaar?!' schreeuwt hij. 'Heb je het nog niet gezien? Godverdomme, Claire. Je zou het geheimhouden.'

'W-waar heb je het over?' stotter ik.

'Een of ander juicekanaal heeft onthuld dat Jesse het gala gaat presenteren.'

Mijn adem stokt.

'Angel?'

'Nee, zij niet. Iets met Gossip.'

'Gossip&Co?'

'Die, ja. Maar wat doet het ertoe? Dit is een ramp.'

Gossip&Co is een opkomend juicekanaal. Hoe kan dit? Iemand moet zich verluld hebben. Een van mijn artiesten. Of Yaprak. Heeft zij het gelekt om mijn plan te saboteren? Is ze daartoe in staat?

Brian vertelt dat Gossip&Co alle sponsoren van het gala heeft opgeroepen om zich onmiddellijk terug te trekken. Angel heeft de oproep gedeeld en is een online petitie gestart om ervoor te zorgen dat het gala wordt geboycot. Die petitie is al vijftienduizend keer ondertekend.

'Alle nieuwssites nemen het bericht over, Claire,' zegt Brian. 'Wil je de koppen horen? Vermeende pedofiel presenteert liefdadigheidsgala. Gecancelde acteur Jesse van Leeuwen op schild gehesen door Stichting Beter Zicht. Hoe is dit naar buiten gekomen?'

'Ik snap er niks van,' antwoord ik. 'Ik heb het alleen strikt vertrouwelijk aan Laila, Floris en Charly verteld, omdat ik zeker wilde weten dat ze naar het gala zouden komen om Jesse te steunen.'

Nu ik dit zo hardop zeg, klinkt het dommer dan het op dat moment leek.

'Je hebt het aan drie mensen in vertrouwen verteld?' herhaalt Brian verbijsterd. 'Dat is de beste manier om ervoor te zorgen dat iets naar buiten komt.'

'Laila en Floris hebben een bloedhekel aan juicekanalen. Charly zou niet weten hoe hij het moest lekken. Ik snap niet hoe dit is gebeurd. Het spijt me verschrikkelijk.'

'De bedreigingen stromen binnen. Ik heb de politie gebeld. Ze gaan de beveiliging opvoeren. Jesse heeft zich weer opgesloten in het souterrain. Hij zegt geen woord, eet niks, drinkt niks. Hij ligt alleen maar heel stil en met open ogen voor zich uit te staren. Ik ben bang, Claire. Ik ben echt bang.'

Zijn stem trilt.

'Houd hem goed in de gaten, dat-ie niets geks doet,' druk ik hem op het hart.

'Ik moet af en toe de deur uit. De moeder van Jesse maakt een cruise, wij passen op haar hond.'

'Is er niemand die kan bijspringen?'

'Onze beste vrienden wonen in Dublin. Die van Jesse laten steeds minder van zich horen sinds dit naar buiten is gekomen. Het is voor het eerst van mijn leven dat ik me geen raad weet. Ik loop verdwaasd rond en ik weet niet wat ik moet doen. Sorry, hoor.'

Hij begint onbedaarlijk te huilen. Ik heb hem nog nooit zo meegemaakt.

'Rustig nou maar,' probeer ik hem te sussen. 'Het lijkt nu allemaal erger dan het is. Ook deze storm gaat voorbij. Ik ben nu bij mijn kleinzoon, maar kom einde middag langs en dan neem ik de hond mee. Heb je alvast één zorg minder.'

'Wil je dat doen?'

'Natuurlijk. Ik heb nog nooit voor een hond gezorgd, dus ik denk dat ik het wel kan.'

'Pippi Langkous,' zegt Brian met een zucht.

Ik open mijn mond om hem te corrigeren, maar bedenk me bijtijds.

'Hoe heet hij?'

'Gajes. Het is een bullterriër. Heel lief. Je hebt geen kind aan hem.'

80

Op het aanrecht staan inmiddels twee lege bierblikjes op rij. Patrick loopt nog steeds door de tuin, drinkend en bellend. Tyrone zit met Jack voor de televisie. Hij houdt mijn kleinzoon op schoot, zijn ruggetje leunt tegen zijn buik. Ze kijken naar *Baby Shark*. Nou ja, vooral de babysitter kijkt. Jack kan zijn hoofdje nog niet recht houden en heeft zijn ogen amper open.

'Dit vond mijn zoontje geweldig vroeger. Hij is er nu te groot voor.' Tyrone klinkt weemoedig.

Patrick stapt de woonkamer binnen. Zijn gezicht staat op onweer.

'Aan wie heb jij allemaal verteld dat Jesse het gala zou presenteren?' snauwt hij.

Ik aarzel even. Het liefst zou ik glashard liegen, maar hij is de man van Chloe en de vader van mijn kleinzoon. Hij is familie.

'Mijn artiesten,' antwoord ik zacht. 'Ik wilde dat ze er zouden zijn om Jesse te steunen. Ze hadden me beloofd het aan niemand te vertellen. Het spijt me heel erg.'

'Jezus, Claire. Hoe dom kan je zijn?'

Geïrriteerd loopt hij naar de koelkast en trekt nog een blikje bier open.

'Heb je nog niet genoeg gehad?' probeer ik voorzichtig,

'Dat maak ik zelf wel uit.' Hij neemt een paar grote slokken, veegt zijn mond af met de palm van zijn hand en kijkt me woedend aan.

'Heb je enig idee wat je hebt aangericht, Claire? Alle sponsoren zijn afgehaakt. Stuk voor stuk. Ze willen niets meer met Beter Zicht te maken hebben. Nu niet, morgen niet, in de toekomst niet.'

'Gossip&Co was hier nooit zover mee gekomen als Angel –' zeg ik.

'Hou op over Angel. Dit is allemaal jouw schuld. Je dacht alleen maar aan je eigen belang. Je hebt dit idiote plan erdoor gedrukt terwijl je dochter aan het bevallen was. De placenta was er amper uit of jij zat je artiest alweer te pushen. Jesse als presentator was de domste keus die je kon maken. Dankzij jou zijn we alles kwijt wat we de afgelopen jaren hebben opgebouwd. Alles!'

Hij praat steeds luider. Straks wordt Chloe wakker.

Tyrone staat op. 'Volgens mij heeft deze jongen gepoept. Verschoon jij hem even, Claire?'

Wegwezen, seint hij met zijn ogen.

Ik neem Jack van hem over en loop naar de wenteltrap.

Tyrone slaat zijn arm om Patricks schouders.

'*Tranquilo*, man,' hoor ik Tyrone zeggen. 'Je bent moe, je bent gestrest, je bent net vader. Geen dingen roepen waar je later spijt van krijgt. Neem even een time-out. Je vrouw en je kind zijn gezond. Dat is het enige wat telt. De rest is ruis, bro. Claire lost het wel op.'

Patrick lijkt hem niet te horen.

'Dit gaat helemaal mis,' herhaalt hij, terwijl hij Tyrone wegduwt. 'Ik moet ingrijpen.'

81

‘Hallo allemaal! Leuk dat jullie kijken. Ik ben Patrick Broekhuis, de man van Chloe Jansen.’

Patrick staat in de tuin en houdt zijn mobiel op armlengte van zijn gezicht. Hij heeft een livestream gestart via de Instagrampagina van Chloe. Op zich slim, want zij heeft veel meer volgers dan hij. Maar ook behoorlijk brutaal, want mijn dochter weet nog van niks. Zij ligt nog steeds op hun slaapkamer en is Jack aan het voeden.

‘Chloe en ik hebben geweldig nieuws dat we graag als eerste met jullie willen delen,’ tettert Patrick. Ik zit aan de keukentafel en volg de stream op mijn mobiel. Het is een surrealistische ervaring, want vanuit mijn ooghoek zie ik hoe Patrick bij de rododendrons drentelt.

‘Gisteren is ons zoontje geboren. Hij heet Jack. Alles is goed gegaan. Hij weegt 3400 gram.’

Waarom doet hij dit? Chloe wilde de komst van Jack pas over een paar dagen bekendmaken.

Tyrone staat bij de geopende schuifpui met een biertje in zijn hand. Hij kijkt me vragend aan. Ik haal mijn schouders op. De man is volwassen, ik kan hem niet tegenhouden.

De livestream wordt al snel gevolgd door ruim tweeduizend mensen. De hartjes en commentaren stromen binnen.

Gefeliciteerd!

Wat een mooi nieuws, Chloe en Patrick

Hoera, een zoon!

'Dank voor de felicitaties,' zegt Patrick opgetogen. 'Zoals jullie weten, is mijn vrouw Chloe visueel gehandicapt. Haar zicht wordt met de dag slechter. Ze kan Jack nu al amper zien en zal helemaal blind worden.'

Mijn hemel, wat zet hij het zwaar aan. Dit zal Chloe niet fijn vinden.

Er volgt weer een hartjesregen.

Heel erg!

Chloe is zo dapper.

Wat kunnen we voor jullie doen?

'Chloe lijdt aan de erfelijke oogziekte ADOA. De kans dat ons zoontje deze ziekte ook krijgt is vijftig procent. Je hoort me goed: vijftig procent.'

Hij houdt de polaroid die ik van zijn zoon heb gemaakt in beeld. De livestream trekt inmiddels ruim vierduizend kijkers. Waar wil hij heen met dit verhaal?

'ADOA is op dit moment niet te genezen. Daarom is er geld nodig. Chloe en ik hoeven geen kraamcadeaus voor Jack, dat hebben we onze familieleden en vrienden laten weten. Jack zal niets tekortkomen. Onze enige wens is zo veel mogelijk donaties aan onze Stichting Beter Zicht, zodat onze Jack een zonnige toekomst heeft. Wil jij Jack ook helpen? SMS Beter Zicht naar 3131 of doneer via de betaallink in de bio.'

Ik voel me steeds ongemakkelijker worden. Patrick gebruikt Jack om geld in te zamelen. Is dit wat Chloe zou willen? Heeft hij dit besproken? Dat ze geen kraamcadeaus willen is ook nieuw voor me.

Wat een mooi idee, Patrick, ik zal doneren!

Vreselijk deze ziekte, heel sneu voor je zoon, beterschap voor hem.

Wat een schattig zoontje, ik doneer graag. Hoop dat hij geneest.

Mijn hemel. Twee kijkers van de livestream denken dat Jack ziek is. Zo snel kan dat gaan. Ik moet me inhouden om niet te reageren. Hij mankeert niks, wil ik zeggen, mijn kleinzoon is kerngezond!

Patrick lijkt even na te denken en loopt dan met snelle passen naar Tyrone.

Wat is hij nu weer van plan?

'Om jullie vast te bedanken heb ik een bijzondere verrassing. Je raadt nooit wie er vandaag als eerste beschuit met muisjes is komen eten...'

Hij richt de camera op Tyrone, die ter plekke bevriest. Wegduiken is geen optie, Patrick zendt alles live uit. Ik sla mijn hand voor mijn mond.

'Ja, jullie zien het goed, de reservekeeper van Ajax is hier: de enige echte Tyrone Ooft!'

Patrick gaat naast hem staan, zodat ze samen in beeld verschijnen. Hij slaat zijn arm om Tyrone heen en zet hem klem.

'Gap,' zegt hij joviaal. 'Goed dat je er bent. Ik zal even uitleggen hoe het zit. Je bent de vriend van mijn schoonmoeder, artiestenmanager Claire Jansen, die dus net voor het eerst oma is geworden...'

Verdomme, wat flikt hij me nu? Waarom haalt hij ons erbij? Ik sta op en loop achteruit. Als hij ook maar één stap in mijn richting zet, ben ik weg.

'Dat maakt jou mijn stiefvader en een kersverse grootvader. Gefeliciteerd met je kleinzoon, opa.'

Tyrone lacht als een boer die kiespijn heeft.

OMG, Tyrone Ooft jouw stiefvader, hoe dan?

Wat doet hij bij jullie, Patrick?

Te leuk dit.

'Nog bedankt trouwens voor die opblaasbare ooievaar in de voortuin,' gaat Patrick door. 'Dat ding is absurd groot, ik kan hem vanaf hier zien, hij steekt boven het dak uit.'

Patrick houdt zijn camera omhoog zodat zijn volgers kunnen meegenieten.

De hartjesregen zwelt weer aan. Meer dan vijfduizend mensen kijken mee.

Die ooievaar wil ik ook! Vraag even waar hij die heeft gehaald.

Zo episch dit, nu al de beste livestream ooit.

Staat Ooft zaterdag opgesteld tegen FC Emmen?

Ik bid voor Chloe en jullie zoontje Jack.

'Alle gekheid op een stokje,' zegt Patrick. 'Welk bedrag ga jij doneren, Tyrone?'

Jezus Patrick, dit kun je niet maken. Echt niet.

'Mag ik daar even over nadenken?' antwoordt hij.

Ik sta op het punt om in te breken, maar Patrick heeft de smaak te pakken.

'Wat vinden jullie?' vraagt hij aan zijn kijkers. 'Wat zou de doelman van Ajax kunnen missen voor een goed doel? Deze vraag is met recht een schot voor open doel...'

Iets met vier nullen, zou ik zeggen.

Lachend een ton, ja toch?

'Je zet me wel voor het blok,' merkt Tyrone op.

Dokken Tyrone! Je hebt knaken zat!

Het aantal kijkers neemt met de seconde toe. Tyrone is populair.

Hee Patrick en Tyrone, check De Telegraaf. *Jullie staan erop.*

Nu al? Snel klik ik naar de nieuwssite.

Ajax-keeper Tyrone Ooft stiefopa

Para-cyclist Chloe Jansen en haar man Patrick Broekhuis zijn ouders geworden van een zoon. Dat heeft Broekhuis zojuist via Instagram laten weten. Beschuit met blauwe muisjes zijn er ook voor Ajax-keeper Tyrone Ooft, die nu stiefopa is geworden. Ooft heeft een relatie met artiestenmanager Claire Jansen, de moeder van Chloe Jansen. Chloe Jansen lijdt aan de oogziekte ADOA en runt met haar man de Stichting Beter Zicht, die binnenkort een liefdadigheidsgala houdt. Hun eerste kind Jack kwam gisteren gezond ter wereld. Volgens juicekanaal Gossip&Co zal het gala worden gepresenteerd door de omstreden acteur Jesse van Leeuwen, die in verband wordt gebracht met het verspreiden van porno met minderjarigen.

En bedankt, Patrick. Dit noemen we wrijven in een vlek. Weer wordt Jesse door het slijk gehaald. Nog geen tien seconden later zie ik dat Angel de Vos de livestream is begonnen te volgen. Kut. Zij weet nu ook dat Chloe mijn dochter is.

Terwijl Patrick en Tyrone half grappend doorruziën over zijn eventuele donatie, duikt Angel op in de commentaren.

Hee Patrick, jullie liefdadigheidsgala wordt gepresenteerd door een pedofiel die porno met minderjarigen heeft verspreid. Wat heb je daarop te zeggen?

De sfeer in de livestream slaat direct om.

Ja Patrick, dat heb ik ook gelezen. Die smerige pornoacteur komt naar jullie gala?

Je bent net vader geworden, wat moet je met een pedo?

Ga jij naar dat gala, Tyrone? Nee toch?

Deze pr-nachtmerrie moet stoppen. Ik loop zwaaiend de tuin in, zoek oogcontact met Patrick en maak het 'kappen'-gebaar langs mijn keel. Tyrone wurmt zich los uit Patricks greep en stapt uit beeld. Patrick twijfelt even en rondt dan af.

'Mensen, dit was het voor vandaag. Bedankt! Blijf alsjeblieft doneren. ADOA moet de wereld uit. SMS Beter Zicht naar 3131. Gun onze zoon het licht in zijn ogen.'

82

'Sorry schat,' zegt Patrick schuldbewust.

We hebben ons rondom het bed geschaard, Patrick, Tyrone en ik. Chloe zit rechtop met een slapende Jack op schoot.

'Ik had niet live moeten gaan zonder het eerst met jou te overleggen. En het spijt me, Tyrone. Ik had jou er niet in moeten betrekken. Dat was onhandig. En onnodig.'

'Is oké,' zegt Tyrone grootmoedig. 'Je was in paniek, ik snap het.'

'Vind jij het heel erg, mam?' vraagt Chloe. 'Dat jouw relatie met Tyrone nu naar buiten is gekomen?'

'Ik had het liever in eigen hand gehad,' antwoord ik eerlijk. 'Maar goed, het is gebeurd.'

Patrick heeft zich niet bij mij verontschuldigd voor zijn actie. Nog steeds boos over Jesse waarschijnlijk. Ik kan het hem niet kwalijk nemen.

'Hoe moet het nu met het gala?' vraagt Chloe. 'Ik heb die online petitie van Angel gezien. Hij is al meer dan twintigduizend keer ondertekend.'

'Maak jij je daar maar niet druk over, bikkel. Claire lost het wel op. Toch, Claire?' zegt Patrick sarcastisch.

'Ik heb mijn agenda voor morgen schoongeveegd,' zeg ik. 'Als jullie het goed vinden, ga ik alle sponsoren namens de stichting bellen. Jesse zal het in geen geval presenteren. Hij wordt weer bedreigd, zijn beveiliging is opgeschroefd.'

'Wat verdrietig,' zegt Chloe.

'Had allemaal niet hoeven gebeuren,' vindt mijn schoonzoon.

Chloe trekt Jack wat dichter naar zich toe en aait hem over zijn bol.

'Ik moet iets opbiechten,' zeg ik zacht.

Het is tijd om al mijn kaarten op tafel te leggen. Ze mogen weten wat er speelt. Ik wil niet langer liegen.

Voor het eerst kijkt Patrick me aan.

'Een paar maanden geleden zijn Cor en ik een samenwerking met Angel aangegaan. Dit gebeurde op mijn initiatief. Ik werd haar manager en Cor haar advocaat op voorwaarde dat zij nooit meer over mijn artiesten zou roddelen.'

Patrick en Chloe staren me ongelovig aan.

'Een samenwerking met... met Ángel?' stamelt mijn dochter. 'Waarom?'

'Ik hoopte dat het mijn artiesten zou beschermen, dat Angel ze met rust zou laten.'

'Jezus, Claire,' zegt Patrick. 'Zij is een onbetrouwbaar secreet. Dat wist je toch?'

'Ik dacht haar te slim af te zijn. Ze had Laila al te pakken gehad, ik was bang dat ze misschien ook achter Charly aan zou gaan. Of Jesse. Dat hoopte ik te voorkomen.'

Chloe luistert aandachtig zonder me te veroordelen. Ik heb nu al spijt dat ik haar niet eerder in vertrouwen heb genomen.

'Naarmate Angel meer macht en succes kreeg, sloeg ze door,' vertel ik. 'Dat ultimatum aan Rik vond ik verschrikkelijk. Eigenlijk wilde ik de samenwerking toen al beëindigen, maar ik zag geen weg terug. Ze zou me genadeloos terugpakken via mijn artiesten. En dat is precies wat ze nu doet.'

'Hoe bedoel je?' vraagt Patrick.

'Cor heeft met haar gebroken, ze werd woedend over de aanklacht van Brenda en Rik en kwam bij mij verhaal halen. We hebben gevochten. Daarom had ik die krassen op mijn gezicht.'

'Ik zei het je toch,' Chloe schudt haar hoofd en wijst naar Patrick. 'Hij dacht dat je met Tyrone had gevochten. Ik kon het me al niet voorstellen.'

'Ik dacht dat jij die krassen niet eens had gezien,' zeg ik met een glimlach.

'Claire en ik doen hele andere dingen,' laat Tyrone droog weten.

'Maar hoezo pakt ze jou nu terug?' vraagt Patrick.

'Ik heb ontdekt dat zij het OnlyFans-filmpje van Jesse aan *De tafel van Tobias* heeft doorgespeeld. Tegen betaling, uiteraard.'

'Zat zíj daarachter? Wat een secreet,' zegt Patrick.

'Daarmee heeft ze contractbreuk gepleegd, waardoor ik eindelijk de samenwerking kon beëindigen. Ze was woest. Dat ze Gossip&Co nu steunt en Jesse opnieuw aanvalt is een *fuck you* naar mij, dat weet ik zeker. Ze dreigde ook bekend te maken dat Charly een minderjarige fan heeft verkracht en zwanger gemaakt.'

'Weet zij...' begint Chloe.

'Nee, weet ze niet. Tenminste, dat hoop ik.'

Tyrone kijkt verbaasd van Chloe naar mij en weer terug.

'Charly is de vader van Chloe, geen verkrachter. Lang verhaal, komt nog wel een keer,' zeg ik tegen mijn minnaar.

'Maar waarom heb je ons niet eerder verteld dat je haar manager was?' vraagt Chloe.

'Jullie hadden al genoeg op je bord. Ik wilde je geen extra stress bezorgen en ergens was ik er ook niet trots op.' Ik sla mijn ogen neer.

Het is even stil. Dan niest Jack. Het is een schattig niesje. We moeten er allemaal om glimlachen.

'Maar stel nou dat ze Charly straks echt gaat beschuldigen. Dat kan hij niet aan,' zegt Chloe bezorgd.

'Ik verwacht niet dat ze dat gaat doen.'

'Waarom niet?' vraagt mijn schoonzoon.

'Omdat ze weet dat ik haar dan terugpak.'

'Waarmee?'

Ik pak mijn mobiel, scrol naar de foto's van Angel en laat ze zien.

Patrick schrikt en trekt het toestel uit mijn hand. Hij bestudeert de beelden nauwgezet. Daarna zoomt hij in en houdt het scherm voor Chloe's gezicht zodat zij ook kan meekijken.

'Ik ken ze al, ik was erbij,' zegt Tyrone als Patrick mijn mobiel aan hem wil doorgeven.

'Hoezo was jij erbij?' vraagt hij verbaasd. 'Wanneer was dit?'

'Vlak voor de start van onze samenwerking. Ik werd gebeld. Een man zei dat Angel een ongeluk had gehad en dat ze moest worden opgehaald. Tyrone ging mee. Dit is hoe we haar aantroffen in een bouwcontainer in Zeewolde.'

'Waarom belde hij jou?' Patrick wil alles weten.

'Mijn visitekaartje zat nog in haar tas.'

'Dus ze was ontvoerd? Weet je door wie?'

Ik schud van nee.

'Wat ik ervan begreep, is dat ze een oplichter op het spoor was. Hij wilde koste wat het kost voorkomen dat ze haar juice over hem naar buiten zou brengen. De ontvoering was bedoeld om haar af te schrikken. Dat is gelukt, want ze heeft het laten rusten. Ze is ook niet naar de politie gegaan.'

'Wat een bizar verhaal. Er bestaan dus mensen voor wie zelfs Angel bang is,' concludeert Chloe.

'Weet je wat ik ineens zit te denken, babe,' zegt Tyrone langzaam.

Hij laat een korte stilte vallen.

'Jij zei net dat Angel dat OnlyFans-filmpje van Jesse aan Tobias heeft verkocht. Misschien doet ze dat wel vaker. Had ze gehoord dat Jesse het gala zou presenteren en heeft ze die juice doorgespeeld aan dat andere juicekanaal.'

'Gossip&Co bedoel je?' vraag ik.

'Ja, die. Toen Gossip&Co het nieuws eenmaal bracht, kon Angel ook helemaal losgaan op Jesse, zonder dat jij daar kwaad over kon worden.'

‘Klinkt inderdaad als een typische Angel-actie,’ zeg ik na enig nadenken.

‘Niemand is veilig voor die vrouw.’ Tyrone haalt zijn schouders op. ‘Wedden dat ze haar juice over die oplichter ook nog een keer verpatst aan de hoogste bieder?’

'Ik zag je op de *Telegraaf*, Pannenkoek.'

Jeffrey slaat op de formicatafel en schatert het uit.

'Je stond naast de keeper van Ajax. Ik stoot mijn vrouw aan, ik zeg: krijg nou wat, die sukkel ken ik. Daar krijg ik nog geld van.'

Pannenkoek grimast.

'Komt Novak nog?'

De grote baas is waarschijnlijk weg met zijn hond want hij kon het terrein zonder kleerscheuren betreden.

De lach verdwijnt van Jeffreys gezicht.

'Waar is de envelop?'

'Daarover wil ik het met Novak hebben.'

Jeffrey vloekt en vliegt overeind. Hij leunt met zijn beide handen op het tafelblad en brengt zijn gezicht vlak bij dat van Pannenkoek.

'Je praat met mij, begrepen?'

'Natuurlijk,' zegt Pannenkoek haastig. Hij haalt diep adem. 'Weet je wat het is, Jeffrey? Ik heb een probleempje. Het geld zou deze week op mijn rekening staan. Zodra het er was, kon ik alles in één keer terugbetalen, met rente. Er is alleen een onverwachte kink in de kabel gekomen.'

Jeffrey fronst zijn wenkbrauwen.

'Jij denkt dat ik dom ben, hè? Je vindt jezelf zeker heel wat dat je mij aan het lijntje kunt houden.'

'Nee, nee, zeer zeker niet. Ik heb jou heel hoog zitten.'

'Lul niet!'

Jeffrey haalt uit en geeft Pannenkoek zo'n harde klap dat zijn hoofd ervan tolt, waarna hij van zijn stoel af dondert.

'Ik ken niemand die zo hardleers is als jij. Novak had het al voorspeld. Wedden dat die eikel weer met een kutsmoes aan komt zetten?'

Hij schopt Pannenkoek een paar keer in zijn maag, sjort hem daarna half overeind en trekt hem met zich mee de bouwkeet uit.

'Luister nou even naar me. Alsjeblieft,' smeekt Pannenkoek half huilend. 'Ik heb wel iets, maar nog niet alles. Ik kan het uitleggen. En ik kan het oplossen.'

Jeffrey sleurt zijn slachtoffer door de modder naar een ijzeren hondenbench achter de bouwkeet. Hij perst hem erin alsof hij een tweepersoonsdekbed in de trommel van een wasmachine probeert te duwen. Pannenkoek schreeuwt het uit wanneer het deurtje wordt dichtgeklemd en op slot gedaan. De kooi is zo klein dat hij niet rechtop kan zitten. Hij ligt dubbelgevouwen met zijn knieën tegen zijn borst.

'Dit kun je niet maken, man. Je kunt me niet opsluiten. Ik moet naar huis!'

83

'Goedemorgen, met Claire Jansen namens de Stichting Beter Zicht. Ik ben op zoek naar Sjors Vermeulen.'

'Momentje.'

Ik zit in de serre achter mijn bureau met Gajes aan mijn voeten. Brian had gelijk, het is een schat van een beest. Heel braaf en hij luistert goed. Ik bel me een slag in de rondte, maar tot nu toe boek ik weinig resultaat. Sommige sponsoren willen me niet eens te woord staan. Cor heeft alle contracten uitgeplozen, maar in elke overeenkomst is wel een clausule te vinden waardoor de geldschieter zonder consequenties onder de verbintenis uit kan.

'Het spijt me, mevrouw Jansen. Meneer Vermeulen zit niet op zijn plek. Kunt u het straks nog een keer proberen?'

'Dit is al de derde keer. Eerst was hij nog niet op kantoor, toen zat hij in bespreking en nu niet op zijn plek.'

'De heer Vermeulen gaat zo weer een vergadering in.'

'Kunt u me doorverbinden met zijn 06?'

'Dat doen wij niet.'

'Het is heel dringend. Het gaat over ons gala.'

'Ja, dat zei u al.'

'Probeert u het alstublieft nog een keer.'

'Momentje.'

Ze zet me in de wacht. Ik hoor klankschalen. Gajes staat op en rekt zich uit.

'Straks gaan we lopen,' beloof ik hem.

Het getingel stopt en ik hoor klikjes.
'Met Vermeulen.'
Eindelijk.
'Goedemorgen, meneer Vermeulen.' Ik probeer zo zonnig mogelijk te klinken. 'U spreekt met Claire Jansen. Ik bel namens Patrick en Chloe over het benefietgala.'
'Ik heb Patrick gisteren al gesproken.'
'Er is een nieuwe ontwikkeling, daarover wil u ik even bijpraten.'
'Dat hoeft u niet te doen, we hebben ons teruggetrokken.'
'Daarvan ben ik me bewust, maar ik wil u toch meegeven dat Jesse van Leeuwen het gala in geen geval zal presenteren. Hij zal die avond ook niet aanwezig zijn. Ik wil u vragen of u uw terugtrekking wilt herzien. Ik ben de manager van Jesse van Leeuwen en had hem naar voren geduwd. Dat was onnadenkend en daarmee heb ik Chloe en alle andere ADOA-patiënten gedupeerd. Dat spijt me vreselijk.'
Hij slaakt een zucht.
'Ik begrijp uw verhaal en het spijt mij ook dat het zo is gelopen, maar ons besluit staat vast.'
'Ik weet niet of u het heeft meegekregen, maar Patrick en Chloe zijn net ouders geworden. Toen zij de beslissing namen, bevonden ze zich nog in het ziekenhuis. Ze waren er met hun hoofd niet bij. Nogmaals, dit is mijn schuld, zij konden er niets aan doen. Van Leeuwen blijft thuis. Er is geen enkele reden meer om het gala te boycotten.'
Vermeulen gaat niet in op mijn pleidooi.
'We zijn ons bewust van het goede doel en dragen dat onverminderd een warm hart toe, maar de druk van buitenaf is te groot.'
'Kunt u niet de hand over het hart strijken? U bent de hoofdsponsor. Zonder u wordt het ontzettend lastig.'
'Mevrouw Jansen, we worden op dit moment bestookt met dreigementen via onze socialmediakanalen. We hebben talloze e-mails ontvangen van boze en bezorgde relaties en klanten. Zij

accepteren het niet als wij ons inlaten met een stichting die zich heeft gelieerd aan een man die kinderporno verspreidt.'

Het was geen kinderporno, wil ik schreeuwen.

'We wensen Patrick en Chloe veel succes met het gala en met de stichting. Voor ons is het boek definitief gesloten.'

Pannenkoek zit weer aan de formicatafel met Novak en Jeffrey tegenover hem. Hij houdt zijn handen op zijn rug, want zijn polsen zijn aan elkaar gebonden met tiewraps. Alpha ligt naast zijn stoel en likt af en toe aan zijn enkel.

'Gefeliciteerd met de geboorte van je zoontje,' zegt Novak. 'Wil je hem zien opgroeien?'

Pannenkoek knikt. De bench stond in de volle zon. Hij heeft er zeker een uur in gelegen. Zijn nek is verbrand, hij heeft overal pijn.

Jeffrey begint te lachen.

'Hee Pannenkoek. Je hebt nu een Poffertje om voor te zorgen.'

'Mag ik wat water? Alsjeblieft?'

'Meneer Pannenkoek wil water, Jeffrey.'

Jeffrey vult een kartonnen bekertje en gooit de inhoud in zijn gezicht. Pannenkoek likt de druppels die langs zijn lippen lopen gretig op.

'We hebben je ruim de tijd gegeven om na te denken,' zegt Novak. 'Dus vertel maar hoe je je probleem gaat oplossen. Wat je vandaag bij je had, was niet voldoende.'

Pannenkoek slaat zijn ogen neer.

'We kunnen ook een handje helpen, hoor. Dan blijf je hier in de bench totdat iemand je komt zoeken.'

'Alsjeblieft niet,' zegt hij schor. 'Ik heb een verzoek.'

Jeffrey stoot Novak aan.

'Hou je vast, baas. Pannenkoek heeft een verzoek.' Hij pakt zijn tabak, rolt op zijn gemak een shagje en steekt hem aan.

Pannenkoek voelt de ruwe hondentong langs zijn enkel gaan.

Jeffrey inhaleert diep. Pas als hij de rook uitblaast, durft Pannenkoek te spreken.

'Geef me nog achtenveertig uur,' zegt hij.

'Nog meer uitstel? Jij durft.' Jeffrey geeft hem een schop. Alpha begint te grommen. Pannenkoek schrikt en probeert zijn been weg te trekken, maar de herder doet niets. Ineens beseft hij dat ze hem niet wil aanvallen, maar juist verdedigt. Ze beschouwt hem nu als een roedelgenoot omdat hij in haar bench heeft gelegen.

'Overmorgen los ik alles in één keer af. Ik beloof het.'

Novak zegt niets.

'Ik moet nu naar huis, naar mijn kind. Mijn vrouw wordt ongerust. Alsjeblieft. Geef me nog twee dagen respijt.'

84

Gajes en ik lopen over de hei als Patrick belt. Hij valt meteen met de deur in huis.

'Heb je nog wat bereikt vandaag?'

'Niet echt,' zeg ik eerlijk. 'Ik wacht nog op één telefoontje, maar het ziet er somber uit. Iedereen trekt zijn handen af van het gala.'

Ik raap een tak van de grond en gooi hem weg. Gajes kijkt me verbaasd aan. Hij maakt geen enkele aanstalten om erachteraan te gaan. Apart.

'Het Krasnapolsky heeft me een mailtje gestuurd.' De stem van mijn schoonzoon klinkt dof. 'Daar komen ook bedreigingen binnen. Ze vinden het niet langer verantwoord om het gala door te laten gaan. De risico's zijn te groot.'

'Jezus. Dat ze je niet even bellen.'

'Mijn telefoon stond uit.'

'En wat nu?'

'Geen locatie, geen sponsoren, geen presentator,' somt hij op. 'Het is afgelopen Claire, er komt geen benefietgala dit jaar.'

Gajes steekt zijn kop in de lucht. Een paar honderd meter verderop staan Schotse hooglanders te grazen. Zonder op of om te kijken rent hij naar de runderen toe en begint tegen ze te blaffen.

'Niet doen! Af, Gajes, af!' roep ik geschrokken. Straks nemen ze hem nog op de hoorns.

'Hoor je wel wat ik zeg?' vraagt Patrick geïrriteerd.

'Sorry. Ik pas op de hond van de moeder van Jesse.'

'Natuurlijk.'

'Het spijt me echt heel erg. Zal ik een conceptpersbericht opstellen?'

Praktisch blijven, dat is het enige wat ik kan bedenken. Ik heb nu al zo vaak mijn excuses aangeboden.

'Ga je gang.'

'Wil je me ook de begroting van het gala sturen? Ik kan helpen om de negatieve cijfers zo gunstig mogelijk in jullie jaarverslag te verwerken. Weet je nog die benefietavond van Charly voor Oekraïne? Was ook een financieel drama.'

'Je hebt genoeg schade aangericht,' bitst hij. 'Wil je je nu ook nog met onze boekhouding bemoeien?'

'Sorry. Ik voel me schuldig.'

Hij is even stil.

'Er is nog iets waarover ik bel,' zegt hij dan, zachter van toon.

Gajes is teruggekomen en staat hijgend voor me. Waarschijnlijk verwacht hij een beloning. Stom. Niet aan gedacht. Ik aai hem over zijn bol.

'Door al deze ellende zitten we momenteel heel krap. Chloe heeft al maanden geen lezingen meer gegeven. Zij weet niet dat ik dit vraag en ik wil haar er graag buiten houden. Zou ik een tijdelijke lening bij je kunnen afsluiten?'

85

Het is zaterdagavond en ik kan geen pap meer zeggen. Ik hang in mijn huispak voor de televisie met een gin-tonic in mijn hand. Gajes ligt naast me met zijn kop op mijn schoot. Eigenlijk moest hij op zijn kleed blijven, maar ik ben gezwicht. Tyrone speelt vanavond uit tegen Emmen. Nou ja, speelt, een reservekeeper heeft meestal weinig om handen. Hij vroeg nog of ik kwam kijken, maar ik had er de kracht niet voor. Zitten we allebei op de bank, grapte ik. Viel niet in goede aarde.

Het achtuurjournaal opent met het nieuws dat de benefietavond van voormalig profwielrenner Chloe Jansen definitief van de baan is vanwege haar keuze voor de omstreden acteur Jesse van Leeuwen als presentator van het gala. In beeld verschijnt een foto van Jesse met een zwarte balk over zijn ogen. Toe maar.

'Jansen, die het gala met haar man en voormalig coach Patrick heeft georganiseerd, laat in een schriftelijke verklaring weten diepbedroefd te zijn,' aldus de presentator.

Ik zie een foto van Chloe en Patrick tijdens het vorige gala met daaronder een citaat uit mijn persbericht.

> Onze missie is het verbeteren van de levenskwaliteit van mensen met een visuele handicap. Het benefietgala was bedoeld om geld in te zamelen voor mensen met de zeldzame oogziekte ADOA. Door het gekrakeel over de presentator en de bedreigingen aan zijn adres en aan dat van de sponsoren, laten wij hen in de kou staan. Dat spijt ons enorm.

'Chloe Jansen lijdt zelf ook aan de oogaandoening ADOA,' voegt de presentator eraan toe. 'Zij en haar man zijn onlangs ouders geworden van een zoon. Juicejournalist Angel de Vos, die een petitie startte om het gala te boycotten, reageert verheugd op het besluit. Volgens haar is het volkomen terecht dat het benefietgala geen doorgang zal vinden.'

Angel verschijnt in beeld, stralend en wel. Ze draagt een groene jas van nepbont en heeft haar krullen nonchalant opgestoken.

'De keuze voor Jesse van Leeuwen als presentator getuigde van enorm gebrek aan inlevingsvermogen aan de kant van de organisatie. Deze man heeft pornofilmpjes met minderjarigen verspreid. Het is een klap in het gezicht van alle slachtoffers van seksueel geweld om hem een podium te geven.'

De presentator sluit het item af met het laatste nieuws over Angel.

'De Vos ligt momenteel zelf onder vuur na een aanklacht van talkshowhost Brenda van Hintum en haar man Rik Oosterloo wegens dood door schuld en afdreiging. Van Hintum zou het gala aanvankelijk presenteren, maar moest verstek laten gaan na de vroeggeboorte en het overlijden van haar dochter. De Vos heeft naar eigen zeggen nog niets gehoord van het Openbaar Ministerie en laat weten een tegenaangifte te zullen doen wegens smaad en laster.'

86

'Hoe voel je je?' vraag ik.

Chloe zit op de bank en geeft Jack de fles. Ze is gestopt met de borstvoeding, omdat ze tepelkloven kreeg en daaroverheen een ontsteking aan haar linkerborst die zoveel pijn deed dat ze het niet kon verdragen als iemand ook maar naar haar wees.

'Beter dan gisteren,' antwoordt ze. 'Het klinkt misschien gek, maar ergens vind ik het ook wel prettig dat het gala niet doorgaat. Patrick was zo gestrest de laatste tijd.'

Ik knik afwezig. Ik heb tegen Patrick gezegd dat ik even over de lening wil nadenken. Hij vroeg om een flink bedrag en het zit me niet lekker om weer iets te moeten verzwijgen tegen mijn dochter.

Ze legt Jack tegen haar schouder en klopt hem zachtjes op zijn rug. Zodra hij boert, knikt ze tevreden.

'Grote jongen,' fluistert ze. 'Wil jij hem even?'

'Ik dacht dat je het nooit zou vragen.'

Ik neem het wurmpje van haar over en snuif aan zijn haartjes.

'Hij is zo lief, mam. Hij slaapt veel, huilt nauwelijks. Zo'n tevreden mannetje.'

Jack vertoont het gedrag dat alle pasgeborenen in de eerste week van hun bestaan laten zien. Zijn ware aard bewaart hij voor later. Heel slim en buitengewoon goed voor de hechting. Ik laat Chloe in de waan dat ze een modelbaby heeft gebaard.

'Wanneer komt Patrick thuis?'

'Ik weet het niet. Hij wilde even uitwaaien.'

Mijn mobiel trilt. Het is Brian.

'Sorry, ik moet deze nemen.'

Ik leg Jack terug in zijn moeders armen en loop de tuin in.

'Hoe gaat het? Ik wil vanmiddag bij jullie langskomen.'

'Ik ben in het ziekenhuis,' zegt Brian met een doffe stem.

Mijn hart slaat een slag over.

'Wat is er?'

'Jesse is opgenomen.'

'Hoe bedoel je? Waar?'

'Hij is gedwongen opgenomen. Ik had zijn telefoon afgepakt, maar blijkbaar had hij er nog ergens eentje verstopt en daarmee heeft hij het journaal gezien en toen hij zijn eigen foto zag met een balk over zijn ogen, ging het helemaal mis. Hij heeft zichzelf iets aangedaan.'

Ik zoek steun tegen een boom.

'Het was verschrikkelijk, Claire. Hij had geluk dat ik poolshoogte kwam nemen anders was hij doodgebloed, zei de ambulancemedewerker.'

'Wat heeft hij gedaan?'

Ik wil het niet weten.

Ik wil het wel weten.

Ik moet het weten.

'Een schaar. Hij heeft een grote slagader geraakt in zijn hals. Het spoot eruit. Hij raakte in paniek en ging heen en weer lopen. Ik hoorde gestamp van beneden komen, daarom ging ik kijken.'

Brian vertelt het zo kalm, bijna zakelijk, hij verkeert duidelijk nog in shock.

'Ik heb hem gered, Claire. Ik heb zijn leven gered. Ik heb een Versace-sjaal om zijn nek gewikkeld en de wond dichtgedrukt.'

'Fijn dat je die bij de hand had.'

Waarom zeg je dit, idioot.

'Het souterrain lijkt wel een slachthuis. Overal bloed, op zijn bed, op de muren, op de vloer. En hijzelf...' Zijn stem stokt. 'Ik blijf het maar voor me zien. We moeten daar weg, de stad uit. We moeten het huis verkopen.'

'Eén ding tegelijk, Brian. Hoe gaat het nu met Jesse?'

'Hij is stabiel. Maar hij moet voorlopig in het ziekenhuis blijven.'

'Wat kan ik voor je doen?'

Praktisch blijven is het beste onder alle omstandigheden.

'Ik weet het niet.'

'Heeft iemand de sleutel van jullie huis?'

'Onze buurvrouw.'

'Ook nu het extra beveiligd is?'

'Ja, zij kan naar binnen.'

'App me haar nummer. Als je het goed vindt, zal ik regelen dat het souterrain wordt schoongemaakt.'

'Oké.'

'Zijn er nog andere dingen?'

'Ik geloof het niet.'

'Hou me op de hoogte. Ik kom zo snel mogelijk langs.'

Zodra Brian heeft opgehangen, barst ik in tranen uit. Snikkend loop ik de woonkamer binnen.

'Wat is er, mam?' vraagt Chloe angstig.

'Ik m-moet weg,' stamel ik. 'Jesse ligt in het ziekenhuis.'

'Heeft hij een ongeluk gehad?'

Ik schud van nee.

'Wat dan?'

Ik kan het amper over mijn lippen krijgen.

'Hij heeft zichzelf iets aangedaan.'

Haar ogen worden groot en ze trekt wit weg.

'Brian heeft hem op tijd gevonden,' zeg ik snel. 'Hij is stabiel. Sorry vrouwtje, ik moet nu weg, oké? Ik moet dingen regelen. Vertel het alsjeblieft aan niemand.'

Ze knikt.

Ik geef Jack en haar een kus en vertrek.

87

Wanneer ik in de auto zit, belt Tyrone. Hij begint direct over de 3-3 tegen FC Emmen van de avond ervoor.

'Zag je die tweede goal van Emmen vlak na rust? Honderd procent een keepersfout. Die had ik uit het net gehouden, op zeker. Ze kregen er zelfvertrouwen door en toen vloog de derde er ook in. Superkut.'

Ik ben met mijn gedachten nog steeds bij Jesse en hoor amper wat hij zegt.

'Zeker kut,' echo ik lauw.

'Is er iets?'

Met een bibberig stemmetje vertel ik hem wat er is gebeurd.

'Jezus man, wat heftig. Ben je oké? Kan ik iets doen?'

Lief dat hij wil helpen.

'Ik ga straks een schoonmaker regelen. Hun hele souterrain zit onder het bloed.'

'Babe, ik weet wie je moet hebben!' roept Tyrone. 'Ik volg een bedrijf op Insta dat extreem vervuilde huizen schoonmaakt. Ze reinigen ook locaties waar misdrijven zijn gepleegd en slaapkamers waar iemand wekenlang dood heeft gelegen zonder te worden opgemerkt. Ze plaatsen dan voor en na foto's. Echt, je weet niet wat je ziet. Een verschil van dag en nacht. Badkuipen en tegelmuren die eerst helemaal roestbruin zijn en onder de bloedspetters en vegen zitten en daarna weer spierwit en glanzend. Ongelooflijk wat die gasten kunnen. Ik stuur je straks de link.'

'Eh... oké. Dankjewel voor de tip.'

Ik ben benieuwd waarom hij dit account volgt, maar ik bewaar die vraag voor later. Of misschien wel voor nooit. Alles weten maakt niet gelukkig.

'Zal ik met je meegaan wanneer je ze binnenlaat?'

88

De volgende ochtend word ik met een schok wakker. Een fractie van een seconde later weet ik alleen dat er iets heel ergs is gebeurd, meteen daarna dringt de harde werkelijkheid tot me door. Ik sta op, maar sla mijn vaste routine over. Geen loopband, ik douche niet eens. Mijn gedachten dwalen steeds af naar Jesse. Ik stuur Brian een appje om te vragen hoe het gaat. De schoonmaakploeg is gisteren langs geweest, op die mededeling heeft hij alleen met een hartje gereageerd, verder niets.

Wanneer ik in mijn badjas een latte sta te maken, belt Laila. Ik druk haar weg. Ik heb even geen ruimte voor nieuws over Floris of Mink, ik heb belangrijkere dingen aan mijn hoofd. Ze belt meteen nog een keer. Ik zucht. Waarom? Ze kan toch een voicebericht inspreken, daar houdt ze toch van? Wanneer ze een derde keer belt, ga ik overstag. Het is een werkdag, ze is mijn artiest, ik ben haar manager. Ze heeft recht op aandacht.

'Wat is er?' vraag ik kortaf.

Ik hoor dat ze huilt.

'Is het waar?' vraagt ze snikkend.

'Wat?'

'Van Jesse?'

Dit kan ze niet weten. Onmogelijk.

'Angel meldt net dat ze van haar speurneuzen in het ziekenhuis heeft gehoord dat Jesse een zelfmoordpoging heeft gedaan.'

Godverdomme.

'Is het waar?' herhaalt ze. 'Ik krijg hem niet te pakken. En Brian ook niet.'

Ik had me heilig voorgenomen om de Insta van Angel te negeren tot het heuglijke moment dat ze wegens dood door schuld achter slot en grendel zit en haar pagina op zwart staat.

'Bel je zo terug.'

Ik klik op het Insta-account van Angel. Haar eerste story bestaat alleen uit tekst.

BREKEND

ZELFMOORDPOGING JESSE VAN LEEUWEN

Heftig! Jesse van Leeuwen alias Puberneuker is met ernstige verwonding aan zijn hals opgenomen in het OLVG in Amsterdam-West.

Ik kan mijn ogen amper geloven. Ze schendt op grove wijze de privacy van mijn artiest en scheldt hem uit voor puberneuker. Waarom loopt deze vrouw nog vrij rond?

Angel heeft een screenshot gemaakt van de conversatie tussen haar en de tipgever en deelt dat in haar volgende story.

Speurneus: Jouw puberneuker ligt bij ons op de afdeling.
Angel: Meen je niet. Waarom?
Speurneus: Heeft zich in ze nek gestoken.
Angel: Holy shit. Echt?
Speurneus: Ja, joh. Sukkel. Niet diep genoeg.
Angel: Hoe gaat het met hem?
Speurneus: Heb nu geen dienst.
Angel: Maar hij leeft nog?
Speurneus: Helaas wel.
Angel: Oké, bedankt. Hou me op de hoogte.
Speurneus: Tuurlijk.

Over de profielfoto van de speurneus zit een blauwe vlek zodat deze anoniem blijft. Natuurlijk, haar verklikkers beschermt de VIP-vergruizer wel. Ze profiteert elke dag van deze judassen. Zou ze ze flink belonen?

In haar volgende story houdt Angel een peiling.

Jesse steekt zichzelf, wat denk jij?

1) HOE MINDER PEDO'S, HOE BETER

2) ZO EXTRA, WAT EEN DRAMAQUEEN

Ik wil er niet op klikken. De laatste story is een persoonlijke boodschap van Angel aan Jesse. Ze zit tegen haar oudroze muur en zuigt aan een lolly. Zodra ik haar schijnheilige kop zie, word ik letterlijk misselijk.

'Hey Jesse. Heftig, man. Maar laten we eerlijk zijn, pornofilmpjes met een puber verspreiden is ook heftig. Als dat tot je doordringt, ga je gekke dingen doen, al had dit natuurlijk niet gehoeven. Mijn gratis tip aan jou: *man up*! Boete doen voor je daden, excuses maken, komt alles weer goed. Beterschap. En lieve groetjes aan je verplegers van mij,' eindigt ze met een knipoog.

Onder de video staat een emoji van een bosje bloemen en de tekst: Partner van Jesse in het ziekenhuis gesignaleerd. Abonneer je op mijn juicekanaal voor de exclusieve beelden.

Trillend van woede rapporteer ik haar account. Ik doorloop alle stappen van de procedure, al heb ik niet de illusie dat dit iets uithaalt. Elke vezel in mijn lijf walgt van haar. Ze is een sadist die alleen maar schade aanricht en geen plek in onze samenleving verdient. Hoe kon ik nog denken dat ze een toontje lager zou zingen na de aanklacht van Brenda en Rik? Ze heeft overal schijt aan.

De ambulance arriveert met gillende sirenes en zwaailichten bij de woontoren. Twee medisch hulpverleners haasten zich met hun koffers naar de plek des onheils. De hoofdagent zit geknield bij het slachtoffer.

'Hoelang is de AED al bezig?'

'Vier cycli, daarna geen shock meer geadviseerd,' antwoordt de hoofdagent, terwijl hij overeind komt om ze de ruimte te geven.

'Bij aankomst geen waarneembare ademhaling en hartslag. Reanimatie gestart. Zwakke pols nu. Diverse botbreuken.'

Een zorgverlener bedankt hem met een kort knikje en legt een infuus aan, terwijl zijn collega het slachtoffer intubeert om het met de ballon te kunnen beademen. De elektroden van de AED worden in de eigen monitor geprikt om de hartslag te kunnen volgen.

Een tweede ambulance arriveert. Nog meer hulpverleners, nog meer koffers.

'LUCAS preventief aanbrengen?' roept iemand.

'Zeker. Grote kans op een tweede crash.'

Het automatische reanimeersysteem wordt behoedzaam om de patiënt heen gelegd en aangesloten.

Terwijl het medisch team alles op alles zet om het slachtoffer te stabiliseren, arriveren meerdere politiewagens en ook de forensische recherche. Omstanders worden naar een grotere afstand gedirigeerd. Rechercheurs zetten de plek af met rood-wit lint. Een fotograaf met een perskaart om zijn nek probeert het tafereel vanaf zo veel mogelijk hoeken vast te leggen. De forensische recherche speurt de mogelijke plaats delict af, er wordt een logboek aangelegd, agenten starten een buurtonderzoek. Het is nog niet duidelijk of er sprake is van een misdrijf, een poging tot zelfmoord of een ongeluk. Twintig minuten nadat de eerste agenten ter plekke waren, arriveert het traumateam per helikopter. Nadat de dienstdoende intensivist de patiënt heeft onderzocht, wordt besloten het slachtoffer per ambulance naar het ziekenhuis te brengen.

'Ik rij met jullie mee,' zegt de intensivist.

De zwaargewonde patiënt wordt door twee man op een brancard gehesen. De ambulance vertrekt zoals hij is gekomen: met gillende sirenes en zwaailichten. Het slachtoffer is geen moment bij kennis geweest.

Voor de agenten die als eerste ter plekke waren, zit het werk erop. Ze leunen tegen hun wagen en roken een peuk.

89

Ik word wakker van mijn telefoon. Het is kwart over zes 's ochtends. Het is Cor. Die heeft me nog nooit zo vroeg gebeld. Tyrone ligt naast me en kreunt.

'Laat gaan,' mompelt hij.

Ik zit al overeind en neem op.

'Niet schrikken,' zegt Cor.

Waarom zeggen mensen dat altijd als ze weten dat je gaat schrikken?

'Wat is er? Iets met Jesse?' vraag ik angstig.

'Nee. Met Angel. Waar was je gisteravond?'

'Thuis. Hoezo? Wat is er met Angel?'

Tyrone slaakt een geïrriteerde zucht zodra hij die naam hoort.

Ik glip mijn bed uit, loop op mijn tenen naar de badkamer, trek een kimono aan en ga op het toilet zitten.

'Cor, je maakt me bang,' fluister ik. 'Wat is er aan de hand?'

'Angel is van het balkon van haar appartement gevallen.'

Het duurt een volle seconde voordat de betekenis van zijn woorden tot me doordringt.

'Ze woont op zeshoog,' voegt hij eraan toe.

Ik ben een beelddenker. Dit beeld jaagt me de stuipen op het lijf.

'Gevallen?' vraag ik.

'Gevallen, geduwd, gesprongen, niemand weet het.'

'Is ze...' Ik durf het niet hardop te zeggen.

'Ze schijnt met succes te zijn gereanimeerd.'

'Hoe weet je dit allemaal?'

'Gossip&Co heeft het nieuws als eerste gebracht. Het is opgepikt door *De Telegraaf*. Volgens de politie ligt er inderdaad een zwaargewonde 31-jarige vrouw op de intensive care van het AMC in Amsterdam na een val van een balkon, maar de woordvoerder wil niet bevestigen dat het om Angel gaat.'

'Kan het iemand anders zijn?'

'Omstanders hebben filmpjes gemaakt. Die zijn online gezet door Gossip&Co. Je ziet een jonge vrouw liggen met rood krullend haar. Angel woont in dat gebouw op IJburg. Het kan niet missen.'

Ik heb het ineens steenkoud.

'Als ik jou was, zou ik dat filmpje niet aanklikken,' raadt Cor me aan. 'Het zijn nare beelden.'

Wil ik zien hoe Angel erbij ligt na een val van zeshoog? Het is een gewetensvraag die ik niet een-twee-drie kan beantwoorden.

'Waarom vroeg je me waar ik gisteravond was? Je denkt toch niet dat ik hier iets mee te maken heb?'

'De politie sluit een misdrijf niet uit. Er is een onderzoek gestart, getuigen worden opgeroepen om zich te melden. Ze zullen ongetwijfeld ook bij jou terechtkomen. Ik wilde je vast voorbereiden.'

'Als ze iedereen willen natrekken die een hekel heeft aan Angel, dan zijn ze nog wel even bezig.'

Onwillekeurig schieten we allebei in de lach.

'Ze verkeert nog in levensgevaar,' zegt Cor dan ernstig. 'Als ze overlijdt en het was geen suïcide of een noodlottig ongeluk, dan loopt er een moordenaar vrij rond.'

Amper een dag geleden vond ik dat onze samenleving beter af was zonder haar – blijkbaar was ik niet de enige.

'Cor, had jij Angels post over Jesse gezien?'

'Ja. Ik wilde je er niet mee lastigvallen. Is het waar?'

'Helaas wel. Jesse is opgenomen. Zij bracht het allemaal weer zo ongelooflijk lelijk. Ik wilde haar oprecht iets aandoen.'

'Dat zou ik vooral vóór je houden.'

Denkend aan het niet-aflatende sarren en zuigen van Angel voel ik mijn woede weer opborrelen.

'Ik bedoel alleen te zeggen dat ik me heel goed kan voorstellen dat er meer mensen zijn die haar van dat balkon hadden willen duwen.'

90

De gevallen Angel is het gesprek van de dag en #FallenAngel is trending topic op Twitter. Ik kan er met geen mogelijkheid omheen, elk medium brengt het nieuws. Cameraploegen, fotografen en journalisten hebben zich voor het ziekenhuis verzameld en brengen elke tien minuten hetzelfde bericht: dat juicekoningin Angel door onbekende oorzaak van zeshoog is gevallen. Er wordt druk gespeculeerd over de vraag of het om een zelfmoordpoging gaat of om een misdrijf. Het laatste wordt gezien als de meest voor de hand liggende optie.

Nu Angel niets meer post, staat Gossip&Co volop in de schijnwerpers, het juicekanaal heeft al tienduizenden nieuwe volgers. Volgens Gossip&Co is het nagenoeg zeker dat Angel van haar balkon is geduwd door een boze BN'er of diens partner. Het kanaal heeft een peiling gehouden en aan de hand van de uitkomst een top 10 met mogelijke daders samengesteld. Met stip op één staat Rik Oosterloo, de man van Brenda van Hintum. Op twee staat Brenda van Hintum zelf, op drie weerman Hein de Koning. Brian staat op nummer vier; ik had hem hoger verwacht gezien Angels laatste post. Jesse staat op vijf, blijkbaar houden mensen het voor mogelijk dat hij uit het ziekenhuis is gewandeld, een Uber heeft gepakt naar de woontoren van Angel en daar korte metten met de roddelvlogger heeft gemaakt. Op zes staat dj F-Site, en een spits van Feyenoord die door Angel van veelvuldig vreemdgaan is beticht staat op zeven. Een zanger die volgens Angel losse handjes heeft staat op acht, Laila prijkt op nummer negen en Paolo, een fitnessgoeroe die door Angel is beschuldigd van de verkoop van illegale groeihormonen, staat op tien.

Vanaf acht uur 's ochtends gaat mijn mobiel onophoudelijk. Laila heeft al drie keer gebeld, ongetwijfeld in paniek over haar notering in de top 10. De redacteur van *Boulevard* heeft mij als de manager van Angel in zijn mobiel staan en vraagt om commentaar. Andere media willen via mij een reactie van Laila en Jesse over hun status als mogelijke verdachten. Mijn mailbox stroomt vol met mails aan Angel, die nog steeds naar mij worden doorgestuurd. Het zijn allemaal verzoeken om een update over de situatie.

Ik hou de boot af. Ergens voelt dat raar, alsof ik mijn plicht als manager verzaak. Aan de andere kant zou ik niet eens een update kunnen geven, want ik heb geen idee hoe het met Angel gaat. Om negen uur bel ik Laila terug.

'Ik word gek, Claire. Ik word helemaal gek.'

Laila, altijd in alle staten.

'Hoezo heeft Gossip&Co mij als verdachte aangemerkt? Wat is dit voor onzin? Je moet er iets tegen doen. Laat Cor ze aanklagen. Dit kan toch niet? Straks krijg ik de politie op mijn dak.'

'Die kans is sowieso aanwezig.'

'O mijn god. Denk je dat echt?'

'Er is een onderzoek gestart. Angel heeft veel vijanden gemaakt. Heb je een alibi?'

'Heb ik een alibi? Nee, Claire. Ik heb geen alibi. Als Mink kon praten, dan had ik er een. Als Floris en ik nog bij elkaar waren, dan ook. Ik ben een eenzaam kattenvrouwtje, ik weeg 55 kilo. Hoe kan iemand denken dat ik Angel van een balkon heb gegooid?'

'Jesse staat ook op de lijst. Die ligt in het ziekenhuis.'

'De lijst van Gossip&Co. Waar hebben we het over? Denk je dat de politie die lijst bij de hand houdt?'

'Geen idee,' zeg ik eerlijk. 'Ik word ook platgebeld door alles en iedereen. Maar als je er niets mee te maken hebt, zou ik me niet al te druk maken.'

'Weet jij hoe het met Angel gaat?'

Ze wacht mijn antwoord niet af en ratelt door.

'Zou ze het overleven? Ik heb "val hoge verdieping" gegoogeld en vond een bericht over een 21-jarige Roemeen die van de achtste verdieping van een flat in Rotterdam was gevallen en het heeft overleefd. Hij was wel zwaargewond.'

'Waarom zou je dat googelen, Laila? Straks neemt de politie je laptop in beslag, dan stijg je met stip naar nummer één van de verdachtenlijst.'

'Meen je niet… Geen seconde aan gedacht. Ik ga mijn geschiedenis wissen.'

'Je weet dat wissen zinloos is? Ze kunnen het alsnog achterhalen.'

Ineens besef ik dat ik zelf een paar behoorlijk verdachte foto's van Angel in mijn apparaten heb staan. Kut, hoe krijg ik die weg?

'Niet cool dit, Claire. Niet cool. Ik ga Badr vragen of hij mijn laptop in een sloot wil dumpen.'

Ik begin me af te vragen wat Badr verder voor zijn zus in sloten heeft gedumpt.

'Laila, je doet helemaal niets. Hou je gewoon gedeisd. We moeten afwachten wat er gebeurt. Laten we hopen dat ze weer bijkomt.'

Ze is even stil.

'Hoop jij echt dat ze weer bijkomt?' vraagt ze verwonderd. 'Ik niet. Ik háát dat mens.'

91

Direct na mijn gesprek met Laila word ik weer gebeld, nu door een onbekend nummer. Vast weer een journalist. Ik wil de oproep wegdrukken, maar iets zegt me dat ik het gesprek moet aannemen.

'Spreek ik met Claire Jansen?'

De mannenstem klinkt jong en aarzelend.

'Ja, dat ben ik.'

'Ik ben Gabriel de Vos, de broer van Angel.'

Holy shit.

'Dag Gabriel.' Ik probeer kalm te blijven.

'U bent toch de manager van Angel?'

Meteen een gewetensvraag. Heel even sluit ik mijn ogen.

'Eh... wat goed dat je belt, Gabriel. Laten we elkaar tutoyeren. Hoe kom je eigenlijk aan mijn nummer?'

'Mijn moeder zag je staan in haar WhatsApp-gesprekken. We wisten niet dat ze een manager had. Ze heeft je gegoogeld en ze zei dat je ook de manager bent van Floris Vermeer. Klopt dat?'

'Jazeker.'

'Toffe gast is dat. Maakt zulke mooie reizen. Zou zijn baan zo willen overnemen. En zijn vriendin ook, haha.'

De breuk tussen Laila en Floris is nog niet uitgelekt. Het mag een wonder heten.

'Hoe gaat het met Angel?'

Ik stel de vraag waarop heel Nederland het antwoord wil weten.

Hij slaakt een zucht.

'Moeilijk te zeggen. Ze wordt in slaap gehouden.'

'Is ze buiten levensgevaar?'

Nu ik het hardop uitspreek, besef ik dat ik oprecht hoop dat het antwoord ja is.

'Ik weet het niet,' zegt hij. 'Maar we krijgen van alle kanten vragen. We worden er helemaal gek van. Waarom laten ze ons niet met rust?'

Goede vraag, Gabriel. Die zullen de doelwitten van Angel zichzelf ook vaak hebben gesteld.

'Je zus is beroemd,' antwoord ik. 'Dan krijg je dat.'

'Sommige mensen beweren dat ze is gesprongen. Echt schandalig. Dat zou onze Angel nooit doen.'

Angel heeft een moeder. En een broer. En ongetwijfeld een vader. Die zitten bij haar bed in bange afwachting van de volstrekt onzekere afloop. Ze zouden een buffer tussen henzelf en de buitenwereld goed kunnen gebruiken.

'Is het een idee om een persverklaring naar buiten te brengen?' suggereer ik. 'Om geruchten de wereld uit te helpen?'

'Zou jij dat kunnen doen?'

'Natuurlijk, dat is mijn werk.'

'Heel graag dan,' zegt Gabriel. Hij klinkt opgelucht. 'Hoe laat ben je hier?'

De vraag overvalt me. Ik zou langs Jesse gaan. Brian zei dat hij me graag wilde zien.

'Wil je dat ik naar het AMC kom?'

'Natuurlijk. Kun je mijn ouders ontmoeten en Angel zien. Ze zou dat vast op prijs stellen.'

Ik betwijfel het, Gabriel.

'Geef me een uurtje.'

92

Het lijkt alsof ze slaapt. Angels rode krullen omlijsten haar gezicht dat voor het eerst sinds ik haar ken volkomen ontspannen oogt. Geen spottende glimlach. Geen minachtende blik. Geen hatelijke opmerking die uit haar mond ontsnapt. Haar huid is altijd al bleek, maar lijkt nu bijna doorschijnend. De zoemende machines en computerschermen rondom haar bed onderstrepen de ernst van haar situatie. Haar armen en benen zitten in het gips. In haar rechterarm zit een infuus, vloeistof druppelt in haar aderen. Ze is geïntubeerd en wordt beademd. De aanblik van de doodstille juicekoningin is overweldigend: ik kan nergens anders naar kijken. Mijn hart bonst in mijn keel en ik hap naar adem.

Wat dóé ik hier? Ik voel me duizelig worden, zoek steun bij de muur en probeer het gevoel van paniek te onderdrukken. Wat is het in Angel dat me zo fascineert? Waarom oefent ze een onweerstaanbare aantrekkingskracht op me uit?

'Als ze op haar hoofd terecht was gekomen, zou ze er nu niet meer zijn,' fluistert haar moeder. Het is een tengere vrouw met te zwart geverfd haar en felrode lippenstift. Ze zou een Française kunnen zijn, al heten die meestal geen Peggy. Na onze ontmoeting in de gang stond ze erop dat we samen bij Angel naar binnen zouden gaan.

'Ik heb haar haren zo goed en zo kwaad als het ging geborsteld. Je weet hoe ijdel ze is. Ze zou het vreselijk vinden om er onverzorgd bij te liggen.'

Ze pakt mijn hand en geeft er een bemoedigend kneepje in.

'Zeg gerust iets tegen haar. Het kan zijn dat ze je hoort. Dat het haar troost. Dat is ons tenminste verteld.'

Ik betwijfel of mijn aanwezigheid bevorderlijk is voor Angels genezing.

'Angel, Claire is hier.' Peggy neemt het voortouw als ze ziet dat ik aarzel. 'Iedereen is heel bezorgd over je en zij ook. Ze wilde je per se zien.'

Niet geheel conform de waarheid, maar wie ben ik om de moeder van Angel tegen te spreken?

'Dag Angel,' zeg ik zacht. 'Wat heb je ons laten schrikken.'

Heel even ben ik bang dat ze haar ogen zal openen, de beademingsbuis uit haar keel zal trekken en ze me gorgelend en tierend zal aanvliegen terwijl haar infuus tegen de grond klettert.

Het blijft stil.

Peggy kijkt me onderzoekend aan. Ook zij lijkt meer te hebben verwacht.

'Je krijgt de groeten van Floris en Laila,' zeg ik om maar iets te zeggen. 'En alle anderen. We hopen dat je snel weer de oude zult zijn.'

Peggy knikt. BN'ers die andere BN'ers beterschap wensen, dat bevalt haar. Zo hoort het te gaan in de showbizzwereld, waarvan haar dochter onderdeel is geworden.

'We krijgen zoveel steun van haar fans,' zegt Peggy. 'Het is hartverwarmend.'

Ze wijst naar een prikbord dat inderdaad volhangt met kaarten.

'Bloemen zijn niet toegestaan op deze afdeling, maar toch blijven de bossen binnenstromen. We hebben ze bij haar thuis neergezet, maar we komen vazen tekort. Ze zal niet weten wat ze ziet straks.'

Ik had ook iets moeten sturen. Stom. Geen seconde aan gedacht.

'Is er al meer duidelijkheid over haar situatie?'

'Ze komt hieruit,' zegt Peggy stellig. 'Ik ken mijn dochter. Haar vader is veel te negatief. Is hij altijd geweest.'

De vader van Angel is een grote, rossige lobbes die mijn hand zonet bijna fijnkneep toen hij me begroette.

'Je komt als geroepen. Ik ben Dean,' zei hij terwijl hij moeizaam overeind kwam uit de kuipstoel. 'Zoveel druk van buitenaf, we gaan er bijna aan onderdoor.'

'Dat wordt vanaf nu anders,' beloofde ik.

Terwijl Gabriel hem terug hielp in de kuipstoel, rolde Peggy met haar ogen en troonde ze me mee naar de kamer van Angel.

'Angel heeft zijn haarkleur geërfd, maar mijn karakter. Ze is een vechter. Hoe kon ze die val anders overleven?'

We kijken allebei naar de patiënt, die er onveranderd roerloos bijligt.

Een verpleger komt binnen. Hij knikt naar Peggy.

'Ik ga haar even verschonen.'

Angels moeder trekt me mee de kamer uit.

'Haar plas druppelt in een zak,' fluistert ze. 'Ik weet niet waar ze de grote boodschap laat en ik hoef het ook niet te weten. Zo'n coma is mensonterend.'

'Zullen we naar het restaurant gaan?' stel ik voor. 'Kunnen we samen naar de verklaring kijken.'

'Ik snak naar een sigaret,' zegt ze. 'Maar je mag hier niet roken. Vapen is ook verboden. Het is nergens toegestaan, het hele ziekenhuisterrein is rookvrij. Begrijp jij dat nou? Je kind ligt mogelijk op sterven en je krijgt geen gelegenheid om een sigaretje op te steken. Er is wel een gebedsruimte. Schandalig vind ik het.'

'Dan verlaten we het terrein toch?'

'Wil je ook roken?' vraagt ze.

'Ik ben een manager, ik regel dingen,' zeg ik met een knipoog.

We laten Dean en Gabriel weten dat we even pauze nemen.

'Als ze wakker wordt, bel me meteen,' drukt Peggy hen op het hart.

93

We nemen mijn auto, parkeren bij de dichtstbijzijnde supermarkt en stappen uit. Ze leunt met haar rug tegen het portier en steekt een e-sigaret op.

'Salted caramel?' gok ik.

'Onze lievelingssmaak,' zegt ze met een flauwe glimlach. 'Zo moeder, zo dochter. Wil je echt niet?'

'Vapen is niks voor mij.'

Ze graait in haar tas en vist er een pakje Marlboro uit. Ik wil bedanken, maar accepteer de filtersigaret toch. Soms moet je een moment delen.

Ze geeft me een vuurtje. Ik neem een trek en begin gelijk te hoesten.

'Weer even wennen, hè?' Peggy knikt begrijpend.

Ze lurkt aan haar vape-pen, blaast de rook uit door haar neus, slaakt een diepe zucht en sluit haar ogen.

Ik vraag me af of ik binnenkort aan Angel zal kunnen vertellen dat haar moeder en ik op een parkeerterrein bij de Jumbo als twee pubers hebben staan paffen.

Peggy kijkt me aan. Haar ogen zijn vochtig.

Moeders dragen hun kinderen en hun verdriet.

Verdomme. Nu breek ik ook.

Terwijl de tranen over mijn wangen glijden, denk ik aan alle ellende van de afgelopen weken. Aan de fouten die ik heb gemaakt en de lessen die ik heb geleerd. Meer dan ooit besef ik wat mijn taak is: er zijn. Er simpelweg zijn. Voor mijn kind, voor mijn artiesten. Ik moet hun vaste waarde zijn. Ik slaak een zucht. Patrick krijgt de lening, besluit ik. Sommige fouten zijn herstelbaar, op deze manier maak ik iets goed.

'Gaat het een beetje?' klinkt het naast me.

'Sorry,' zeg ik. 'Ik heb een paar zware dagen achter de rug.'

'Dan kunnen we elkaar de hand schudden,' zegt ze.

Ze haalt een pakje tissues uit haar tas. We snuiten onze neus en moeten er allebei om lachen.

'Ik heb jouw website bekeken,' zegt Peggy. 'Maar Angel stond er niet op.'

'We wilden onze samenwerking onder de radar houden,' leg ik uit.

'Jesse van Leeuwen zag ik wel staan.' Ze laat het beschuldigend klinken. 'Dat is toch die pedo?'

'Jesse is geen pedo. Hij heeft net een zelfmoordpoging gedaan.'

'Dat doe je meestal als je schuldig bent.'

Venijn is een familietrekje.

'Jouw dochter heeft ervoor gezorgd dat het benefietgala dat mijn dochter elk jaar organiseert, is afgelast.'

'Daar zal ze dan wel een goede reden voor hebben gehad,' zegt Peggy onaangedaan.

Ik gooi mijn sigaret op de grond en trap hem uit.

'Heeft de politie enig idee wat er met Angel is gebeurd?'

'Dat schiet totaal niet op,' zegt ze minachtend. 'Ze hebben nog niemand gearresteerd, terwijl ik allang weet wie de dader is. Honderd procent.'

Ik kijk haar verbaasd aan.

'Paolo, die fitnessgast. Hij stond op nummer tien in de lijst van Gossip&Co, maar Angel had hem zeker weten op nummer één gezet. Hij kon haar bloed wel drinken sinds ze hem heeft ontmaskerd.'

'Waarom denk je dat hij het heeft gedaan?'

'Heb je zijn spierballen weleens gezien? Hij is de enige die het kan hebben gedaan. Bijna niemand weet dit, maar Angel is een judoka. Ze heeft de zwarte band. Als die andere sukkels iets bij haar hadden geprobeerd, waren ze zelf onderaan het gebouw beland. Jouw Jesse ziet er ook sterk uit. Als hij niet in het ziekenhuis had gelegen, was hij mijn tweede verdachte geweest.'

'Heb je dit aan de politie verteld?'

'Natuurlijk. Ze hebben het genoteerd, zeiden ze. Maar wat heb ik daaraan? Ze moeten handelen.'

Ze checkt haar mobiel.

'Ik heb het conceptpersbericht bij me,' vertel ik. 'Wil je er nu naar kijken of wil je dat met Dean doen?'

'Lees het maar voor.'

Ik pak het A4'tje uit mijn tas.

'Gezamenlijke verklaring namens de familie van Angel de Vos: onze Angel vecht sinds gisternacht voor haar leven in het AMC in Amsterdam. In de media wordt volop gespeculeerd over de toedracht van de val die haar bijna fataal werd. Wij zijn herhaaldelijk geconfronteerd met berichten waarin wordt gesuggereerd dat het om een poging tot suïcide zou gaan. Dit hardnekkige en voor ons uitermate pijnlijke gerucht willen wij middels deze verklaring ontkrachten.'

Peggy knikt hevig, ik lees verder.

'De afgelopen dagen hebben talloze mensen hun medeleven betuigd en hulp aangeboden. Zoals u zult begrijpen, zijn we op dit moment niet in staat om iedereen persoonlijk te bedanken, daarom doen we dit via deze weg. Wij hopen op een voorspoedig herstel van onze Angel en vragen u vriendelijk om haar en onze privacy de komende tijd te respecteren.'

Weer een tevreden knikje van Peggy. Blijkbaar ontgaat haar de ironie van dit verzoek. Angel heeft bij leven nog nooit iemands privacy gerespecteerd.

We rijden terug naar het ziekenhuis waar we de vader van Angel tegenkomen in de parkeergarage. Hij is op weg naar McDonald's, Gabriel is bij zijn zus gebleven. Dean kijkt vluchtig naar de tekst en geeft zijn akkoord. Ik stuur het bericht uit naar het ANP, het wordt door alle media integraal overgenomen.

94

Wanneer ik om twaalf uur wegrij bij het ziekenhuis, bel ik Brian. Hij heeft me zonder begeleidende tekst de bezoektijden van het OLVG geappt.

'Jesse heeft al een paar keer naar je gevraagd,' zegt hij op verwijtende toon.

'Sorry, ik wilde vanmorgen gaan, maar toen kwam het nieuws over Angel naar buiten en werd ik platgebeld. Heeft de schoonmaakploeg het goed gedaan?' probeer ik hem af te leiden.

'Ja, hoor.'

'Ben jij er vanmiddag rond tweeën?'

Kan ik eerst nog even langs de bank en dan naar Patrick.

'Ik sla geen bezoekuur over.'

Brian is in een passief-agressieve bui.

'Hoe is het met hem? En met jou?'

'Wat denk je zelf? Eerst die vreselijke post van Angel waaruit blijkt dat er op zijn afdeling mensen rondlopen die informatie lekken. Ik heb een klacht ingediend bij het ziekenhuisbestuur. Daarna valt dat kutwijf van haar balkon. Vervolgens wordt zowel Jesse als ik door een of ander juicekanaal beschuldigd van moord. Zodra Jesse weer op de been is, gaan we weg uit dit land en komen we nooit meer terug.'

'Serieus?'

'Ik wil weer in Schotland wonen, Jesse wil mee. We hebben hier niets meer te zoeken. Ik heb al een makelaar gebeld.'

'Weet je het zeker?'

'Denk je dat Jesse ooit nog zorgeloos over straat kan?'

Ik vertel hem maar niet dat ik de laatste dagen weer veel haatmails ontvang die voor Jesse zijn bedoeld. Ik heb zelfs overwogen zijn naam van mijn website te halen, maar kan dat niet over mijn hart verkrijgen.

'Wat vind je van het Angel-verhaal?' vraag ik aan Brian.

'Hoogmoed komt voor de val, zeggen jullie toch?'

95

Jesse zit bij het raam aan een tafeltje met een enorme bos zonnebloemen erop. Zijn haar lijkt wat langer, hij heeft een stoppelbaard, en rondom zijn nek zit een verband. Tranen schieten in mijn ogen.

'Schat!' zeg ik. 'Het spijt me zo. Ik had eerder moeten komen.'

Hij staat op. We omhelzen elkaar.

'Dat geeft toch niet, lieverd. Ik ben blij dat je er bent.'

'Dus dit is jouw kamer?' zeg ik, terwijl ik om me heen kijk. Ik ben nog nooit op de psychiatrische afdeling van een ziekenhuis geweest.

'Sorry voor het interieur,' zegt hij. 'Het is dat ik niet van plan ben om lang te blijven, anders had ik die grenen kast en dat treurige bed allang vervangen. Als je nog geen depressie hebt, dan krijg je die hier wel.'

Onwillekeurig schiet ik in de lach.

We willen net aan het tafeltje gaan zitten wanneer Brian binnenkomt.

Hij geeft eerst Jesse een kus en legt dan zijn hand op mijn schouder.

'Goed je te zien, Claire,' zegt hij geëmotioneerd. 'Wil je koffie?'

'De koffie hier is niet te zuipen,' vertrouwt Jesse me toe. 'Het bocht dat Cor serveert smaakt nog beter.'

Ik maak mijn tas open.

'Ik weet niet of het mag, maar ik heb "toevallig" een fles wijn bij me. Met jullie lievelingskaasjes en bokkenpootjes.'

'Kijk nou toch, Brian.' Jesse klapt opgetogen in zijn handen. 'Claire heeft La Tur en Époisses meegenomen. En Chardonnay. Heerlijk.'

'Is dat wel handig met je medicatie?' zegt Brian aarzelend.

'Ik weet zeker dat ik me hierdoor beter ga voelen.'

Brian geeft zich gewonnen.

'Wil jij even glaasjes en iets van een mes regelen, schat?' vraagt Jesse.

'Hoeft niet. Ik heb een kaasplankje, een plastic mes en plastic glaasjes bij me,' zeg ik terwijl ik alles uitstal.

'Een psycho-proof picknick, *I love it.*'

Brian slaakt een diepe zucht.

Even later proosten we met de plastic glaasjes. Normaal gesproken zouden we op het leven toosten. Of op een mooie, nieuwe rol voor Jesse. Nu kijken we elkaar alleen maar aan, woorden zijn overbodig.

Ik leg mijn hand op die van Jesse.

'Hoe gaat het nou met je?' vraag ik.

'Sinds we het besluit hebben genomen om te emigreren, is er een last van mijn schouders gevallen.'

'Ik wil niet dat je weggaat,' zeg ik kleintjes. 'Je bent mijn lievelingsartiest.'

'Je bent mijn lievelingsmanager,' antwoordt hij lachend.

'Weet je al wanneer je naar huis mag?' vraag ik.

'Ik hoop deze week nog,' antwoordt Jesse. 'Heb jij enig idee hoe het met Angel gaat? Is ze al bij kennis?'

'Ik las de verklaring van de familie,' zegt Brian. 'Maar daar werd ik niet veel wijzer van.'

'Die heb ik opgesteld,' vertel ik. 'Ik ben bij haar geweest.'

'Wat?!' roepen ze in koor.

'Haar broer belde me. Zijn ouders en hij werden overspoeld door mediavragen. Ik had met ze te doen.'

'Dus je hebt Angel gezíén?' vraagt Jesse met grote ogen.

'Jazeker. Haar hart klopt. Daarmee is alles wel zo'n beetje gezegd.'

'Nooit gedacht dat ze een hart had,' bromt Brian.

'En verder?'

'Veel botbreuken. Armen en benen in het gips.'

'Heftig, hoor,' vindt Jesse.

'Haar moeder lijkt op haar. Dominante dame. Ze is ervan overtuigd dat die fitnessgoeroe Paolo haar dochter van de woontoren heeft geduwd.'

'Paolo?' Jesse begint te lachen. '*No way* dat hij het was. Ik ken hem. Die gast heeft zoveel fobieën. Die is bang in het donker, bang voor spinnen, voor onweer, hij heeft hoogtevrees. Die vertoont zich niet in het holst van de nacht op een balkon op zeshoog.'

96

Tyrone staat in de keuken wanneer ik thuiskom. Hij heeft de tafel al gedekt, kaarsen aangestoken en er klinkt een playlist met loungemuziek. Gajes ligt languit op de bank.

'Hallo, babe,' zegt hij terwijl hij me in zijn armen neemt. 'Ik heb je gemist.'

We hebben elkaar de afgelopen dagen amper gezien.

'Ik jou ook,' zeg ik terwijl ik me tegen hem aan nestel. Minutenlang houden we elkaar vast.

'Heb je trek?' vraagt hij dan.

'Nou en of. Wat eten we?'

'Surinaamse rijst met verse groente en kip in pindasaus.'

Tyrone serveert het diner en schenkt twee glazen wijn in.

'Heerlijk schat, dankjewel,' zeg ik.

Een man die voor me kookt. En lekker ook. Dat ik het nog mag meemaken.

Hij kijkt me onderzoekend aan

'Ben je oké?'

'Ja hoor,' zeg ik met een lichte zucht.

'Wat is er?'

'Ik ga hem zo missen.'

'Wie?' vraagt hij geschrokken.

'Ik moet Gajes morgen naar huis brengen. De moeder van Jesse is terug van vakantie.'

'O, die hond,' zegt Tyrone. Hij lijkt niet onder de indruk.

'Je hecht je zo snel aan zo'n beest.'

'Dat zeggen ze, ja.'

'Maar er is ook goed nieuws, want Jesse mag maandag naar huis.'

'Fijn voor hem.'

De rijst smaakt zo goed dat we het allebei in een noodtempo opeten.

'Kom eens hier,' zegt Tyrone gebiedend wanneer de borden leeg zijn. Even later zit ik op zijn schoot met mijn benen om zijn heupen en mijn armen om zijn nek. Hij zoent me lang en aandachtig.

'Ik heb Patrick vanmiddag ook nog gezien,' vertel ik. 'Ik heb het toch maar gedaan.'

'Heb je hem die lening verstrekt?'

Ik knik.

'En Chloe weet van niks?'

'Inderdaad, daarom wilde hij het in cash. Het voelde wel een beetje gek om hem zo'n dikke envelop te geven.'

'Kan ik me voorstellen,' zegt Tyrone. 'Heeft hij wel voor de ontvangst getekend? Dat er in elk geval iets op papier staat?'

'Hij had haast. Het komt nog wel,' zei hij.

Mijn mobiel trilt. Hij ligt met het scherm naar beneden op tafel.

'Waag het niet,' waarschuwt mijn minnaar. 'Je bent nu van mij.'

Ik reik naar achteren en draai de telefoon om.

'Het is Peggy, de moeder van Angel.'

'Al is het de paus.'

Tyrone is niet onder de indruk.

'Ik ben de woordvoerder van de familie geworden,' leg ik uit. 'Ze deden een beroep op me. Ik heb beloofd ze te helpen.'

Tyrone rolt met zijn ogen.

Mijn mobiel trilt nog steeds. *This better be good.*

'Claire, ben jij het?'

Peggy praat zo zacht dat ik haar amper kan verstaan.

Tyrone begint me in mijn nek te zoenen.

'Wat kan ik voor je doen?'

‘Ben je alleen?’

‘Mijn vriend is bij me.’

Tyrone zuigt aan mijn oorlel.

‘Heb jij een vriend?’

Ze doet geen moeite haar verbazing te verbergen.

‘Is hij betrouwbaar?’

Het is alsof ik Angel aan de lijn heb.

‘Hij is de keeper van Ajax.’

Waarom zeg ik dit? Ik schep hier nooit over op.

‘De keeper van Ajax? Die heeft er laatst drie doorgelaten tegen Emmen.’

‘Dat is de andere keeper. Mijn vriend heet Tyrone. Die had ze zeker gestopt.’

‘O Tyrone,’ zegt ze. ‘Die knapperd. De reservekeeper toch? Is dat jouw vriend?’

Ze klinkt zo mogelijk nog verbaasder.

‘Waarover bel je, Peggy?’

‘Je mag het aan niemand vertellen,’ zegt ze bijna onhoorbaar. ‘Angel is wakker. Ze wil je dringend spreken. Het is een zaak van leven of dood.’

97

'Dit meen je niet, Claire. Moet dit echt?'

Tyrone kijkt zwaar teleurgesteld als ik mijn tas en autosleutel van het aanrecht pak. Hij komt achter me staan en slaat zijn armen om me heen.

'Dit zou onze avond zijn, babe.'

Hij drukt zich dicht tegen me aan. Zijn handen glijden onder mijn blouse.

'Weet je heel zeker dat je weg moet?'

Hij neemt mijn tepels tussen zijn duimen en wijsvingers.

Even sluit ik genietend mijn ogen, dan wurm ik me los.

'Maak het me nou niet zo moeilijk,' smeek ik. 'Peggy zegt dat het een zaak van leven of dood is.'

'Het interesseert me bijzonder weinig wat ene Peggy zegt,' mompelt Tyrone terwijl hij me terug in zijn armen trekt. 'Tenzij het een lekker wijf is. Dan mag ze met ons meedoen.'

Lachend schud ik mijn hoofd.

'Angel is bij kennis, Tyrone. Ze vraagt naar me, ik móét erheen.'

Ik klink als een junkie, ik hoor het nu zelf ook.

'Je moet niks, hè?' Hij zegt het ernstig.

'Oké, ik wíl erheen. Dit is belangrijk, ik voel het. Het spijt me, maar ik maak het goed met je.'

'Dat is je geraden,' gromt hij.

Hij pakt me bij mijn schouders, draait me om en duwt me in de richting van de voordeur.

'Wacht je op me?' vraag ik liefjes. 'En laat je Gajes nog even uit?'

'Natuurlijk, babe,' zegt hij met een zucht. 'Rij voorzichtig. En pas op met dat mens.'

98

'Ze ademt zelf. Alle slangen zijn eruit. Een wereld van verschil.'

Peggy praat me bij terwijl we in de lift staan. Angel is naar een andere afdeling verhuisd. Ze ligt niet langer op Intensive, maar op Medium Care.

'De artsen hebben de slaapmedicatie langzaam afgebouwd. Het was heel spannend. Je weet niet hoe ze eruit komt. Ze hadden ons gewaarschuwd dat ze tijdelijk in de war kon zijn. Een delier heet dat. Nou, daar was geen woord van gelogen. Ze lag voortdurend te ijlen. Kut Claire, zei ze steeds, kut Claire. Volgens haar hadden jullie gevochten en had zij gewonnen.'

'Klinkt inderdaad als een delier,' beaam ik.

'De dag erna werd ze heel angstig. Volgens de dokter had ze paranoïde wanen. Paste ook in het beeld. Ze zei dat niemand mocht horen in welke kamer ze lag. En al helemaal niet dat ze wakker was. Ze smeekte ons om het geheim te houden.'

De lift stopt op de tweede verdieping. Een man met een schoonmaakkarretje voegt zich bij ons.

'We wilden haar niet nog meer van streek maken,' fluistert Peggy. 'Dus we hebben gedaan wat ze vroeg.'

Bij de vierde verdieping stapt het karretje uit.

'Het hielp niet, het werd alleen maar erger,' vervolgt Peggy als de deuren weer dichtgaan. 'Ze begon heel naar te doen tegen de verpleegkundigen. Ze bedreigde ze en schold ze uit: "Jij bent een van mijn speurneuzen, hè? Geef het maar toe, vuile rat. Ik heb je wel door. Als je me verraadt, maak ik je dood." Ik schaamde me rot, maar ze bleven lief tegen haar. Ze kan er niks aan doen, zeiden ze. Het zijn de naweeën van de sedatie. We vatten het niet persoonlijk op.'

De lift stopt bij de vijfde verdieping.

'Wat heftig,' zeg ik terwijl we de gang in lopen. 'Is ze nog steeds zo in de war? Ik kan ook een andere keer langskomen, hoor. Misschien is het te vroeg.'

Ik hou mijn pas in en kijk Peggy aarzelend aan.

Ze schenkt me een geruststellende glimlach.

'Nee hoor, het gaat nu veel beter. Dean en ik zijn om beurten bij haar bed gaan zitten om tegen haar te praten en haar af te leiden.'

'Herinnert ze zich wat er is gebeurd?' vraag ik nieuwsgierig.

'Stukje bij beetje,' zegt Peggy. 'We hebben het ook nog over jou gehad. Ik heb verteld hoe bezorgd je over haar was en dat je op bezoek bent geweest.'

'Wat vond ze daarvan?'

'Ze wilde het niet geloven.'

99

'Goed je te zien, Claire.'

De juicekoningin zit rechtop in bed. Haar gezicht heeft iets meer kleur dan de vorige keer dat ik haar zag. Ik schrik van haar stem. Ze klinkt als Darth Vader.

'De beademingsbuis heeft haar keel en stembanden beschadigd,' legt Peggy uit. 'Dat moet helen. Ik laat jullie alleen. Je hebt vast een hoop te bespreken.'

Zodra haar moeder is vertrokken, knijpen de ogen van Angel zich tot spleetjes. Ook de verbeten trek rond haar mond is terug.

'Waarom heb je me nooit verteld dat Chloe jouw dochter is?' vraagt ze bits.

Zo. Iemand is weer helemaal de oude.

'Serieus? Is dat het eerste wat je van me wilt weten? Wat denk je zelf? Alles wat jij weet, misbruik je.'

'Ik had je een hoop ellende kunnen besparen.'

Ik kijk haar niet-begrijpend aan.

Ze vuurt de volgende vraag op me af.

'Waarom denkt mijn familie dat jij nog steeds mijn manager bent?'

'Je broer benaderde me. Ik had medelijden met hem en je ouders. En ook met jou.'

'Heb je aan iemand verteld dat ik bij kennis ben?'

Ik schud mijn hoofd. 'Alleen Tyrone weet het. Die was bij me.'

'En heeft Patrick veel geld opgehaald toen hij live ging op Insta?'

'Wat gaat jou dat aan?'

'O, zomaar,' zegt ze achteloos.

'Is dit je volgende obsessie? Na mijn artiesten nu mijn gezin?' vraag ik geïrriteerd.

Voordat Angel antwoord kan geven, zwaait de kamerdeur open. Peggy stapt binnen. Ze heeft Cor bij zich.

'Claire? Wat doe jij hier?'

Mijn advocaat kijkt net zo verbaasd naar mij als ik naar hem.

'Welkom Cor, neem plaats,' zegt de juicekoningin. 'Jij ook, Claire.'

Cor fronst bij het horen van haar stem.

'Komt door de beademingsbuis,' leg ik uit.

Peggy schuift twee stoelen naast het bed. Ik vraag me af welk toneelstuk hier opgevoerd gaat worden.

Angel richt zich tot Cor.

'Hoe staat het met jouw zaak tegen mij?' Haar stem klinkt zo schor dat ze bijna onverstaanbaar is.

'Het is niet míjn zaak tegen jou,' corrigeert hij haar. 'Het Openbaar Ministerie neemt de aangifte van Brenda en Rik zeer serieus. En terecht. Zodra jij weer op de been bent, zul je worden aangehouden en verhoord.'

'Is ze nog niet genoeg gestraft?' Peggy is aan de andere kant van het bed gaan staan en streelt Angel over haar haren. 'Je ziet toch hoe ze erbij ligt.'

Als een boze mummie. Maar dat zeg ik niet hardop.

'Waarom heb je ons ontboden?' vraagt Cor.

Hij haalt me de woorden uit de mond.

Angel kijkt van hem naar mij en weer naar hem. Dan slaakt ze een zucht.

'Ik wil allereerst zeggen dat het me spijt. Ik ben te ver gegaan.'

Angel begint te hoesten, haar moeder reikt haar een bekertje water aan.

'Praten is nog steeds moeilijk, maar mijn dochter wil graag haar excuses maken voor het leed dat ze heeft veroorzaakt.'

'Dat moet ze doen aan de mensen die ze met succes heeft geprobeerd kapot te maken,' zegt mijn advocaat kalm.

'Dat wil ze ook. Ze hoopt dat jullie kunnen bemiddelen. Ze wil een schikking, zo heet het toch, lieverd?'

Angel knikt en geeft haar moeder het lege bekertje.

'Besef je eigenlijk wel wat je hebt gedaan?' vraagt Cor. 'Jij hebt Rik en Brenda opgejaagd en gechanteerd, met fatale gevolgen.'

'Rik is een notoire vreemdganger. Ik heb stapels bewijzen. Als hij zich had gedragen, dan...'

Angel zingt haar oude liedje.

'Heb jij nou echt niets geleerd?' Ik schud mijn hoofd.

'Wat Rik doet, is niet jouw zaak.' Cor begint ook zijn geduld te verliezen. 'Jij hebt jezelf benoemd tot openbaar aanklager en rechter in zijn privéleven. En weet je wie je daarmee nog het meest hebt gekwetst? Zijn vrouw, die nu hun kind heeft verloren.'

Angel slaat haar ogen neer.

'En wat je Jesse geflikt hebt, is ook niet oké,' voeg ik eraan toe.

'Je hebt een grote achterban, Angel,' zegt mijn advocaat. 'Die moet je niet ophitsen tegen anderen. Dat is zeer kwalijk en gevaarlijk.'

'Heb je dat gedaan?' vraagt Peggy aan haar dochter.

Ze knikt.

'Waarom?'

Angel denkt even na.

'Ik was boos. Boos op jou, Cor. Omdat je de kant van Brenda en Rik koos terwijl je mijn advocaat was. En boos op jou, Claire. Omdat je me liet vallen. We waren een samenwerking aangegaan. Je deed alsof je het beste met me voor had, maar in feite walgde je van me en heb je vanaf dag één tegen me gelogen.'

Dat kan ik niet ontkennen.

'Ben je van plan om door te gaan met je juicekanaal als je weer beter bent?' wil ik weten.

Ze schudt haar hoofd.

'Mijn moeder zegt dat er makkelijkere manieren zijn om geld te verdienen nu ik een BN'er ben.'

Dat is zeker waar.

'Misschien kun je mij daarbij helpen?'

Ze kijkt me schuin aan.

Dit gaat me veel te snel.

'Ik beloof niks,' antwoord ik koeltjes.

'Ik zei het je toch. Ze zegt geen nee.' Peggy glimlacht breed. 'Willen jullie wat drinken?'

Ze loopt naar de pantry en schenkt voor Cor en mij twee kartonnen bekertjes water in.

Angel schraapt haar keel.

'En dan nog iets. Herinner je je Zeewolde nog?'

'Natuurlijk.' Terwijl ik het zeg, dringt het ineens tot me door. Jezus, wat stom dat ik daar niet eerder aan heb gedacht.

'Heeft die oplichter jou van het balkon gegooid?' roep ik.

Angel kijkt me aan met een meelevende blik die ik niet kan plaatsen.

'Dat heeft hij inderdaad gedaan,' zegt ze langzaam.

'Wie was het?'

Mijn hart begint te bonken.

Weer die blik.

'Ken ik hem?'

'Je kent hem goed.'

Zou het Brian zijn?

'Het is je schoonzoon.'

100

De beker glijdt uit mijn hand en slaat tegen de grond. De inhoud spat omhoog. Het water verspreidt zich over de vloer. De kamer draait. Het duizelt me en ik glij bijna van mijn stoel af.

'Gaat het?' vraagt Cor bezorgd.

Angels moeder komt aangerend met een stapeltje papieren handdoekjes en begint de vloer rond mijn voeten te deppen.

'Chloe,' breng ik uit. 'We moeten Chloe bellen.'

'De politie is al op de hoogte,' zegt Angel. 'Hij kan elk moment worden gearresteerd.'

Ik sta op en kijk verwilderd om me heen.

'Ik moet weg. Naar Chloe toe. Hij is bij haar. En bij Jack.'

Peggy reikt me mijn tas aan.

'Je kunt niet rijden zo. Je gaat met mij mee,' beslist Cor.

'Weet je dit allemaal heel zeker?' vraagt hij aan Angel.

Ze knikt.

'Patrick is gokverslaafd. Hij heeft schulden bij criminelen. Ik had er geen idee van dat hij je schoonzoon was, Claire. Het spijt me.'

'Wat gebeurde er die nacht?'

Ik sta aan het voeteinde van haar bed. Ik moet het uit haar mond horen voordat ik vertrek.

'Hij kwam onaangekondigd bij me langs. Woedend. Ik had nooit de deur voor hem open moeten doen. Hij eiste meteen geld. "Jij hebt alles verpest," schreeuwde hij. "Jij verdient tienduizenden euro's per maand terwijl ik verrek." Ik zei dat hij niks van me kreeg.

Hij werd zo kwaad dat hij zijn handen om mijn keel legde en begon te knijpen. Heel hard. Ik stikte zowat, ik dacht dat ik doodging.'

Angel wendt haar blik af en staart naar de vloer.

'En toen werd alles zwart.'

'Dus hij...' Ik krijg het niet over mijn lippen.

'Hij heeft haar bewusteloos over de balustrade gegooid.'

Peggy maakt mijn zin af.

Echtgenoot para-cyclist Chloe Jansen gearresteerd op verdenking van moordaanslag op Angel de Vos

De politie heeft de 40-jarige Patrick B. uit Hilversum aangehouden op verdenking van poging tot moord of doodslag op de 31-jarige roddelvlogger Angel de Vos. Ook wordt de echtgenoot van para-cyclist Chloe Jansen verdacht van het uitlokken en medeplegen van een ontvoering van de roddelvlogger. De Vos werd vorige week bewusteloos en met zware botbreuken aangetroffen naast een woontoren in de Amsterdamse wijk IJburg. Ze ligt nog steeds in het ziekenhuis. De ontvoering zou eerder dit jaar hebben plaatsgevonden.

'Angel de Vos heeft Patrick B. ontmaskerd,' zo verklaarde advocaat Cor Hellendonk, die namens zijn voormalige cliënte een verklaring aflegde. Hellendonk: 'De Vos ontdekte eerder dit jaar dat Patrick B. een zware gokverslaving heeft. Om deze verslaving te bekostigen, heeft hij als bestuurder van de Stichting Beter Zicht een aanzienlijk deel van de binnenkomende giften weggesluisd. Toen Patrick B. ontdekte dat Angel de Vos "juice" over hem aan het verzamelen was, liet hij haar ontvoeren en bedreigen.'

De politie heeft bevestigd dat er twee arrestaties zijn verricht op een bedrijventerrein in Zeewolde die verband houden met de zaak van Patrick B. Vermoedelijk gaat het om de mannen die De Vos hebben ontvoerd.

Hellendonk benadrukte dat de vrouw van Patrick B. nergens van op de hoogte was, ook door de politie wordt zij niet als verdachte aangemerkt. Chloe Jansen is een bekende para-cyclist, die aan de oogziekte ADOA lijdt en zich inzet voor mensen met een visuele handicap. Zij is onlangs moeder geworden van een zoontje.

Een maand later

'Heb je zin in een toetje, babe?' Tyrone streelt met zijn vinger langs mijn onderlip.

We liggen loom in de zon onder een strakblauwe hemel, met loungemuziek op de achtergrond. Tyrone heeft me overgehaald om een week vakantie te nemen.

'Ik regel alles,' zei hij. 'Jij hoeft alleen maar in het vliegtuig te stappen.'

Hij pakte zelfs mijn koffer. Ik zag nog net hoe hij er een paar nieuwe bikini's en lingeriesetjes in stopte. Eerst voelde ik me schuldig, maar Chloe verzekerde me ervan dat Jack en zij het prima zouden redden. Haar fietsbuddy Nancy zou komen logeren om te helpen. Dat stelde me gerust.

Charly heeft zijn kleinzoon inmiddels ontmoet. De apetrotse opa kwam met een mini-karaokeset aanzetten. Yaprak en hij boden zich aan als oppas. Ik zag het niet zitten, maar Chloe vertelde me dat ze het leuk vindt, ook voor Jack. *It takes a village*, zei ze, en natuurlijk had ze gelijk.

We vlogen naar Kreta. Tyrone had de duurste suite van een adults only vijfsterrenhotel geboekt, met uitzicht op zee en een privézwembadje, waar we nu aan liggen. We zijn zo lui dat we onze kamer amper verlaten en alleen maar roomservice bestellen. De clubsandwich blijkt op elk moment van de dag een uitstekende keuze.

'Ik heb zin in jóú,' antwoord ik. 'Wil jij mijn toetje zijn?'

'Ik was toch je ontbijt?' Hij trekt me lachend overeind, tilt me op, draagt me de suite binnen en legt me op het bed. Hij loopt naar de deur en hangt het bordje DO NOT DISTURB buiten aan de deurklink.

Mijn mobiel piept. Laila heeft een voicebericht ingesproken. Sommige dingen veranderen nooit.

'Luister hem maar af,' zegt Tyrone. 'Anders heb je toch geen rust.'

Ik zet hem op luidspreker.

'Haaaai Claire, sorry dat ik je stoor op je vakantie, maar dit móét je horen. Ik heb dus iemand ontmoet via Tinder. Eerst durfde ik er niet op, maar ik dacht: *fuck it*, straks is de laatste man die me ooit nog aanraakt de uitvaartondernemer die me komt afleggen als ik eenzaam en alleen ben gestorven.'

Tyrone schiet in de lach.

'Deze vrouw, echt. Geef haar een reallifeshow.'

Geen gek idee.

'*Anyway*, wij gingen op date en het is echt een leuke gast. Superknap ook. En wat denk je?'

Ik weet het niet, Laila, ik kan niet terugpraten.

'Je gaat dit niet geloven. Hij heeft een kippenslagerij. Nou ja, zijn vader is poelier en die heeft een winkel en die gaat hij overnemen. Dit is de man van mijn dromen, Claire. De rest van mijn leven gratis kip. Hoe vind je die?'

Tyrone en ik schateren het uit.

Ik stuur haar een reeks hartjes, kippen, drumsticks, een hanenkop, tranen met tuiten, vlammen, nog meer hartjes en zet daarna mijn mobiel op stil.

'Volgens mij hebben wij nog iets af te vinken,' zegt Tyrone. Hij ligt op zijn rug op het bed met zijn handen achter zijn hoofd.

Ik kruip tegen hem aan.

'Je bent nu eindelijk ontspannen, babe. We gaan gewoon kijken hoever we komen. Als het vandaag niet lukt, proberen we het morgen nog een keer. En overmorgen, en anders de dag erna.'

Dat vooruitzicht bevalt me.

'Ik heb geen flauw idee wat je bedoelt,' plaag ik hem.

'Echt niet, mevrouw Jansen?'

'Nee, wat had je in gedachten?'

'Ik zal het zo even voordoen,' zegt hij terwijl hij naar mijn rug reikt en het touwtje van mijn bikinitopje lostrekt.

Daarna kust hij me achter mijn oor. Terwijl zijn lippen en tong mijn nek verkennen, stopt hij zijn vinger in mijn mond. Ik zuig er gretig op. Met zijn linkerhand ontdoet hij me van mijn bikinibroekje. Ik voel hoe zijn erectie groeit en ik sjor zijn zwembroek omlaag.

'Minstens twintig minuten opwarmen heeft Mr. PussyLicking gezegd,' herinner ik hem.

'Zullen we die gast erbuiten houden?'

'Het zou best handig zijn als hij hier was,' zeg ik plagerig. 'Kon hij je de kneepjes van het vak leren.'

'Niet zo bijdehand, jij.'

Tyrone komt overeind, gaat op zijn knieën over me heen zitten, pakt mijn polsen en duwt ze boven mijn hoofd in het matras. Ik kan geen kant op. Het windt me op om zijn krachtige greep te voelen. Vrijwillig overmeesterd worden is geil.

'Wie is hier de baas?' Zijn donkere ogen fonkelen.

'Jij,' zeg ik ademloos.

'Hoe heet ik?'

'Tyrone.'

'Meneer Tyrone voor jou.'

'Meneer Tyrone,' herhaal ik braaf.

'En wie gaat jou zo neuken?'

Hij houdt mijn handen nog steeds tegen het matras, zijn gezicht is dicht bij het mijne.

'Jij?' vraag ik hoopvol.

'Ik, ja. Hoe hard wil je dat ik je neuk?'

'Keihard.'

'Precies. Dat verdien je.'

Tyrone kiest een andere insteek dan Björn, die is meer van de softe, bijna beleefde benadering. Ik ben benieuwd hoe dit uitpakt.

Mijn minnaar penetreert me, ik sla mijn benen om hem heen, zodat hij diep in me kan stoten. Hij draait me op mijn buik en lift mijn billen, waardoor ik op handen en knieën kom, en hij neemt me van achteren. Dan trekt hij me aan mijn enkels van het bed af, tot mijn voeten op de grond staan en ik in een hoek van negentig graden gebogen ben. Zo neukt hij me weer. Ik word als een lappenpop heen en weer gesmeten en ik geniet van elke seconde.

'Ben je nu opgewarmd?' vraagt hij na een tijdje. Het kan een kwartier, maar ook een halfuur zijn geweest, ik weet het niet, ik ben in trance.

Ik knik hijgend en draai me op mijn rug.

Tyrone bekijkt me goedkeurend. Dan pakt hij een flesje water en gebiedt me het leeg te drinken.

Na de korte pauze volgt Tyrone de instructies van Mr. Pussy-Licking nauwgezet op. Minutenlang likt en vingert hij me aandachtig en met beleid, zijn aanrakingen lopen synchroon met het ritme van de muziek. Ik leun ontspannen achterover. Mijn laatste concrete gedachten veranderen in witte wolkjes die oplossen naarmate ze verder van me wegdrijven. Alles deint. Deze flow mag eeuwig duren.

Na een tijdje klinkt er een zacht, gutsend geluidje. Hoor ik het goed? Dit komt uit mij.

Tyrone kijkt me met grote ogen aan.

'Ik voel allemaal extra vocht,' fluistert hij.

'Niet stoppen,' fluister ik terug.

Het geluidje wordt harder. Soppen is een oneerbiedig woord, maar het dekt wel de lading. Ik merk hoe de spanning in mijn onderbuik zich opbouwt. Ik zit tegen een orgasme aan en tegelijkertijd voelt het alsof ik moet plassen.

O god.

Het zal toch niet?

Mijn hand glijdt tussen mijn benen om mijn clitoris een extra stimulans te geven terwijl Tyrone geconcentreerd blijft doen wat hij moet doen.

'Nog dieper,' zeg ik tegen hem. 'En hoger. Daar ja. Precies daar.'

Zijn middelvinger oefent druk uit op de meest gevoelige plek van mijn binnenwand en het is zowel irritant als zalig.

Laat het ophouden, wil ik schreeuwen. En ga alsjeblieft door.

Hij gaat door.

Ik weet dat de bal nu bij mij ligt. Dat ik over de drempel moet. Ik ben de enige die het kan doen. De enige die de horde kan nemen. Ik sluit mijn ogen. Ik voel alleen nog maar zijn vingers die mijn binnenste stimuleren. Ik concentreer me ten volle op de druk. Op de onweerstaanbare, hemelse druk. De hoogspanning die om een ontlading schreeuwt. Ik geef me over, ik geef me er helemaal aan over.

Ik gil hard.

Ik gil heel hard en voel het gaan, ik laat het gaan.

'Tyrone!' roep ik.

Alles wordt nat.

Ik spuit.

Veel dank aan

Bart, mijn (sparring)partner ❤
Tomás en Lenneke, die gelukkig niet snel tevreden zijn 😉
Jochem en Martijn, zij geloven in mij
Marit en Marrit, de eerste lezers
Katelijne den Hartog van het Openbaar Ministerie Amsterdam
Judith van Everdingen van Het Oogziekenhuis Rotterdam
Gabriëlle den Hollander en Kim Warink van de Cure ADOA Foundation
Sera Gademan van de Koninklijke Nederlandsche Wielren Unie
Rick Veldkamp, para-wielrenner
Wander Alblas, voor zijn kijk op vlees
Kevin van Neerbos, altijd paraat

Heleen van Royen

Heleen van Royen, geboren in 1965, schreef de bestsellers *De gelukkige huisvrouw, Godin van de jacht, De ontsnapping, De mannentester, De hartsvriendin* en *Sexdagboek*, waarvan een deel succesvol werd verfilmd en bewerkt voor theater. In totaal verkocht ze tot nu toe 2 miljoen boeken en in 2017 maakte ze de ontroerende documentaire 'Het doet zo zeer' over de dementie van haar moeder. Voor het Letterkundig Museum maakte ze in 2014 de tentoonstelling *Selfmade* met meer dan 200 fotografische zelfportretten en in 2020 verscheen de columnbundel *Moeder, dochter, minnares* ter ere van haar twintig jaar schrijverschap. Heleen van Royen woont samen met Bart Meeldijk.